위대한 개츠비

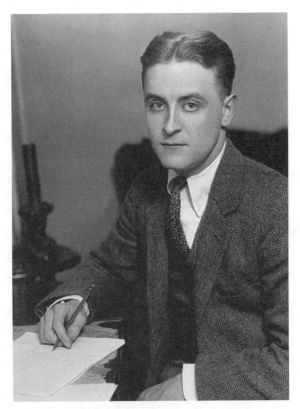

F. 스콧 피츠제럴드(F. Scott Fitzgerald, 1896-1940)
(1921년경 촬영, 작가 미상)

현대지성 클래식 59

위대한 개츠비

THE GREAT GATSBY

F. 스콧 피츠제럴드 | 장명진 그림 | 이종인 옮김

현대
지성

그녀의 마음을 사로잡을 수 있다면 황금 모자를 쓰게.
하늘 높이 뛰어오를 수 있다면 그녀를 위해서 그렇게 해.
그녀가 이렇게 외칠 때까지.
"애인이여, 황금 모자를 쓰고, 하늘 높이 뛰어오르는 애인이여,
난 당신을 차지하고 말 거야."

- 토머스 파커 딘빌리어스*

* 피츠제럴드의 자작시로, 딘빌리어스는 피츠제럴드의 첫 장편소설 『낙원의 이쪽』에 등장하
  는 인물이다. 피츠제럴드는 이 시를 특히 좋아해서 『위대한 개츠비』의 제목을 '황금 모자를
  쓴 애인'으로 정하고 싶어 했다.

다시 젤다*에게

일러두기

1. 아래 판본을 번역 대본으로 삼았다.

   F. Scott Fitzgerald, *The Great Gatsby: The Cambridge Edition of the Works of F. Scott Fitzgerald*, Cambridge University Press, 1991.

2. 주석은 모두 옮긴이가 붙였다.

3. 「해제」중 '피츠제럴드의 생애'와 「F. 스콧 피츠제럴드 연보」는 피츠제럴드 전기의 결정판인 매슈 브루콜리의 『일종의 서사시적 장엄함: F. 스콧 피츠제럴드의 생애』(Some Sort of Epic Grandeur: The Life of F. Scott Fitzgerald)를 참고했다.

차례

롱아일랜드 지도

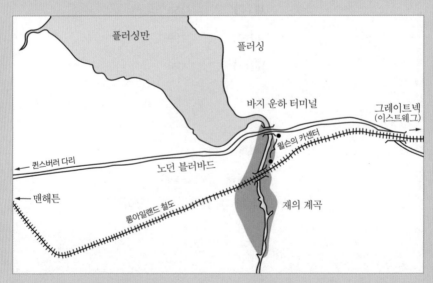

재의 계곡 지도

제1장

내가 아직 어리고 마음이 물러서 감정에 휘둘리던 시절, 아버지는 내게 한 가지 조언을 해주었다. 이때껏 나는 그 말씀을 늘 마음에 되새겨왔다.

"누구를 비판하고 싶어질 때면, 이걸 기억하도록 해. 세상 모든 사람이 네가 지금 누리는 것과 같은 혜택을 받은 건 아니라고 말이야."

아버지는 더 이상 말씀하지 않았지만, 우리 부자는 언제나 과묵한 방식으로 남다르게 소통해왔고 나는 아버지의 말씀에 훨씬 많은 의미가 담겨 있다는 걸 알았다. 그래서일까, 나는 남들에 대한 판단을 다소 유보하는 습관을 갖게 되었다. 이런 습관 때문에 성격이 괴팍한 사람들을 많이 알게 되었고, 몹시 따분한 사람들의 희생자가 되기도 했다. 비정상적 심성을 지닌 사람들은 이런 특성을 재빨리 알아보고 내게 자주 들러붙었다. 그들은 정상적인 사람에게서 그런 버릇을 발견하면 더욱 찰싹 들러붙는다. 그래서 나는 대학 시절에 정치적 인물이라는 부당한 비난을 받았다. 내가 별로 친하지도 않은, 행동이 거친 녀석들의 속사정을 많이 알고 있었기 때문이다.

내가 그런 비밀을 토로하도록 유도한 적은 거의 없었다. 도리어 상대방이 아주 비밀스러운 사안을 곧 내게 말할 것 같다는 분명한 조짐을 예감하면 나는 일부러 피곤해서 자는 척, 다른 일로 바쁜 척, 상대방을 적대시하는 경박한 사람인 척했다. 사실 젊은 사람들의 솔직한 고백 혹은 그들이 그걸 털어놓는 방식이라는 게 통상 남들의 사건을 베꼈거나 몇몇 내용을 은폐해서 온전한 꼴을 갖추지 못한 경우가 많았기 때문이다. 남들에 대한 판단을 유보하는 습관은 나에게 무한한 희망을 안겨준다. 아버지가 이미 고상한 체하며 조언했고, 나 또한 같은 태도로 내심 반복하는 바는 이런 것이다. 사람들은 태어날 때부터 근본적 예절 감각을 남들과 똑같이 부여받지 않는다. 그래서 나는 이 사실을 잊어버릴 때 뭔가 놓치게 되는 걸 지금도 약간 아쉬워한다.

이런 관용의 정신을 자랑스럽게 말해놓았으니, 이제 거기에도 한계가 있음을 지적하지 않을 수 없다. 사람의 행동은 단단한 바위에 기초를 두기도 하고 축축한 습지를 밑바탕 삼기도 하는데, 어느 정도 시간이 지나면서 나는 그런 기초 혹은 밑바탕 따위는 신경 쓰지 않게 되었다. 그래서 지난해 가을 동부에서 고향으로 돌아왔을 때는 이 세상 사람들이 항구적으로 똑같은 제복을 입고 일종의 도덕적 차렷 자세를 취하길 바랐다. 나만 특별히 인간의 마음을 차별적으로 들여다봐주는 소란스러운 탐험을 사양한 것이다.

그러나 이 책의 제목으로 나오는 개츠비만은 그런 반응에서 제외된다. 개츠비는 내가 노골적으로 경멸하는 모든 것을 대표하는 인물이었다. 인간의 성품이 성공적인 제스처들의 묶음이라고 할 수 있다면, 개츠비에게는 참으로 멋진 구석이 있었다. 그는 인생의 가능성에 관해 놀라울 정도의 감수성을 갖고 있었다. 마치 1만 6천 킬로미터 밖에서 발생하는 지진의 진동을 감지할 정도로 예민한 기계의 성능과 비슷한 이 감수성은 '창의적 기질'이라는 용어 아래 미화되는 평범한 민감함과는 무관했다. 그것은 희망을 지속적으로 유지하는 놀라운 재주였다. 나는 다른 사람에게서 그런 낭만적 기질을 발견하지 못했고, 앞으로도 마찬가지일 것 같다. 정말로 그런 사람을 다시 만나기는 어려울 것이다. 개츠비는 결국 괜찮은 사람으로 판명되었다. 내가 이루지 못한 일에 대한 인간적 슬픔이나 숨이 찰 정도의 환희에 잠시 관심을 놓아버린 것은 개츠비를 희생 제물로 삼은 자들, 그의 꿈을 뒤쫓으며 표류하던 그 지저분한 먼지들 때문이었다.

우리 집안은 이곳 중서부 도시에서 삼대에 걸쳐 이름이 알려졌으며 꽤나 부유했다. 캐러웨이 집안은 일종의 문벌을 형성했고, 버클루 공작의 후손이라는 말도 있었다. 그러나 집안을 실제로 일으킨 분은 나의 큰할아버지였다. 그분은 1851년에 이 도시에 정착했다. 큰할아버지는 남북전쟁 때 대리인을 보내고,* 철물 도매상을 시작했는데 나의 아버지가 가업을 이어받았다.

큰할아버지를 직접 보지는 못했지만, 나는 그분과 비슷하게 생겼다는 말을 들었다. 특히 아버지의 사무실에 걸려 있는 그분의 초상화 속 냉정한 분위기를 닮았다고 했다. 나는 아버지보다 25년 늦은 1915년에

---

* 1863년 미국 의회는 선별적 징병법을 통과시켜 개인의 병역을 대신할 사람을 전장에 내보내거나 정부에 수수료 300달러를 냄으로써 병역 의무를 대체할 수 있게 해주었다. 당시 300달러는 노동자의 1년 치 임금에 해당했다.

뉴헤이븐에 있는 대학교*를 졸업했고, 그 후 '위대한 전쟁'(제1차 세계대전)이라는 때늦은 게르만족의 대이동에 참가했다. 나는 그 반격의 행위를 즐기고, 약간 들뜬 채로 귀국했다.

예전에는 세상의 따뜻한 중심이라 생각했던 중서부가 귀국 후에는 거친 변두리처럼 보였다. 나는 동부로 가서 채권 업무를 배우기로 결심했다. 내가 아는 모든 사람이 채권 사업에 종사했기 때문에 나 같은 사람 한 명쯤은 충분히 받아줄 수 있을 거라 믿었다. 숙모와 숙부들은 마치 내가 진학할 예비학교(일류 사립 고등학교)를 선택하는 것처럼 말들이 많더니 마침내 아주 심각하면서도 망설이는 표정으로, "뭐, 정 그렇다면 가야겠지"라고 말했다. 아버지는 1년 더 나를 재정적으로 지원하는 데 동의했다. 그리하여 여러 번 연기된 끝에 나는 1922년 봄 동부로 갔다. 당시에는 그곳에 아예 눌러앉을 계획이었다.

우선 그 도시에서 방을 구해야 하는 현실적인 문제에 봉착했다. 마침 사무실의 한 젊은이가 도시 외곽 어떤 마을에 함께 집을 얻자고 제안했다. 따뜻한 계절인 데다, 잔디밭이 넓게 펼쳐지고 나무들이 정겹게 늘어선 시골에서 막 올라온 내게는 구미가 당길 만한 계획이었다. 그는 비바람에 손상되어 더러워진 허술한 집을 찾아냈고 월세는 80달러였다.** 그런데 입주를 앞두고 그가 워싱턴으로 발령을 받는 바람에 나 혼자 그 집에 들어가게 되었다. 내 곁에는 개 한 마리(입주한 지 며칠도 되지 않아 도망가버렸지만), 구닥다리 자동차 닷지 한 대 그리고 핀란드인 파출부가 전부였다. 그녀는 침실 청소와 아침 식사 준비를 해주었는데, 종종 전기

---

* 뉴헤이븐에 있는 명문 사립대인 예일대학교를 가리킨다.
** 1922년의 80달러는 오늘날의 화폐 가치로는 대략 1,200달러에 해당한다.

난로 위에 몸을 숙이고 핀란드 격언을 중얼거렸다.

하루 이틀쯤 외롭게 보내던 어느 날 아침 나보다 늦게 이사 온 듯한 남자가 길에서 나를 불러 세웠다.

"웨스트에그 마을까지 어떻게 가야 합니까?" 그는 길을 몰라서 난처한 듯 보였다.

나는 길을 가르쳐주었다. 그런 후 걸어가다 보니 더 이상 외로움이 느껴지지 않았다. 나는 안내자, 길 찾는 자, 원래부터 정착해 살던 자가 되어 있었다. 비록 의도하진 않았지만 그가 내게 이 동네의 시민권을 부여해준 셈이다.

햇볕이 쨍쨍 내리쬐고 나뭇가지마다 잎사귀들이 푸르게 피어났다. 마치 장면이 휙휙 바뀌는 영화 속에서 벌어지는 일 같았다. 다가오는 여름과 함께 인생이 다시 시작되리라는 익숙한 확신이 들었다.

우선 읽어야 할 책이 아주 많았다. 싱싱한 숨결을 안겨주는 공기를 마시며 건강한 몸을 만들어야 하는 문제도 있었다. 나는 금융업, 채권, 투자 증권에 관한 책을 여남은 권 샀다. 그 책들은 조폐국에서 막 나온 돈처럼 적색과 황금색으로 반짝이며 내 서가에 꽂힌 채, 미다스, 모건, 메세나 등의 부호들만이 알고 있는 반짝이는 황금의 비밀을 약속해주었다. 게다가 나는 그 외에도 많은 책을 읽겠다는 고상한 목표를 갖고 있었다. 나는 대학에 다닐 때 문학을 좋아했다. 어느 해에는 『예일 뉴스』라는 학교 신문에 아주 엄숙하지만 내용은 빤한 사설을 쓰기도 했다. 이제 나는 그 모든 지혜를 내 생활 속으로 가져와 아주 소수의 전문가, 즉 '원만한 성품의 인간'이 되려고 애썼다. 이것은 단지 종이 위 격언에 그치지 않는다. 아무튼 인생이란 하나의 창문으로 내다볼 때, 더 큰 성공의 관점을 얻을 수 있는 것이다.

북아메리카에서 가장 이상한 동네에 집을 한 채 빌리게 된 것은 정말 우연한 일이었다. 그 집은 뉴욕에서 정동으로 뻗어나간, 작지만 소란스러운 섬에 있었다. 그곳에는 자연이 만들어낸 여러 진기한 지형 중에서도 특히 괴상하게 생긴 두 땅이 있었다. 뉴욕시에서 32킬로미터 정도 떨어진 곳에, 거대한 달걀 같은 두 반도半島가 있었는데, 그 사이에 작은 만이 흘러들었다. 두 반도는 서반구에서 가장 잘 길들여진 소금물 덩어리인 롱아일랜드 해협이라는 거대한 뒤뜰을 향해 비쭉 나와 있었고, 그 사이를 파고든 작은 만은 뒤뜰에서 갈려 나온 지류였다. 두 반도는 온전한 타원형이 아니라 서로 맞닿는 부분이 콜럼버스 이야기에 나오는 달걀의 깨진 밑바닥처럼 납작했다. 생김새가 워낙 비슷하다 보니 갈매기들은 이곳을 날아갈 때마다 경탄했을 것이다. 그러나 날개 없는 인간들이 볼 때, 형체와 크기를 제외하면 두 반도가 모든 점에서 아주 다르다는 게 좀 더 흥미로웠다.

나는 웨스트에그에 살았다. 두 반도 중 사람들 사이에서 인기가 좀 떨어지는 동네였다. 이러한 묘사는 다소 피상적이어서, 두 동네 사이의 괴이하고 약간 음산하기까지 한 차이를 충분히 드러내지 못한다. 달걀형 반도의 맨 끝에 자리한 우리 집은 롱아일랜드 해협에서 불과 50미터 떨어져 있었다. 게다가 한 시즌당 임대료가 1만 2천 혹은 1만 5천 달러*나 되는 두 저택 사이에 아주 옹색하게 들어서 있었다. 오른쪽 저택은 어느 모로 보아도 아주 거대한 집으로, 프랑스 노르망디의 어느 시청 건물을 본뜬 것이었다. 저택 한쪽에 있는 타워는 담쟁이덩굴의 수염이 가느다란 것으로 보아 최근에 세운 듯했고, 대리석 실내 수영장이

---

* 2024년 시세로는 각각 17만 5천 달러와 22만 5천 달러다.

있었으며, 잔디밭과 정원이 무려 16만 제곱미터나 되었다. 그곳이 개츠비의 저택이었다. 아니, 당시에는 개츠비 씨를 알지 못했으므로, 그런 이름을 가진 신사가 사는 집이었다고 해야 옳다. 내 집은 그곳에 썩 어울리지 않았으나 워낙 작아서 눈에 띄지도 않았다. 아무튼 나는 롱아일랜드 해협을 환히 내다볼 수 있었고, 이웃 저택을 부분적으로 볼 수 있었으며, 백만장자들을 가까운 이웃으로 두었다는 정신적 위안을 월세 80달러에 누릴 수 있었다.

작은 만 바로 건너편에 자리 잡은 인기 많은 이스트에그 동네에는 하얀 궁전 같은 건물들이 해변을 따라 반짝거리고 있었다. 그리고 이제부터 기록하려는 그해 여름의 역사는 내가 차를 몰고 톰 뷰캐넌의 집으로 가서 저녁 식사를 하게 된 그날 저녁부터 시작되었다. 데이지는 나의 팔촌 여동생*이고 톰 뷰캐넌은 대학 때 알던 사람이었다. 그리고 나는 제1차 세계 대전 직후 시카고에서 데이지 부부와 이틀을 함께 보낸 적이 있었다.

그녀의 남편은 여러 운동에 재능이 있었고 뉴헤이븐 미식축구팀에서 엔드로 뛸 때는 가장 강력한 선수로 전국적인 명성을 날렸다. 이미 스물한 살에 한 분야에서 탁월한 실력을 인정받은 터라, 그 후에는 모든 게 내리막길처럼 보일 정도였다. 그의 집안은 엄청난 부자였는데, 대학 시절에 돈을 물 쓰듯 써서 손가락질을 당하기도 했다. 시카고에서 동부로 이사 온 방식도 혀를 찰 만큼 사치스러웠다. 그는 시카고 교외에 있는 레이크 포레스트에서 폴로 경기용 조랑말을 몇 필이나 가지고 왔다.

---

* 제4장 초반부에서 개츠비를 가리켜 "악마의 육촌이라고 부르는 소문이 있다"라고 할 때는 그냥 second cousin을 쓰고 있다. 이 육촌에서 한 세대 떨어진 관계가 팔촌이다.

내 또래 남자가 그 정도로 엄청난 부자라니, 좀처럼 믿어지지 않았다.

왜 뷰캐넌 부부가 동부로 오는지는 나도 모른다. 부부는 특별한 이유도 없이 프랑스에서 1년을 보낸 다음 부자들과 어울려 폴로 경기를 하며 정처 없이 떠돌아다녔다. "이제 여기 눌러앉아 살려고 해요." 데이지는 전화로 그렇게 말했으나 나는 믿지 않았다. 내가 데이지의 속마음을 들여다본 건 아니지만, 톰은 항구적으로 이리저리 떠돌아다닐 법한 사람이라는 느낌이 들었다. 다시 느낄 수 없는 미식축구 경기의 소란스러운 흥분을 다소 아쉬워하면서 말이다.

그리하여 어느 따뜻한 미풍이 불어오는 저녁에 나는 이스트에그로 차를 몰아 잘 알지는 못하지만 오래된 두 친구를 만나러 갔다. 그들의 집은 내가 예상했던 것보다 훨씬 화려했다. 쾌활한 적색과 백색의 조지 왕조 식민시대 저택으로 작은 만을 내려다보고 있었다. 잔디밭은 해변에서 시작하여 해시계, 벽돌 산책로, 햇볕을 받아 반짝거리는 정원을 뛰어넘어 저택의 현관 앞까지 뻗어 있었다. 그리고 바로 집 앞까지 와서는, 마치 여태까지 달려온 가속도를 이기지 못하겠다는 듯이, 밝은 담쟁이덩굴로 변하여 저택의 옆면을 기어올랐다. 저택 전면을 한 줄로 가로지르는 프랑스풍 창문들은 햇빛을 반사하며 황금빛으로 빛났고, 따뜻한 바람이 불어오는 오후를 향해 양팔을 벌리듯 활짝 열려 있었다. 그리고 승마복을 입은 톰 뷰캐넌이 저택 현관에서 두 다리를 벌리고 서 있었다.

톰은 뉴헤이븐 시절부터 쭉 변화를 거듭했다. 그는 이제 담황색 머리카락의 건장한 서른 살 남자가 되어 있었다. 입매는 다소 냉정하면서도 오만한 분위기를 풍겼다. 번들거리는 거만한 눈빛이 얼굴 전체를 지배했고 늘 앞을 향해 공격적으로 나아가려는 듯한 인상을 주었다. 약간

여성적 분위기의 승마복조차도 그 강인한 몸집의 엄청난 힘을 감추지 못했다. 굵은 장딴지는 반짝거리는 승마 부츠를 가득 채워 맨 윗부분 끈이 터져나갈 지경이었다. 그가 어깨를 돌릴 때면 얇은 상의 아래에서 거대한 근육 덩어리가 꿈틀거리는 것이 보였다. 엄청난 영향력을 가진 신체였고 상대방을 위압하는 몸이었다.

약간 걸걸하고 허스키한 테너 톤 목소리는 어느 모로 보나 녹록지 않고 까다로운 사람이라는 인상을 더욱 강조했다. 그의 목소리에는 상대방을 아들쯤으로 여기는 아버지 같은 분위기가 약간 배어 있었다. 심지어 그가 좋아하는 사람들을 향해서도 그런 분위기는 사라지지 않았다. 그래서 예일대학교 시절에는 그의 뻔뻔하고 오만한 태도를 아주 싫어하던 사람들도 있었다.

대학 시절에 그는 마치 이렇게 말하는 듯 보였다. "내가 너보다 더 강하고 더 사내답다는 이유만으로 이 문제에 대한 내 의견이 결정적이라고 보지는 마." 그와 나는 같은 교내 비밀 서클 소속이었다. 서로 친하지는 않았지만 나는 속으로 이런 생각을 했었다. '저 친구는 나를 인정해주면서, 동시에 내가 자기를 좋아해주길 바라고 있군.'

우리는 햇빛이 환한 현관에서 몇 분간 대화를 나누었다.

"여기다 멋진 집을 마련했지." 그는 번들거리는 눈빛으로 주위를 태연히 돌아다보면서 말했다.

그는 나의 한 팔을 잡고 몸을 돌리면서, 넓적하고 평평한 손바닥으로 현관 앞 풍경을 한번 휘저어 보였다. 그의 손짓 아래에서, 지면 아래로 약간 가라앉은 이탈리아풍 정원, 얼얼하고 달콤한 향기를 내뿜는 장미들이 심긴 4,000제곱미터의 땅, 해변의 밀물에 가볍게 흔들리는 앞쪽 코 부분이 뭉툭한 모터보트 등이 드러났다.

"이 집은 원래 석유 재벌 드메인의 것이었어." 그는 내 몸을 정중하지만 급작스럽게 돌려세웠다. "자, 이제 안으로 들어가지."

우리는 천장이 높은 복도를 지나 밝은 장밋빛 공간으로 들어섰는데, 그 공간은 양쪽 끝에 달린 프랑스풍 창문을 통해 집 내부로 연결되었다. 창문들은 약간 열려 있었고, 집 안까지 들어온 듯 자라난 싱그러운 잔디를 배경으로 하얗게 반짝거렸다. 산들바람이 방 안으로 불어와 커튼의 한쪽 끝을 안으로 밀어 넣는가 하면 다른 끝을 하얀 깃발처럼 밖으로 내밀면서 웨딩 케이크 장식처럼 천장 쪽으로 비틀어 올렸다. 그러자 커튼의 그림자가 와인 빛깔의 양탄자 위에 파도처럼 물결쳤는데, 바다에서 해풍이 수면 위에 그림자를 남기는 것과 비슷했다.

방 안에서 조금도 움직이지 않는 물체는 엄청나게 큰 소파뿐이었다. 거기에 젊은 여자 둘이 앉아 있었는데, 그 모습은 마치 붕 뜬 채로 고정된 커다란 기구 위에 앉아 있는 것 같았다. 둘 다 하얀 옷을 입고 있었다. 물결치면서 펄럭거리는 그들의 드레스는 기구를 타고 집 주위를 잠시 동안 비행하다 바람에 날려 방금 방 안으로 들어온 듯했다. 나는 커튼이 휘청거리고 펄럭거리는 소리, 벽에 걸린 그림이 약간 달가닥거리는 소리를 들으면서 그곳에 몇 분간 서 있었던 것 같다. 이어 톰 뷰캐넌이 뒤쪽 창문들을 쾅 하고 닫아버리자, 방 안에 갇힌 바람이 방 주위로 황급히 퍼져 나가다가 사라졌고 커튼과 양탄자, 두 여인이 타고 있는 기구는 천천히 방바닥으로 내려앉았다.

두 여인 중 젊어 보이는 쪽은 안면이 없는 사람이었다. 그녀는 소파의 한쪽 끝에서 몸을 쭉 펴고 앉은 채 미동도 하지 않았으며 턱을 약간 쳐들었는데, 곧 떨어질 것 같은 보이지 않는 물체를 턱 위에 올려놓고 가까스로 균형을 잡는 것 같은 모습이었다. 그녀는 나를 곁눈질로 보았을 텐데도 전혀 티를 내지 않았다. 나는 그런 모습에 놀란 나머지 불쑥 방 안으로 들어와 미안하다고 말할 뻔했다.

다른 여자는 데이지였다. 그녀는 나를 알아본다는 표정으로 몸을 앞쪽으로 약간 기울이면서 일어서려 했다. 그리고 곧바로 웃음을 터뜨렸다. 어리석으면서도 매혹적이고 풋풋한 웃음이었다. 나 또한 따라 웃으며 방 안으로 들어섰다.

"오빠, 난 행복으로 온몸이 마-마-마비되었어."

그녀는 다시 웃음을 터뜨렸고 마치 뭔가 아주 재치 있는 말을 하려는 듯 내 손을 잠시 잡고서 내 얼굴을 올려다보았다. 마치 그녀가 이 세상에서 제일 만나보고 싶은 사람이 나라고 말하는 듯한 표정이었다. 그게 그녀만의 독특한 표현 방식이었다. 그녀는 아까 턱 위에 가상의 물건을 올려놓고 균형을 잡던 여성이 베이커라고 나지막하게 말했다. (사람들은 데이지의 속삭임이 사람들을 자기 쪽으로 끌어들이려는 수작이라고 말했다. 사실과 다른 비평이지만 오히려 그 말이 그녀를 더 매력적으로 만들었다.)

아무튼 베이커 양은 입술을 달막거렸고 나를 향해 고개를 끄덕였으나 거의 알아볼 수 없을 만큼 미세한 반응이었다. 이어 그녀는 머리를 뒤쪽으로 홱 젖혔다. 그녀가 균형을 잡고 있던 보이지 않는 물체가 약간 궤도에서 벗어나 겁을 먹은 것 같았다. 또다시 사죄의 말을 하고 싶은 간지러움이 내 입술에 몰려왔다. 나는 거의 완벽에 가까운 자족의 동작이나 태도를 보면 놀라서 찬사를 보내고 싶어진다.

나는 팔촌 여동생을 돌아보았고 그녀는 낮고 매혹적인 목소리로 내게 질문을 던지기 시작했다. 그 목소리는 귀가 계속 위아래로 울림을 따라가야 하는 부류였고, 각각의 말은 결코 연주되지 않는 음표의 배열 같았다. 그녀의 얼굴은 슬프면서 사랑스러웠다. 얼굴에는 밝은 두 눈과 밝은 열정의 입 등 밝은 것들이 있었고, 목소리에는 어떤 흥분의 기운이 있었다. 과거에 그녀를 좋아했던 남자들이라면 잊어버리기 어려울 법한 느낌이었다. 뭐라고 할까, 노래하는 듯한 강요였고, 들어달라는 속삭임이었으며, 그녀가 지금껏 즐겁고 흥분되는 일을 해왔는데 바로 다음 순간에도 그런 즐거움과 흥분이 여전히 기다릴 것이라고 약속하는 목소리였다.

나는 동부로 입사하러 오는 길에 시카고에 하루 머물렀다고, 거기서 몇몇 사람들이 그녀에게 안부를 전해달라 부탁했다고 말해주었다.

"그들이 나를 그리워해?" 그녀는 즐겁다는 듯이 소리쳤다.

"네가 없으니 온 도시가 적막했지. 모든 자동차가 뒷바퀴를 검은색으로 칠해 조화弔花로 삼았고 노스 쇼어 일대에서는 끊임없이 비탄의 신음 소리가 흘러나오고 있어."

"정말? 톰, 그 도시로 가요, 내일 당장!" 이어 그녀는 느닷없이 이런 말을 했다. "내 아이를 봐야지."

"보고 싶군."

"아이가 막 잠이 들었어. 세 살이야.* 전에 본 적 있어?"

"없지."

"그럼 보아야 해. 그 애는…."

---

* 개츠비가 해외 파병된 것이 1917년이고 그로부터 5년이 지났으니, 이 대화가 벌어지고 있는 시점은 1922년 6월이다. 세 살이라고 한다면 딸아이는 1919년 봄에 태어난 셈이다. 그러나 뒤의 제7장에서 데이지는 1919년 6월에 톰과 결혼했다고 말한다. 또 제4장에서 조던은 닉에게 과거를 회상하던 중에 "그다음 해 4월에 데이지는 딸을 낳았고 1년간 프랑스에 건너갔어요"라고 하여 그 시점이 1920년 4월임을 가리키고 있다. 따라서 세 살이 맞다면, 데이지가 톰과 결혼할 당시에 이미 만삭의 몸이었다는 이야기가 되는데, 아무래도 피츠제럴드가 날짜 계산을 잘못한 것으로 보인다. 이 책의 번역 대본으로 삼은 케임브리지대학교 출판부 개츠비 결정판은 저자가 쓴 것을 그대로 두고 해설을 달았다.

방 안을 산만하게 서성이던 톰 뷰캐넌은 걸음을 멈추고 내 어깨에 손을 내려놓았다.

"닉, 무슨 일을 하고 있어?"

"채권 회사에 다녀."

"어떤 회사?"

나는 그에게 말해주었다.

"그런 회사는 처음 듣는데." 그가 자신 있게 말했다.

난처해진 내가 간단히 대답했다.

"곧 듣게 되겠지. 자네가 동부에 오래 머무른다면."

"오래 머무를 테니 걱정하지 마." 그는 먼저 데이지를 쳐다보고 이어 나를 보더니 그렇게 말했다. 그보다 더 많은 속뜻을 미리 알리려는 듯한 자세였다. "바보 멍청이가 아닌 이상 다른 곳에 살러 가진 않을 거야."

이 순간 베이커 양이 끼어들었다. "그렇고말고요!" 너무 갑작스러운 반응이어서 나는 약간 놀랐다. 내가 방 안에 들어온 뒤로 그녀가 처음 한 말이었다. 내가 톰의 말에 놀란 것처럼 그녀도 매우 놀란 게 분명했다. 그녀가 하품을 하면서 일련의 재빠르고 익숙한 동작과 함께 소파에서 일어섰기 때문이다.

"몸이 뻣뻣해요." 그녀가 불평했다. "저 소파에 너무 오래 누워 있었나 봐요."

"왜 날 쳐다보는 거야?" 데이지가 대답했다. "난 너를 뉴욕으로 돌려보내려고 오후 내내 애를 썼어."

"아뇨, 됐어요. 고마워요." 베이커 양이 방금 식료품실에서 가져온 네 잔의 칵테일을 사양하며 말했다. "나는 혹독한 훈련 중이에요."

집주인이 믿기지 않는다는 표정으로 쳐다보았다.

"당신이!" 그는 술잔에 칵테일이 한 모금밖에 안 남아 있는 것처럼 단숨에 들이켰다. "당신이 뭔가 일을 해낸다는 게 잘 믿기지 않는데."

나는 베이커 양이 '해낸 일'이 무엇인지 의아해하며 그녀를 바라보았다. 호감 가는 외모였다. 몸이 날씬하고 가슴은 빈약했으며 자세는 곧았다. 그녀는 마치 젊은 사관생도처럼 어깨 뒤쪽으로 몸을 약간 젖힘으로써 그런 자세를 더욱 강조했다. 그녀는 햇볕에 그을린 회색빛 눈으로 나를 쳐다보았다. 그 창백하고, 매력적이고 불만 가득한 얼굴에는 공손한 호기심이 번져 있었다. 문득 그녀를 어디선가 보았거나 전에 그녀의 사진을 본 듯한 느낌이 들었다.

"웨스트에그에 사신다고요." 그녀가 경멸하는 어조로 말했다. "난 그곳에 사는 어떤 사람을 알고 있어요."

"난 단 한 사람도 알지…."

"당신은 틀림없이 개츠비를 알 거예요."

데이지가 물었다. "개츠비? 무슨 개츠비?"

내가 이웃에 사는 사람이라고 말하기도 전에 저녁 식사가 준비되었다는 통지가 왔다. 톰 뷰캐넌은 근육질 팔을 내 팔 밑에 단단히 찔러 넣고서 나를 그 방에서 식당 쪽으로 데리고 갔다. 마치 장기판 위의 말을 집어 다른 칸으로 옮기는 것 같은 동작이었다.

두 젊은 여자는 양손을 엉덩이에 가볍게 얹고 날렵하면서도 나른한 걸음으로 우리를 앞질러 석양 쪽으로 열려 있는 장밋빛 현관을 향해 나섰다. 그곳에는 네 개의 양초가 식탁 위에서 빛나고 있었다. 바람은 한결 잦아들어 있었다.

"웬 양초?" 데이지가 얼굴을 찌푸리며 싫은 티를 냈다. 그녀는 손을 흔들어 촛불을 꺼버렸다. "두 주만 지나면 연중 낮이 가장 긴 날이 될 거예요." 그녀는 환한 얼굴로 우리를 쳐다보았다. "연중 낮이 가장 긴 날을 기다리다가 그날을 놓쳐버리지 않나요? 난 그래요. 언제나 연중 낮이 가장 긴 날을 기다리다가 그날을 놓쳐버린다니까요."

"우리는 뭔가 계획을 세워야 해요." 베이커 양이 하품을 하면서 마치 침대에 들어가듯 식탁에 앉았다.

"좋아. 뭘 계획해야 한다는 거지?" 데이지가 말했다. 그녀는 무슨 소리인지 모르겠다는 듯이 나를 쳐다보았다. "사람들은 뭘 계획하죠?"

내가 대답하려는데 그녀가 겁먹은 표정을 지으며 자신의 새끼손가락을 내려다보았다.

"봐요!" 그녀가 불평했다. "다쳤어요."

우리는 모두 쳐다보았다. 손가락 관절에 검푸른 멍이 들어 있었다.

"톰, 당신이 그랬어요." 그녀는 비난하듯이 말했다. "물론 그럴 의도가 없었다는 건 알아요. 하지만 결국 당신이 그렇게 한 거예요. 내가 짐승 같은 남자와 결혼한 결과가 이거죠. 엄청 덩치가 크고 주위를 어슬렁거리는 남자."

"난 그 어슬렁거린다는 말, 싫어해. 농담이라도 말이야." 톰이 심통스럽게 말했다.

"어슬렁거리는 남자." 데이지가 고집스럽게 다시 말했다.

때때로 데이지와 베이커 양은 남자들에게 방해가 안 되게, 사소한 농담을 주고받았다. 수다스러운 잡담은 아니었고 아주 시원시원한 대화였다. 그들이 입고 있는 하얀 드레스처럼 청량했고 그들의 몰개성적 눈빛처럼 모든 욕망이 배제되어 있었다. 그들은 그곳에 존재하면서 톰과 나의 존재를 받아들였고, 우리를 즐겁게 해주거나 우리에게서 즐거움을 얻고자 공손하면서도 상냥하게 굴려고 애를 썼다. 그들은 곧 저녁 식사가 끝나고, 이어서 밤도 끝나면 식탁이 대충 치워진다는 것을 알고 있었다. 서부와는 완전히 딴판인 저녁 식사였다. 서부에서는 저녁 식사가 황급히 각 단계를 지나 결말에 이르는데, 이 과정에서 실망스러운 일이 계속 벌어지거나 저녁 식사 시간 자체에 대한 순간적 긴장과 우려가 늘 존재한다.

"데이지, 넌 나를 문명이라고는 전혀 모르는 야만인 같은 느낌이 들게 하는구나." 코르크 맛이 나지만 질 좋은 적포도주를 두 잔째 마시면서 내가 말했다. "농작물이나 뭐 그런 거에 대해 이야기할 수는 없는 거야?"

나는 딱히 무슨 뜻이 있어서 그렇게 말한 것은 아니었다. 그러나 예상도 못 했던 심각한 반응이 나왔다.

톰이 불쑥 거센 어조로 말했다. "문명이 박살 날 것 같아. 나는 오늘날의 사태를 아주 비관적으로 보고 있어. 고다드라는 사람이 쓴 『유색 제국의 발흥』*이라는 책을 읽어봤나?"

"아니." 나는 그의 강한 어조에 다소 놀라면서 대답했다.

"좋은 책이야. 모든 사람이 반드시 읽어야 해. 이대로 손 놓고 있다가는 백인이 완전히 제압당할 거라는 이야기인데, 모두 과학적으로 증명이 되었어."

"톰은 요즘 아주 심오한 주제에 빠져 있어." 데이지가 아무 생각 없는 슬픈 표정으로 말했다. "저이는 장황한 말이 적혀 있는 난해한 책들을 읽어. 그 말들이…."

"아무튼, 이 책들은 다 과학적이야." 톰이 그녀를 초조하게 바라보며

---

* 가상의 책이며 실제 모델은 백인 우월주의자인 로스롭 스토더드의 『백인 세상의 패권에 도전하는 유색의 물결』로 보인다. 여기서 백인 우월주의가 나오는 것은 뒤에서 부자와 빈자의 차이가 흑백 인종의 차이와 별반 다를 바 없다는 것을 암시한다.

고집스럽게 말했다. "이 저자는 모든 것을 완벽하게 밝혔어. 이제 우세 인종인 우리 백인이 책임지고 사태를 경계해야 해. 안 그러면 다른 인종들이 완전히 장악해버릴 거라고."

"우리는 그들을 때려눕혀야 해요." 데이지가 강렬한 햇볕 때문에 사납게 눈을 깜빡이면서 속삭였다.

"둘은 햇볕이 부드러운 캘리포니아에 가서 살아야 해…." 베이커 양이 그렇게 운을 뗐을 때, 톰은 자리에 앉은 채 심하게 몸을 비틀면서 끼어들었다.

"중요한 건 우리가 노르딕 인종이라는 거야. 나도, 자네도 그리고 당신도." 그는 잠시 망설이더니 고개를 약간 끄덕이면서 데이지도 포함했다. 그녀는 또다시 내게 윙크를 보냈다. "사실 우리가 문명을 구성하는 모든 것을 만들어냈지. 과학이니 예술이니 뭐 그런 것들 말이야. 내 말 알아들어?"

고집스러운 톰의 모습이 애처로웠다. 자기만족이 예전보다 심해졌을 뿐 아니라 그것만으로는 더 이상 충분하지 못한 듯했다. 그때 갑자기 방에서 전화벨 소리가 울렸고 식탁 주위에 있던 집사가 집 안으로 들어갔다. 그 순간 데이지가 내게 몸을 살짝 기댔다.

"우리 집안의 비밀을 하나 말해줄게." 그녀가 신난다는 듯이 속삭였다. "저 집사의 코에 대한 거야. 듣고 싶어?"

"그런 이야기를 들으려고 오늘 밤 여기 온 게 아닐까?"

"저 사람은 지금껏 집사 노릇만 한 건 아니야. 과거에 200명분이나 되는 은제 식기류를 가진 뉴욕의 어느 집에서 은제 식기를 닦는 일을 했어. 아침부터 밤이 될 때까지 은제 식기를 닦아야 했지. 그러다가 마침내 그 일 때문에 코에 문제가 생기기 시작한 거야."

"일이 점점 더 힘들어졌겠네?" 베이커 양이 거들었다.

"그래. 점점 악화하다가 마침내 그만뒀대."

마지막 햇빛이 낭만적 애정을 표현하듯 잠시 그녀의 환한 얼굴을 간질였다. 나는 그녀의 목소리에 취해 숨을 멈춘 채 그녀 쪽으로 몸을 기울였다. 이어 그녀의 얼굴에서 빛이 사라졌다. 떠나가는 빛은 매 순간 아쉽다는 듯이 멈칫거렸는데, 마치 저물녘이 되어 즐거운 놀이가 있는 동네 거리를 떠나기 아쉬워하는 아이들 같았다.

집사가 돌아와 톰의 귀에 속삭였다. 그러자 톰은 얼굴을 찌푸리더니 의자를 뒤로 밀어내면서 아무 말도 하지 않고 방으로 들어갔다. 그가 자리를 비운 사이에 무언가가 데이지의 내부에서 갑자기 꿈틀거리는 듯했다. 그녀는 다시 내게로 몸을 기울였다. 얼굴은 환히 빛났으며 목소리는 노래하는 듯했다.

"오빠, 우리 식탁에 초대하게 되어 기뻐. 오빠를 보면, 장미, 완벽한 장미가 생각나. 안 그러니?" 그녀는 확인을 바라는 듯 베이커 양 쪽으로 고개를 돌렸다. "완벽한 장미 같지?"

그건 사실이 아니었다. 나는 장미를 닮은 구석이 조금도 없다. 그녀는 단지 즉흥적으로 떠오르는 것을 말할 뿐이었다. 그러나 사람을 감동시키는 온기가 그녀에게서 뿜어져 나왔다. 매혹적인 말 속에 숨은 따뜻한 심장이 상대방을 향해 숨 가쁘게 나오려 했다. 그런데 갑자기 그녀가 냅킨을 식탁 위로 내던지더니 실례한다면서 방으로 들어갔다.

베이커 양과 나는 의식적으로 아무 의미 없는 시선을 주고받았다. 내가 입을 떼려고 하자 그녀가 갑자기 일어서면서 "쉿!" 하고 경계하는 목소리로 말했다. 저쪽 방에서 일부러 소리를 죽인 듯한 열정적 중얼거림이 들려왔다. 베이커 양은 부끄러운 줄도 모르고 몸을 앞으로 기울이면서 엿들으려고 했다. 그 중얼거림은 알아들을 만하면 떨리면서 가라앉았고 재차 흥분한 듯 어조가 높아지다가 다시 가라앉았다.

"당신이 말한 개츠비는 내 이웃인데…." 내가 입을 열었다.

"말하지 말아요. 무슨 일이 벌어지고 있는지 좀 들어보고 싶어요."

"무슨 일이라도 있습니까?" 내가 순진하게 물었다.

"아니, 정말 모른단 말이에요?" 베이커 양이 정말 놀라는 표정으로 말했다. "다들 아는 줄 알았는데."

"모릅니다."

"그러니까…." 그녀는 잠시 망설이다가 말했다. "톰은 뉴욕에 사귀는 여자가 있어요."

"여자가 있다고요?"

내가 멍하니 묻자 베이커 양은 고개를 끄덕였다.

"그 여자, 저녁 식사 시간에 전화를 하다니 좀 상식이 없어요. 그렇지 않아요?"

내가 그 말의 뜻을 온전히 파악하기도 전에 드레스의 살랑거리는 소리와 가죽 장화의 빠각거리는 소리가 나더니 톰과 데이지가 다시 식탁으로 돌아왔다.

"죄송해요. 어쩔 수 없었어요." 데이지가 짐짓 즐거운 체하며 말했다.

그녀는 의자에 앉았고 먼저 탐색하듯 베이커 양을 보더니 이어 나를 쳐다보았다. 그리고 계속 말했다. "나는 창밖을 잠시 내다보았어요. 아주 낭만적인 광경이 펼쳐졌거든요. 잔디밭에 새가 한 마리 앉아 있었는데, 커나드나 화이트스타 해운 회사의 배를 타고 날아든 나이팅게일이 틀림없어요. 그 새는 계속 노래를 불렀지요." 그녀는 노래하듯 말했다. "낭만적이었어요. 그렇지 않아요, 톰?"

"아주 낭만적이었어." 톰은 이어서 다소 아쉽다는 듯 내게 말했다. "만약 저녁 식사 후에도 어두워지지 않는다면 자네에게 마구간을 보여주고 싶은데."

그때 방 안에서 전화벨 소리가 깜짝 놀랄 정도로 크게 울렸다. 데이지가 톰을 바라보며 단호하게 고개를 흔들어대자, 마구간 이야기, 아니 모든 이야기가 공중으로 증발해버리고 말았다. 식탁에서 있었던 마지막 5분 동안의 기억은 파편처럼 흩어져버렸다. 나는 그중에서도 별 의미가 없는 사실, 식탁 위의 촛불이 계속 켜져 있었다는 것을 기억한다. 모든 사람을 쳐다보고 싶으면서 동시에 그 시선을 피하고 싶었다는 사실도 함께 말이다. 나는 그런 나 자신을 의식했다. 데이지와 톰이 무슨 생각을 하고 있는지 짐작할 수 없었다. 사물을 어느 정도 냉정하고 회의적인 시각으로 바라보는 데 익숙한 듯한 베이커 양조차 그 날카로운 금속 같은 소리에 담긴 다섯 번째 손님의 긴급한 호출을 무시할 수 있겠는지 의문이 들었다. 어떤 특이한 기질을 가진 사람에게는 그 상황이 흥미롭게 보일 수도 있을 것이다. 하지만 나는 즉시 경찰을 불러야 한다는 생각이 들었다.

말할 필요도 없지만 마구간의 말 이야기는 더 이상 나오지 않았다. 톰과 베이커 양은 그들 사이에 몇 미터의 석양 그림자를 둔 채로 집 안 서재로 걸어 들어갔다. 그들은 눈에 환히 보이는 시체 옆에서 밤을 새워야 하는 초상집 사람들 같았다. 나는 지금 벌어지는 일이 흥미로운 척 혹은 약간 귀가 먹은 척하면서 데이지를 따라 서로 연결된 베란다를 돌아서 저택 앞 현관으로 갔다. 깊어진 어둠 속에서 우리는 기다란 고리버들 의자에 나란히 앉았다.

데이지는 자신의 아름다운 얼굴을 느껴보려는 듯 양손으로 얼굴을 감싸 쥐었고, 두 눈으로 벨벳처럼 부드러운 석양을 천천히 쳐다보았다. 나는 그녀가 혼란한 감정 때문에 괴로워한다는 것을 알아차렸다. 그래서 그런 심란한 마음을 다소 진정시켜줄 생각으로 그녀의 어린 딸에 관해 물어보았다.

"닉 오빠, 우리는 서로 잘 알지 못해." 그녀가 느닷없이 말했다. "우리가 팔촌 남매이기는 하지만. 오빠는 내 결혼식에도 오지 않았잖아."

"그때는 전쟁터에 나가 있었으니까."

"그래." 그녀가 망설였다. "닉 오빠, 나는 아주 어려운 시간을 보냈어. 그래서 모든 게 다 시들해졌지."

분명 그럴 만한 이유가 있었다. 나는 그다음 말을 기다렸으나 그녀는 아무 말도 하지 않았다. 잠시 뒤 나는 다소 어색하게 아까 꺼낸 딸 이야기로 되돌아갔다.

"딸아이는 말도 하고, 잘 먹고, 뭐든지 잘하겠지?"

"아, 그래." 그녀는 멍하니 나를 쳐다보았다. "오빠, 그 애가 태어났을 때 내가 했던 말을 들려주고 싶어. 듣고 싶어?"

"물론이지."

"그 이야기를 들으면 내가 요즘 내 생활을 어떻게 느끼고 있는지 알수 있을 거야. 그 애가 태어난 지 한 시간도 안 되었을 때 톰은 대체 어디에 있는지 알 길이 없었어. 나는 완전히 버려진 느낌으로 마취에서 깨어나 곧바로 간호사에게 딸인지 아들인지 물어보았어. 딸이라는 거야. 난 고개를 돌리고 울었어. 그리고 말했어. '좋아요. 딸이라서 기뻐요. 딸아이가 바보이기를 바라요. 그게 이 세상에서 이 아이가 할 수 있는 가장 좋은 일일 거예요. 예쁘고 어리석은 바보.'"

그녀는 확신한다는 어조로 계속 말했다. "아무튼 이제 모든 게 엉망

이야. 다들 그렇게 생각해. 가장 발전한 사람들도. 그리고 난 알아. 난 안 가본 곳이 없고, 못 본 것이 없고, 안 해본 일이 없어." 그녀는 도전적인 눈빛으로 방 안을 둘러보았는데 그 시선이 어쩐지 톰의 시선과 닮았다는 느낌이 들었다. 이어 그녀는 날카로운 경멸이 담긴 웃음을 터뜨렸다. "세련되었지. 그래, 난 세련된 여자가 되었어."

그녀의 목소리가 잦아들면서 더 이상 나의 관심과 믿음을 강요하지 않게 된 순간, 나는 그녀가 방금 한 말이 본심이 아니라는 걸 느꼈다. 나는 불편해졌다. 그날 저녁 행사가 내게서 뭔가 위로가 되는 공감을 억지로 얻어내려는 술수 아니었을까 하는 느낌이 들었기 때문이다. 나는 기다렸다. 곧 그녀는 사랑스러운 얼굴로 능청스러운 미소를 지으며 나를 쳐다보았다. 그 표정은 뭐라고 할까, 톰과 자신이 어떤 고급 비밀 모임에 속해 있다는 사실을 강력히 주장하는 듯했다.

저택 안에서는 진홍색 방이 환하게 빛나고 있었다. 톰과 베이커 양은 기다란 소파의 양쪽 끝에 앉아 있었고 그녀는 그에게 『새터데이 이브닝 포스트』를 읽어주고 있었다. 높낮이의 변화가 없어서 중얼거림처럼 들리는 말들이 위로하는 듯한 어조로 계속 흘러나왔다. 램프의 불빛이 톰의 가죽 장화를 밝게, 베이커 양의 낙엽 색깔 같은 머리카락은 희미하게 비추었다. 그녀가 팔의 부드러운 근육을 팔락이며 페이지를 넘길 때마다 종이 위에서 빛이 반짝거렸다.

우리가 방 안으로 들어가자, 그녀는 손을 들어 잠시 조용히 있어달라는 시늉을 했다.

"다음 호에서 계속." 그녀가 잡지를 테이블 위에 내던지며 말했다. 그러고는 무릎을 두서없이 약간 흔들어대다가 벌떡 일어섰다.

"10시예요." 그녀는 마치 천장에 시계가 달려 있는 듯 위를 쳐다보고 말했다. "이 소녀는 잠자리에 들 시간이랍니다."

"조던은 내일 토너먼트 대회에서 경기를 해! 저기 뉴욕 교외의 웨스트체스터에서." 데이지가 설명했다.

"아, 당신이 바로 조던 베이커로군요."

나는 그제야 왜 그녀가 낯익었는지 알 수 있었다. 애슈빌, 핫스프링스, 팜비치 등에서 열린 스포츠 경기를 찍은 사진 중에서 유쾌하면서도 약간 남을 깔보는 듯한 그녀의 얼굴을 많이 보았던 것이다. 나는 그녀에 관해 떠도는 비판적이면서도 불쾌한 이야기를 들은 적도 있었는데, 구체적으로 어떤 내용인지는 오래전에 잊어버렸다.

"잘 자요." 그녀가 부드럽게 말했다. "아침 8시에 깨워주실 거죠?"

"일어나기만 한다면."

"일어날 거예요. 잘 가요, 캐러웨이 씨. 또 만나요."

"물론 또 만나야지." 데이지가 맞장구쳤다. "사실 난 중매를 서고 싶거든. 오빠, 자주 놀러 와. 뭐라고 할까, 난 오빠와 쟤, 두 사람을 맺어주고 싶어. 우연히 두 사람을 리넨 옷장에 가둔다든지, 아니면 보트에 태워 바다에 내보낸다든지, 뭐, 그런 거라도 해서 말이야."

"잘 자요." 조던 베이커가 계단에서 말했다. "이 소녀는 한마디도 못 들은 걸로 하겠어요."

"좋은 여자야." 톰이 잠시 뒤에 말했다. "저런 식으로 온 사방을 뛰어다니도록 내버려두면 안 되는 건데."

"누가 그러는데요?" 데이지가 냉정하게 물었다.

"조던의 가족."

"가족이래 봤자, 나이가 한 천 살은 되어 보이는 숙모 한 사람뿐이에요.

게다가 닉 오빠가 그 애를 잘 돌봐줄 거예요. 그렇지 않아, 닉 오빠? 그 애 올여름에 여기서 주말을 많이 보낼 거예요. 나는 가정을 꾸리는 게 그 애한테 아주 좋은 영향을 미칠 거라고 생각해요."

데이지와 톰은 아무 말 없이 잠시 쳐다보았다.

"조던은 뉴욕 출신인가?" 내가 재빨리 물었다.

"루이빌 출신이야. 우리는 순수한 소녀 시절을 그곳에서 함께 보냈어. 우리의 아름답고 순수한…."

"당신은 베란다에서 닉과 허심탄회한 이야기를 나누었나?"

"내가요?" 그녀는 나를 쳐다보았다. "기억이 잘 안 나는데. 하지만 노르딕 인종에 대해 이야기했다고 생각할래요. 그래요. 확실히 그 이야기를 했어요. 그건 뭐랄까, 우리에게 자연스럽게 떠올랐고, 당신이 제일 먼저 알아야 할 것은…."

"닉, 자네가 어떤 이야기를 들었든 곧이곧대로 믿지 마." 그가 내게 조언했다.

나는 들은 게 별로 없다고 가볍게 대답했다. 그리고 잠시 뒤 집으로 돌아가겠다며 일어섰다. 부부는 나와 함께 문 앞까지 왔고 쾌활한 네모꼴 빛 속에 나란히 서 있었다. 내가 시동을 걸려는데 데이지가 단호하게 소리쳤다. "기다려!"

"내가 오빠에게 뭔가 물어보려다가 잊어버렸어. 아주 중요한 거야. 오빠가 서부에 있는 어떤 여자와 약혼했다는 얘길 들었거든."

"헛소문이야. 난 너무 가난해서 그런 거 할 형편이 못 돼."

"하지만 우린 그런 이야기를 들었는걸." 데이지가 꽃처럼 다시 활짝 피어나 나를 놀라게 하면서 고집스럽게 말했다. "무려 세 사람한테서 들었으니 사실이라고 믿을 수밖에 없잖아."

물론 나는 데이지가 말하는 사람이 누구인지 알고 있었다. 하지만 나는 약혼을 한 적이 없다. 동네에 떠도는 소문이 결혼 청첩장을 만들어 낸다는 것도 내가 동부로 오게 된 이유 중 하나였다. 이상한 소문이 나돈다고 옛 친구를 아예 안 만날 수는 없는 노릇이지만, 소문 때문에 결혼하고 싶은 생각은 없었다.

데이지 부부가 관심을 가져준 덕분에 나는 무척 감동했고, 심지어 그들이 실제보다 덜 부유하게 느껴지기도 했다. 그렇지만 차를 몰고 집으로 돌아오면서 조금은 혼란스럽고 불쾌해졌다. 내가 보기에 데이지는 아이를 품에 안고 그 집에서 탈출해야 했다. 하지만 그녀의 머릿속에는 그럴 생각이 전혀 없었다. 사실 나는 톰이 뉴욕에 사귀는 여자가 있다는 사실보다 그가 백인들이 밀리고 있다는 내용의 책을 읽고 우울해졌다는 사실이 더 놀라웠다. 이제 강인한 신체적 자기중심성은 그의 거만한 마음에 충분한 자양을 제공해주지 못하는 듯했다. 그래서 고리타분한 백인 우월주의를 수박 겉핥기식으로 더듬는 것이다.

여관의 지붕이나, 새로운 붉은색 휘발유 펌프가 빛의 웅덩이 속에 모습을 드러내고 있는 길가의 주유소를 쳐다보니 이미 때는 한여름이었다. 웨스트에그에 있는 내 집에 도착한 뒤, 나는 차를 차고에 집어넣고서 마당에 그냥 내버려둔 제초기 위에 잠시 앉았다. 바람이 나무들 사이에서 날개 치는 듯한 소리가 밝은 밤하늘에 맴돌았다. 마치 오르간 연주 같았다. 대지의 풀무가 생명의 힘을 힘껏 불어넣은 듯, 개구리들의 목구멍에서 나오는 소리였다. 살금살금 움직이는 고양이의 실루엣이 달빛 가득한 풍경을 가로질렀다. 그걸 보기 위해 고개를 돌리는 순간, 나는 혼자가 아님을 깨달았다. 15미터쯤 떨어진 곳에서 한 사람이 이웃 저택의 그림자로부터 나오더니 호주머니에 양손을 찔러 넣은 채 서

서 은색 가루 같은 별들을 올려다보았다. 한가한 동작과 잔디밭을 굳게 딛고 선 자세로 보아 그가 개츠비 씨임을 알 수 있었다. 마치 그는 우리 동네의 하늘을 자신이 얼마나 차지하고 있는지 알고 싶어서 그렇게 올려다보고 있는 것처럼 보였다.

나는 소리쳐서 그를 불러보기로 했다. 저녁 식사 때 조던 베이커가 그의 이름을 언급했으니, 그것만으로도 충분히 인사를 건넬 건수가 되었다. 그러나 곧 생각을 접었다. 그가 갑자기 혼자 있고 싶어 하는 듯한 동작을 보였기 때문이다. 그는 자신의 양팔을 어둡고 비좁은 만灣 앞쪽으로 기이하게 내밀고 있었다. 내가 그로부터 얼마 떨어져 있지 않았기 때문에 그의 몸이 떨리고 있는 걸 분명하게 볼 수 있었다. 나는 무의식적으로 바다 쪽을 내다보았다. 그곳에는 이렇다 할 게 아무것도 없고 단지 초록색 등불 하나만 보였다. 그 등불은 멀리 떨어져 있어서 아주 작게 보였는데, 아마도 보트 계류장 끝부분에 내걸린 조명등 같았다. 고개를 돌려 다시 한번 개츠비를 보려 했으나 그는 이미 사라지고 없었다. 나는 그 심란한 어둠 속에서 다시 혼자가 되었다.

제2장

　자동차 도로는 웨스트에그와 뉴욕시의 중간 지점쯤에서 철도와 급하게 만나 약 400미터 정도를 나란히 달리다가 황량한 지역에서 벗어난다. 그 황량한 지대를 가리켜 일명 '재의 계곡'*이라고 하는데, 그곳은 밀이 아니라 재가 산등성이나 언덕, 기괴한 정원을 형성하는 괴이한 환상의 농장이다. 그곳에서 재는 주택, 굴뚝, 솟아오르는 연기처럼 보이다가 마침내 일종의 초월적인 노력으로 사람 형태가 되는데, 그들은 먼지 가득한 공기 속을 희끄무레하게 움직이다가 이내 산산이 부서진다. 가끔 일렬로 줄을 선 회색 차들이 보이지 않는 길을 따라 기어가다가 소름 끼치게 끼익 소리를 내며 멈추어 선다. 그 즉시 재처럼 회백색인 사람들이 납빛 삽을 들고나와, 타인의 시선으로부터 그들의 은밀한 작업을 감추어주는 빽빽한 구름을 헤치며 길을 낸다.

*　뉴욕시에 있는 쓰레기 처리장.

그러나 잠시 뒤, 운전자는 회색 땅과 그 위를 무한정 떠도는 황량한 먼지들 위로, 안과 의사 T. J. 에클버그 박사의 두 눈을 보게 된다. 그의 푸른 두 눈은 아주 거대해서 홍채의 높이만 해도 1미터나 된다. 얼굴 없는 두 눈은, 코도 거느리지 않은 채 거대하고 노란 안경을 쓰고 운전자를 노려본다. 분명 어떤 익살스러운 안과 의사가 퀸스 지구에 있는 자기 병원의 수입을 늘리기 위해 입간판을 세웠다가 영원히 눈이 멀어버렸거나 아니면 그런 사실을 깜빡 잊고 다른 곳으로 이사를 간 것이리라. 햇볕과 비바람 아래에서 새로운 페인트를 덮어쓰지 않고 오랜 나날을 보내다가 마침내 약간 어둠침침해진 그의 두 눈은 아래에 있는 쓰레기 처리장을 내려다보며 깊은 생각에 잠겨 있다.

재의 계곡 한쪽은 지저분한 작은 강을 접하고 있다. 화물선을 통과시키기 위해 도개교가 잠시 올라갈 때면 기다리고 있던 기차의 승객들은 30분 정도 그 일대의 황량한 풍경을 둘러볼 수 있다. 강 앞에서 언제나 적어도 1분 정도는 정차해야 하는데, 바로 이런 사정 탓에 나는 톰 뷰캐넌의 정부를 처음 만나게 되었다.

톰에게 정부가 있다는 소리는 그를 알고 있는 곳이라면 다들 하는 이야기였다. 톰의 친지들은 그가 유명한 식당에 그 여자를 데리고 나타나서 식탁에 혼자 남겨둔 채, 식당 안을 어슬렁거리며 아는 사람들과 한가하게 이야기 나누는 태도를 못마땅하게 여겼다. 나는 그녀가 어떻게 생겼는지 궁금하기는 했어도 만나고 싶지는 않았다. 하지만 결국 마주치게 되었다. 어느 날 오후 톰과 함께 기차를 타고 뉴욕으로 가던 길이었다. 우리가 잿더미 앞에 멈추어 섰을 때, 그가 갑자기 일어서더니 내 팔꿈치를 잡아당기면서 억지로 끌어내렸다.

"여기서 잠시 내리지! 내 여자를 한번 만나봐." 그가 고집을 부렸다.

그는 점심을 먹으면서 이미 거나하게 취했는지 나와 함께 있겠다며 거의 폭력에 가깝게 고집을 부렸다. 일요일 오후라서 내게 별로 할 일이 없을 것이라는 톰의 오만한 지레짐작도 작용했을 것이다.

나는 그를 따라 하얀 페인트칠이 된 낮은 철도 울타리를 넘어서, 에클버그 박사의 따가운 시선을 받으며 도로를 따라 100미터 정도 뒤로 걸어갔다. 눈에 보이는 건물이라고는 황무지 가장자리에 서 있는 노란 벽돌 건물이 전부인 아주 자그마한 동네였다. 그곳이 일종의 중심가였고, 주위에는 아무것도 없었다. 그 자그마한 건물에는 세 가게가 있는데 그중 하나는 비어 있어서 임차인을 찾는 중이었고, 다른 하나는 재의 길까지 걸어갈 수 있는 심야 레스토랑이었고 나머지는 "자동차 수리 센터, 조지 B. 윌슨, 중고차 사고 팜"이라는 간판을 내건 카센터였다. 나는 톰을 따라 가게 안으로 들어갔다.

내부는 살벌하고 황량했다. 보이는 차라고는 저쪽 구석에 웅크린 채, 덮개를 뒤집어쓴 중고 포드 한 대뿐이었다. '아마도 이 초라한 카센터는 겉으로 내세우는 위장일 뿐, 저 위층에 화려하고 낭만적인 집이 감추어져 있겠지.' 내가 이런 생각을 하고 있을 때, 가게 주인이 걸레쪽에 손을 닦으면서 사무실 문 앞으로 걸어 나왔다. 그는 금발 머리에 무기력해 보이는 남자였고, 얼굴이 창백했지만 다소 잘생긴 구석도 있었다. 우리를 보자 그의 연푸른 눈에 축축한 희망의 빛이 설핏 지나갔다.

"아이고, 잘 지냈나, 윌슨." 톰이 쾌활하게 그의 등을 두드리며 말했다. "사업은 어때?"

"그럭저럭." 윌슨이 다소 자신 없게 말했다. "차는 언제 팔 거야?"

"다음 주에. 현재 사람을 시켜 수리하고 있어."

"일을 아주 천천히 하는군."

톰이 냉정하게 말했다. "아니, 천천히 하는 게 아니야. 만약 자네가 그런 식으로 생각한다면 다른 데다 팔아야겠는데."

윌슨이 재빨리 변명했다. "그런 이야기는 아니었네. 나는 단지…."

그의 목소리는 잦아들었고 톰은 초조한 듯 카센터 주위를 둘러보았다. 그때 계단에서 사람 발걸음 소리가 났고 곧 몸집이 풍만한 여자가 나타나 사무실 문에서 흘러나오는 빛을 가로막았다. 30대 중반으로 짐작되는 그녀는 살집이 조금 있었으나 몇몇 여자들처럼 몸매를 육감적으로 과시하고 있었다. 물방울무늬의 진청색 프랑스 비단 드레스를 입은 그녀는 얼굴에 아름다운 기백이나 빛은 없었지만, 온몸에서 생생한 활력이 뿜어져 나왔다. 드레스 아래 감춰진 몸에서는 온 신경이 계속 은밀하게 불타오르는 듯했다. 그녀는 천천히 미소 지으며 마치 유령을 통과하듯 남편을 지나쳐 톰에게 다가와 그와 악수한 다음 홍조 가득한 눈빛으로 그를 쳐다보았다. 이어 그녀는 혀로 입술을 핥더니 남편 쪽으로 고개를 돌리지도 않고 부드러우면서도 걸걸한 목소리로 말했다.

"여보, 의자를 가져오세요. 손님들을 세워둘 순 없잖아요."

"아, 그래야지." 윌슨은 재빨리 동의하고 칙칙한 시멘트색 벽과 연결된 작은 사무실 쪽으로 걸어갔다. 하얀 재가 그의 검은 상의와 윤기 없는 머리카락을 베일처럼 뒤덮었다. 재는 그 근처의 모든 것을 그런 식으로 덮어버렸다. 단, 톰 곁에 바짝 다가선 그의 아내만은 예외였다.

"보고 싶었어." 톰이 강한 어조로 말했다. "다음 기차를 함께 타자."

"알았어요."

"기차역 지하에 있는 신문 가판대 옆에서 보자고."

그녀는 고개를 끄덕였고 조지 윌슨이 사무실에서 의자 두 개를 가지고 오자 재빨리 사라졌다.

우리는 길 아래쪽으로 내려가 보이지 않는 곳에서 그녀를 기다렸다. 독립 기념일을 며칠 앞둔 터라 비쩍 마른 회색 이탈리아계 아이 하나가 철로 옆길에 한 줄로 폭죽을 설치하고 있었다.

"여긴 끔찍한 곳이야." 톰이 찡그린 얼굴로 에클버그 박사를 쳐다보며 말했다.

"정말 황량한 곳이지."

"그러니 그 여자도 이런 곳을 벗어나고 싶은 거야."

"남편이 반대하지 않나?"

"윌슨? 마누라가 뉴욕에 있는 여동생을 만나러 간다고 생각할 거야. 그자는 너무 멍청해서 자기가 살아 있는지 아닌지도 모를걸?"

그래서 톰 뷰캐넌과 그의 여자, 나는 함께 뉴욕으로 올라갔다. 물론 함께 앉아서 간 건 아니었다. 윌슨 부인은 눈치껏 다른 칸에 탔다. 톰도 나름대로 체면을 차릴 줄은 알아서, 기차에 타고 있을지도 모르는 이스트에그 주민들의 시선을 의식했다.

그녀는 갈색 무늬의 모슬린 드레스로 갈아입었는데 다소 큰 그녀의 엉덩이 위로 옷이 착 달라붙어 있었다. 뉴욕에 도착하자 톰은 그녀가 승강장 아래로 내려올 때 붙잡아주었다. 그녀는 신문 가판대에서 『타운 태틀』 한 부와 영화 잡지 한 부를 샀고, 역사 안에 있는 약국에 들어가서는 콜드 크림과 자그마한 용기에 든 향수를 한 병 샀다. 위층으로 올라온 그녀는 웅웅 울리는 자동차 도로에서 택시 네 대를 그냥 흘려보내더니 회색 좌석을 갖춘 새 라벤더색 차를 선택했다. 우리는 이 택시를 타고 웅장한 역사를 벗어나 밝게 빛나는 햇빛 속으로 들어갔다. 그러나 곧 그녀는 창에서 고개를 급히 돌리더니 앞으로 몸을 기울여 앞쪽 유리를 톡톡 쳤다.

"저 강아지를 한 마리 사야겠어요. 아파트에서 한 마리 키우고 싶어요. 강아지를 옆에 두면 얼마나 좋을까요." 그녀가 진지하게 말했다.

우리는 어이없게도 백만장자 존 D. 록펠러를 닮은 회색 노인을 향해 후진했다. 그의 목에 매달려 흔들리는 바구니에는 품종을 알 수 없는 갓 태어난 강아지 여남은 마리가 웅크리고 있었다.

"그건 어떤 품종이에요?" 노인이 택시에 다가오자, 윌슨 부인이 진지하게 물었다.

"여러 가지가 있습니다. 어떤 종을 원하시는데요, 부인?"

"경찰견이었으면 좋겠는데요. 그런 건 없나요?"

노인은 의심스러운 눈빛으로 바구니 안을 들여다보더니 손을 집어넣어 바르작거리는 강아지의 목을 잡고 밖으로 꺼냈다.

"그건 경찰견이 아닌데." 톰이 말했다.

노인이 실망한 목소리로 대꾸했다. "뭐, 경찰견은 아니죠. 에어데일에 더 가깝습니다." 그는 강아지의 부드러운 갈색 등을 쓰다듬었다. "이 털을 좀 보세요. 굉장한 털이에요. 감기에 걸려서 주인을 성가시게 할 염려가 조금도 없는, 아주 좋은 놈이죠."

"귀여운데요." 윌슨 부인이 관심 있다는 듯이 말했다. "얼마죠?"

"이놈 말이죠?" 노인은 멋지다는 눈빛으로 강아지를 쳐다보았다. "10달러는 주셔야 합니다."

그 에어데일 품종, 즉 두 발이 너무 하얗기는 하지만 어느 정도 에어데일의 피가 섞인 듯한 강아지는 주인이 바뀌었고 윌슨 부인의 무릎 위에 안착했다. 그녀는 연신 대단하다는 듯 감기에 걸리지 않는다는 강아지의 등을 계속 쓰다듬었다.

"얘는 암컷인가요? 아니면 수컷?" 그녀가 고상하게 물었다.

"그 강아지요? 수컷입니다."

"아니 암컷이야." 톰이 단정적으로 말했다. "자 여기, 돈 받아요. 이거면 어디 가서 강아지 열 마리는 살 수 있을 거요."

우리는 뉴욕의 5번가로 갔다. 온화한 여름날의 일요일 오후였고, 목가적인 분위기가 가득했던 터라 길모퉁이에서 커다란 양 떼가 갑자기 나타난다 해도 그리 놀라지 않을 것 같았다.

"잠깐만, 난 여기서 헤어지는 게 좋을 듯해." 내가 말했다.

"아니, 아니야." 톰이 재빨리 끼어들었다. "자네가 아파트에 들르지 않으면 머틀이 섭섭해할 거야. 그렇지 않아, 머틀?"

"물론이에요." 그녀가 졸라댔다. "여동생 캐서린에게 전화할게요. 알 만한 사람들이 다들 정말 예쁘다고 말하는 애라고요."

"그러고 싶지만, 이렇게…."

우리는 계속 앞으로 나아갔고 센트럴 파크를 지나 후진했다가 다시 웨스트 100번가로 향했다. 택시는 158번가에 있는 기다란 조각 케이크 같은 아파트 단지 앞에서 멈추어 섰다. 윌슨 부인은 귀향한 왕족처럼 아파트 단지를 쓱 둘러보더니 강아지와 아까 산 물품을 챙겨 들고 당당하게 안으로 들어갔다.

"매키 부부를 부를 생각이에요." 그녀가 엘리베이터를 타고 올라가면서 말했다. "물론 여동생도 함께 불러야지요."

아파트는 꼭대기 층에 있었는데 자그마한 거실 하나, 주방 하나, 침실 하나, 화장실 하나였다. 거실에는 태피스트리(여러 색의 실로 그림을 짜 넣은 직물—편집자)를 씌운 거대한 가구가 문 앞까지 떡하니 좁은 공간을 모두 차지하는 바람에, 조금이라도 움직이면 베르사유 궁전에서 그네 타는 여인들이 나오는 부분에 부딪히곤 했다.

거실에 걸려 있는 사진이라고는 흐릿한 바위 위에 앉은 암탉을 크게 확대한 것뿐이다. 멀리서 보면 그 암탉이 여성용 보닛 모자를 쓴 늙고 뚱뚱한 여자의 모습으로 변했는데, 그 노파는 환히 웃는 얼굴로 방 안을 내려다보는 듯했다.

『타운 태틀』과 월호 여러 권, 『베드로라고 불린 시몬』*이라는 장편소설, 브로드웨이의 스캔들이 실린 작은 잡지들이 테이블 위에 놓여 있었다. 윌슨 부인은 강아지가 먹을 음식과 살 집에 온 신경을 빼앗겨 있었다. 엘리베이터 보이가 마지못해 밀짚을 넣은 상자와 우유를 가지러 갔고, 거기에 창의적 생각을 덧붙여 아주 딱딱한 반려견용 비스킷이 든 깡통까지 사서 왔다. 비스킷 하나는 오후 내내 우유 잔에 담겨 제멋대로 썩어갔다. 한편 톰은 잠긴 찬장 문을 열고 위스키 한 병을 꺼내왔다.

나는 평생 딱 두 번 술에 잔뜩 취한 적이 있는데 두 번째가 바로 그날 오후였다. 그래서 그날 벌어진 일은 마치 짙은 안개가 낀 것처럼 아주 어두컴컴하게 느껴진다. 여름이어서 오후 8시까지는 방 안에 환한 햇빛이 가득했는데도 말이다. 윌슨 부인은 톰의 무릎 위에 앉아서 전화로 여러 사람을 호출했다. 마침 담배가 떨어지는 바람에 나는 길모퉁이

* 영국 소설가 로버트 키블(Robert Keable, 1887-1927)이 1921년 영국에서 발간한 통속소설이다. 피츠제럴드는 이 소설이 아주 부도덕하다고 생각했다. 소설의 주인공은 육군의 군종 목사인데 전선에 나갔다가 타락해 도덕성이 흐려진다. 그 후 여러 여자와 격정적인 정사를 벌이는데 그 장면이 당시로서는 꽤 노골적으로 묘사되어 있다. 베드로는 목사를 의미하고 시몬은 성직을 팔아먹는 자를 의미한다. 여기서 그런 타락한 행동을 뜻하는 영어 단어 'simony'(시몬이 하는 짓, 성직 매매)가 유래했다. 이 소설은 피츠제럴드가 『위대한 개츠비』를 쓰던 당시인 1924년 7월에 미국에서 88쇄를 찍고 있었다. 소설 속 남녀의 부도덕한 관계, 뉴욕 기차역 근처에서 사들인 강아지를 암컷이라고 한 것, 우유 잔 속 썩어가고 있는 비스킷 등은 톰 뷰캐넌과 머틀 윌슨의 정사를 아주 부도덕하게 바라보는 화자 닉의 관점을 은연중에 드러낸다.

약국에서 담배를 사려고 밖으로 나갔다. 돌아와 보니 남녀는 방 안으로 사라져 보이지 않았고 나는 신중하게 거실에 앉아 기다리면서 『베드로라고 불린 시몬』을 한 장 읽었다. 아주 황당하고 술에 취해 횡설수설한 것처럼 전혀 말이 되지 않는 이야기였다.

톰과 머틀이 다시 나타나자ー술을 한 잔 나눈 후에 윌슨 부인과 나는 서로 이름을 부르게 되었다ー사람들이 아파트 문 앞에 속속 도착하기 시작했다.

대략 서른 살쯤 되어 보이는 여동생 캐서린은 날씬하고 세속적인 여자였다. 붉은 머리카락을 단단하게 땋아서 머리에 딱 달라붙게 했고 얼굴에는 우유처럼 하얀 분을 바르고 있었다. 눈썹을 모두 뽑고 다소 맵시 있는 각도로 그렸지만 원래 눈썹 모양을 회복하려는 자연의 노력 때문인지 인상이 흐릿해 보였다. 그녀가 움직일 때마다 수많은 도자기 장식 알이 달린 팔찌가 끊임없이 위아래로 쨀랑쨀랑하는 소리를 냈다. 캐서린은 주인처럼 황급히 안으로 들어와 가구를 마치 자기 것인 양 둘러보아서 나는 혹시 그녀가 여기에 사는 게 아닐까 생각했다. 내가 그러냐고 묻자, 그녀는 내 질문을 큰 소리로 반복하며 버릇없이 웃더니 여자 친구와 함께 호텔에서 산다고 말해주었다.

아래층에서 올라온 매키 씨는 얼굴이 창백하고 여성스러운 남자였다. 방금 면도를 했는지 광대뼈에 하얀 면도 거품이 한 점 남아 있었고, 방 안에 있는 모든 사람에게 공손히 인사했다. 그는 자신이 현재 '예술적 게임'을 하고 있다고 말했는데, 나는 나중에 그가 사진작가이며 벽에 걸린 머틀의 어머니를 찍은 흐릿한 확대 사진의 창작자라는 걸 알게 되었다. 유령을 찍은 듯한 그 사진은 영매처럼 신령한 기운을 내뿜고 있었다. 그의 아내는 목소리가 날카롭고 무기력해 보였으며, 예쁘지만 정이 안 가는 여자였다. 그녀는 결혼한 이래 남편이 자신의 사진만 127번을 찍었다고 자랑스러운 목소리로 내게 말했다.

월슨 부인은 조금 전에 옷을 갈아입어서, 지금은 세련된 크림색 시폰 드레스를 우아하게 뽐내고 있었다. 그녀가 방 안을 돌아다닐 때마다 드레스에서 살랑거리는 소리가 났다. 옷 한 벌로 그녀의 분위기가 바뀌었다. 카센터에서는 그렇게 두드러져 보이던 놀랍도록 생생한 활기가 지금은 상당히 오만한 분위기로 바뀌었다. 그녀의 웃음이나 몸짓, 말투는 시간이 갈수록 더 강하고 거칠어졌고, 그녀가 움직일수록 실내는 점점 비좁아졌다. 나중에는 연기가 가득한 공기 속에서 시끄럽게 삐걱거리며 회전하는 축을 따라 빙빙 도는 것처럼 보였다.

그녀는 여동생에게 아주 높고 날카로운 소리로 말했다. "얘, 이런 사람들*은 대부분 널 속이려 들 거야. 그들이 생각하는 건 돈밖에 없단다. 지난주에 어떤 여자를 불러 내 발을 좀 주물러달라고 했지. 그 여자가 내놓은 청구서를 보면 넌 내가 맹장 수술이라도 받았나 보다 하고 생각할 거야."

"그 여자 이름이 뭐였죠?" 매키 부인이 물었다.

"에버하트 부인. 사람들 집을 방문해 발을 치료해주고 있죠."

"당신 옷이 마음에 들어요." 매키 부인이 말했다. "아주 멋지다고 생각해요."

월슨 부인은 경멸하듯 눈썹을 한 번 슬쩍 들어 올리면서 그 칭찬을 무시했다.

"이건 헌 옷인걸요. 외모에 신경 쓸 필요가 없을 때 가끔씩 걸치는

* 엘리베이터 보이나 이어서 나오는 에버하트 부인 등은 아파트에서 일하는 사람들을 말한다.

옷이지요."

"하지만 그 옷은 당신에게 잘 어울려요. 제 진심을 알아주세요." 매키 부인이 고집스럽게 말했다. "체스터가 당신의 그런 모습을 사진에 담는다면 분명 멋진 작품을 만들 수 있을 거예요."

우리는 모두 아무 말 없이 윌슨 부인을 쳐다보았다. 그녀는 두 눈 위로 흘러내린 머리카락을 쓸어 넘기고 환하게 미소 지으며 화답하듯 우리를 마주 보았다. 매키 씨는 고개를 한쪽으로 갸웃하면서 그녀를 강렬한 눈빛으로 살펴보더니 곧이어 얼굴 앞에서 손을 앞뒤로 움직여 보였다.

그가 잠시 뒤에 말했다. "조명을 좀 바꾸어야 할 것 같아요. 이목구비를 좀 더 뚜렷하게 부각하고, 검은 머리카락의 분위기를 완전히 살려야 할 것 같군요."

매키 부인이 말했다. "아뇨, 조명은 바꾸지 않는 게 좋을 것 같아요. 나는 차라리⋯."

그녀의 남편은 "쉿!" 하고 소리쳤고 우리는 모두 사진의 대상을 뚫어져라 쳐다보았다. 그때 톰 뷰캐넌이 크게 하품을 하며 의자에서 벌떡 일어섰다.

"매키 부부도 뭔가 좀 마셔야죠. 머틀, 얼음하고 탄산수 좀 더 가져와. 안 그러면 다들 지겨워서 잠들어버릴 거야."

"엘리베이터 보이에게 얼음을 달라고 했는데 영 안 오네." 머틀은 신분이 낮은 사람들의 버릇없음에 절망한다는 듯이 눈썹을 추켜세웠다. "한심하기는! 이 사람들은 늘 감시가 필요하다니까."

그녀는 나를 쳐다보며 무의미하게 웃음을 터뜨렸다. 이어 그녀는 강아지를 껴안더니 황홀한 듯 키스했고 곧바로 주방에 들어갔다. 마치 그곳에서 여남은 명의 요리사들이 그녀의 지시를 기다리고 있는 것처럼.

"나는 롱아일랜드에서 멋진 사진 작업을 좀 했습니다." 매키 씨가 강한 어조로 말했다.

톰은 그를 멍하니 쳐다보았다.

"그중 두 점은 액자로 만들어 아래층에 있는 우리 집 벽에 걸어두었습니다."

"두 점이라고요? 뭐가요?" 톰이 물었다.

"사진 두 점이요. 그중 하나에는 〈몬턱포인트―갈매기〉라는 제목을 붙였고, 다른 하나의 제목은 〈몬턱포인트―바다〉로 정했습니다."

여동생 캐서린은 소파 위 내 옆자리에 앉았다.

"당신도 롱아일랜드에 사세요?" 그녀가 물었다.

"웨스트에그에 삽니다."

"그래요? 한 달 전쯤 그곳에서 열린 파티에 갔었어요. 개츠비라고 하는 남자의 집이었죠. 혹시 그를 아세요?"

"그의 옆집에 살고 있습니다."

"사람들 말로는 그가 빌헬름 황제의 조카인지 사촌인지 그쯤 된다던데요. 그래서 그렇게 돈이 많대요."

"그래요?"

그녀는 고개를 끄덕였다.

"나는 그가 무서워요. 그가 내게 영향을 끼치는 게 싫어요."

내 이웃에 관한 흥미로운 이야기는 매키 부인이 갑자기 캐서린을 가리키는 바람에 중단되었다.

"체스터, 그녀를 상대로 사진 작업을 해도 좋을 것 같아요." 그녀가 불쑥 말했다. 그러나 매키 씨는 따분하다는 듯이 고개를 끄덕이더니 톰에게로 시선을 돌렸다.

"거기에 들어갈 수만 있다면, 난 롱아일랜드에서 좀 더 작업을 하고 싶습니다. 그곳 사람들이 내가 작업을 시작할 수 있도록 도와주었으면 좋겠어요."

"머틀에게 물어보세요." 윌슨 부인이 쟁반을 들고 거실로 들어올 때 톰이 짧게 웃으며 끼어들었다. "그녀가 당신에게 소개장을 써줄 겁니다. 그렇지, 머틀?"

"뭘 한다고요?" 그녀가 놀라면서 물었다.

"당신 남편에게 보내는 소개장을 써서 매키에게 주란 말이야. 그가 남편과 함께 사진 작업을 할 수 있도록." 그럴듯한 말을 생각해내느라 그의 입술이 잠시 소리 없이 움직였다. "작품 이름은 〈주유기 앞의 조지 B. 윌슨〉, 뭐 그런 게 되겠지."*

캐서린은 내게 바짝 몸을 기울이면서 내 귀에 속삭였다.

"저 두 사람은 각자의 배우자를 못마땅하게 여겨요."

"못마땅하게 여긴다고요?"

"그렇다니까요." 그녀는 머틀에 이어 톰을 쳐다보았다.

"무슨 말이냐면요, 도저히 견딜 수 없는데 왜 계속 같이 사느냐는 거지요. 만약 내가 저들이라면 당장 이혼하고 곧바로 재혼하겠어요."

"머틀도 윌슨을 싫어하나요?"

이 질문에 대한 답변은 예기치 못한 곳에서 왔다. 우리의 대화를 엿들은 머틀이 윌슨에 대해 아주 격렬하고 노골적인 증오를 보인 것이다.

"봤죠?" 캐서린이 의기양양하게 말했다. 그녀는 다시 목소리를 낮췄

---

* 조지 윌슨의 카센터는 주유소를 겸하고 있다.

다. "저 두 사람 사이를 떼어놓는 건 그의 아내예요. 그녀는 가톨릭 신자라 이혼은 절대 안 된다는 입장이지요."

데이지는 가톨릭 신자가 아니었고 나는 그 교묘한 거짓말에 약간 충격을 받았다.

캐서린이 계속 말했다. "저 두 사람이 실제로 결혼한다면, 먼저 서부로 가서 사태가 잠잠해질 때까지 한동안 살게 될 거예요."

"유럽으로 가는 게 더 신중한 처사일 텐데."

"아, 유럽을 좋아하세요?" 그녀가 놀랐다는 듯이 소리쳤다. "나는 몬테카를로에서 막 돌아왔어요."

"그렇군요."

"작년에요. 다른 여자 친구랑 갔었지요."

"오래 머물렀나요?"

"아니요. 몬테카를로만 갔다가 곧 돌아왔어요. 마르세유를 경유해서 갔지요. 출발할 때 1,200달러를 가져갔는데 도박장 특실에서 이틀 만에 다 털렸어요. 그래서 돌아오느라고 아주 애를 먹었지요. 정말이지, 그 도시라면 정나미가 떨어져요."

늦은 오후의 하늘이 창문에서 한순간 푸른 지중해처럼 반짝거렸다. 이어 매키 부인의 날카로운 목소리가 내 시선을 다시 방 안으로 되돌려 놓았다.

"나도 하마터면 실수를 할 뻔했어요." 그녀가 힘차게 선언했다. "나를 몇 년 동안 쫓아다니던 유대인과 거의 결혼할 뻔했지요. 난 그가 내 상대가 안 된다는 걸 알았어요. 사람들이 다 그랬지요. '루실, 그 사람하고 결혼했다간 영 내리먹는 거야!' 내가 체스터를 만나지 않았더라면 그 사람이 틀림없이 나를 채갔을 거예요."

"여기 내 말 좀 들어봐요." 머틀 윌슨이 고개를 위아래로 까닥거리며 말했다. "적어도 당신은 그 사람과 결혼하지는 않았잖아요."

"안 했지요."

"난 실제로 결혼했다니까요." 머틀이 애매하게 말했다. "그게 당신과 나의 차이예요."

캐서린이 물었다. "언니, 대체 결혼을 왜 한 거야? 아무도 강요하지 않았잖아."

머틀은 잠시 생각했다.

"그가 신사인 줄 알고 결혼했지." 그녀가 마침내 말했다. "교양이 있는 사람인 줄 알았어. 근데 내 구두를 닦아줄 정도도 안 되더라니까."

"한동안 그에게 빠져 있었잖아." 캐서린이 말했다.

"빠져 있었다니!" 머틀이 믿을 수 없다는 듯이 소리쳤다. "누가 그래? 나는 저기 저 사람에게 빠지지 않은 것처럼, 남편에게 빠진 적이 한 번도 없었어."

그녀가 느닷없이 나를 가리키자 그 자리의 모든 사람이 비난하는 시선으로 나를 쳐다보았다. 나는 그녀의 과거에 아무런 역할도 하지 않았다는 표정을 지어 보였다.

"내가 정말 미쳐 있었던 건 그와 결혼할 때였어. 나는 결혼하자마자 내가 실수했다는 걸 알았어. 그는 친구가 가진 가장 좋은 신사복을 빌려 입고 결혼식장에 왔는데 그걸 내게 말해주지도 않았어. 어느 날 그가 외출했을 때 친구가 옷을 돌려받으러 왔더라고." 그녀는 주위를 쓱둘러보면서 사람들이 잘 듣고 있는지 살폈다. "내가 말했어. '아, 그게 당신 옷이었나요? 그 얘긴 처음 듣네요.' 하지만 나는 그에게 옷을 내주었어. 그리고 방바닥에 드러누워 오후 내내 목 놓아 울었지."

"언니는 그와 헤어져야 해요." 캐서린이 다시 내게 말했다. "언니 부부는 그 카센터에서 11년을 함께 살아왔어요. 톰은 언니가 만난 첫 번째 애인이에요."

사람들은 두 번째로 내온 위스키를 열심히 들이켰다. 그러나 캐서린만은 예외여서 '단 한 잔도 마시지 않았지만 많이 마신 것처럼 기분이 좋다'라고 느꼈다. 톰은 관리인을 불러 저녁 식사가 될 만한 유명 샌드위치를 사 오라고 시켰다. 나는 부드러운 석양빛 속에 잠긴 동쪽 센트럴 파크로 산책하러 가고 싶었으나, 그렇게 하려고 할 때마다 거친 논쟁에 휘말려 마치 밧줄에 몸이 묶인 양 의자에 다시 주저앉았다. 하지만 바깥 어두운 도시의 거리에서 우연히 이 아파트 단지 앞으로 지나가며 올려다보는 사람에게는 일렬로 늘어선 불 켜진 노란 아파트 창문들이 속으로는 인간의 비밀을 숨기고 있다는 은밀한 분위기를 풍길 터였다. 나 또한 그 관찰자처럼 창문을 올려다보며 궁금해하는 사람이었다. 나는 내부에 있으면서 동시에 외부에 있는 사람처럼 무한히 다양한 인생의 면면에 매혹되기도 하고 동시에 불쾌해지기도 했다.

머틀은 의자를 내 옆으로 바짝 당겼고 갑자기 그녀의 따뜻한 숨결이 내 이마 위로 전해지면서 그녀가 톰을 처음 만났을 때의 이야기가 흘러나왔다.

"기차에서 서로 마주 보는 좌석에 앉아 있을 때였어요, 마지막까지 팔리지 않는 그 좌석이요. 나는 동생을 만나 함께 하룻밤을 보내려고 뉴욕으로 올라가던 중이었어요. 그는 정장 양복에 반짝거리는 구두를 신고 있었지요. 나는 그에게서 시선을 뗄 수가 없었어요. 하지만 그가 나를 쳐다볼 때마다 그의 머리 위에 있는 광고판을 보는 척했어요. 우리가 역사로 들어섰을 때 그가 내 옆을 바짝 따라왔고 하얀 셔츠를 내 팔에 밀착시켰어요. 나는 경찰을 부르겠다고 했지만, 그는 내가 거짓말하고 있다는 걸 알았어요. 난 아주 흥분해 있었고 그를 따라 택시에 타면서도 '내가 지금 지하철을 안 타고 뭘 하는 거지' 하는 생각조차 들지 않았어요. 머릿속으로 계속 되풀이하던 생각은 이거였어요. '영원히 사는 게 아니잖아. 영원히 사는 건 아니라고.'"

그녀는 매키 부인 쪽으로 고개를 돌렸고 곧 방 안에는 그녀의 가식적인 웃음이 가득 울려 퍼졌다.

"내 친구." 머틀이 소리쳤다. "이 옷이 싫증 나면 곧바로 당신에게 주려고 해. 난 내일 새 옷을 하나 사야겠어. 사들여야 할 물건 목록을 만들어야지. 안마기, 파마기, 강아지 목줄, 스프링이 달린 귀엽고 자그마한 재떨이, 검은 실크 보타이가 달린 화관. 이건 엄마 무덤 앞에 둘 건데 여름내 시들지 않고 잘 버텨줄 거야. 뭘 살지 종이에 써놓아야겠어. 그래야 안 잊어버려."

그게 밤 9시였다. 그리고 얼마 뒤 다시 시계를 보았더니 10시가 되어 있었다. 매키 씨는 의자에 앉은 채로 졸고 있었다. 꽉 쥔 양손을 무릎 위에 올려놓은 모습이 마치 행동에 나서려는 활동가를 찍은 사진 같았다. 나는 손수건을 꺼내 오후 내내 신경에 거슬렸던 그의 뺨에 말라붙은 면도 거품을 닦아주었다.

작은 강아지는 테이블 위에 앉아 멍한 눈빛으로 담배 연기가 가득한 방 안을 쳐다보다가 때때로 희미한 신음 소리를 냈다. 사람들은 사라졌다가 다시 나타나고, 어디론가 갈 계획을 세우고, 서로를 잃어버려서 찾아다니다가 몇 미터 떨어진 곳에서 다시 만났다. 자정 무렵, 톰 뷰캐넌과 윌슨 부인은 서로 마주 보고 서서 윌슨 부인이 데이지의 이름을 거론할 권리가 있느냐를 두고 핏대를 올리며 싸웠다.

"데이지! 데이지! 데이지!" 윌슨 부인이 소리쳤다. "언제든지 내가 말하고 싶을 때 말하겠어! 데이지! 데이…."

톰 뷰캐넌은 손바닥을 쫙 펴서 능숙한 동작으로 그녀의 코를 때렸다.

화장실 바닥에 피 묻은 수건이 나뒹굴었고, 여자들이 비난하는 목소리가 들렸으며, 그 혼란을 뚫고 고통을 호소하는 깊은 탄식이 터져 나왔다. 매키 씨는 졸다가 깨어나 멍한 상태로 문을 향해 걸어갔다. 절반쯤 걸어갔을 때 몸을 돌려 방 안에서 벌어지는 광경을 응시했다. 그의 아내와 캐서린은 응급 물품을 들고, 가구 때문에 비좁은 공간을 이리저리 뛰면서 비난과 위로의 말을 동시에 하고 있었다. 소파 위에서는 절망에 빠진 여자가 코피를 마구 흘리면서 베르사유 풍경이 들어간 태피스트리가 더럽혀지지 않도록 『타운 태틀』 잡지를 덮어 가리려고 애를 쓰고 있었다. 이어 매키 씨는 몸을 돌려서 문 쪽으로 걸어갔다. 나는 샹들리에에 걸어둔 내 모자를 챙겨서 그를 따라갔다.

"언제 점심이나 하러 오세요." 우리가 삐걱거리는 엘리베이터를 타고 아래로 내려갈 때 그가 말했다.

"어디로요?"

"어디든지."

"손잡이를 만지지 마세요." 엘리베이터 보이가 날카롭게 말했다.

"미안합니다." 매키 씨가 정중하게 말했다. "그걸 만지고 있는지 몰랐습니다."

"좋습니다. 기꺼이 그렇게 하죠." 내가 말했다.

… 나는 그의 침대 옆에 서 있었고 그는 속옷만 입은 채로 커다란 사진첩을 양손에 들고 침대 시트 위에 앉아 있었다.

"〈미녀와 야수〉… 〈외로움〉… 〈식료품점의 늙은 말〉… 〈브루클린

다리〉…."*

그러고 나서 나는 펜실베이니아 기차역 지하에 있는 차가운 신문 가판대 앞에 절반쯤 잠든 채 누워 있었다. 조간『트리뷴』**을 읽기도 하면서 새벽 4시 기차를 기다렸다.

---

* 이 장면은 바로 앞 장면에서 엘리베이터 안에 툭 튀어나온 손잡이를 만지지 말라고 한 점, 매키가 아파트에서 속옷만 입고 침대에 앉아 있다는 점 등으로 인해 그가 동성애자일 가능성을 보여준다. 캐서린이 여자 친구와 함께 살고 있다는 점 또한 그녀가 레즈비언일 가능성을 암시한다. 또 톰과 머틀은 "사람은 한평생 사는 게 아니다"라고 하면서 불륜 관계를 유지한다. 제2장 전체는 '재의 계곡'을 지나 뉴욕으로 들어서면 현대판 소돔과 고모라 같은 황량한 도시가 나온다는 상징적 구도를 보여준다.
** 『트리뷴』은 뉴욕의 신문으로 보수적 정치 색채로 유명한데 머틀과 매키의 아파트 에피소드 후에 이 신문이 언급되고, 이어 닉이 이런 신문을 읽으려 했다는 점이 이채롭다.

제3장

그해 여름밤 내내 이웃 저택에서는 음악이 흘러나왔다. 별빛 아래 푸른 정원에서는 선남선녀들이 샴페인을 들고 속삭거리며 불나방처럼 오갔다. 해 질 무렵이면 손님들이 부잔교에서 다이빙을 하는 모습과, 뜨거운 모래사장에서 일광욕을 하는 광경이 보였다. 그러는 동안 개츠비의 모터보트 두 대가 해협의 물살을 갈랐고, 수상 스키 위로 폭포수 같은 물거품을 일으켰다. 주말이면 그의 롤스로이스 자동차가 일종의 버스 역할을 하면서 아침 9시부터 자정이 지날 때까지 도시의 손님들을 실어 날랐다. 그의 스테이션 웨건 자동차는 기차에서 내리는 손님들을 실어 오기 위해 노란 풍뎅이처럼 바쁘게 움직였다. 월요일이 되면 외부 정원사를 비롯한 하인 여덟 명이 빗자루와 걸레, 망치, 정원 가위 등을 들고 종일 지난밤의 피해를 보수했다.

금요일이면 뉴욕의 과일 가게에서 보낸 오렌지와 레몬 다섯 상자가 왔다. 월요일에는 껍질만 남은 오렌지와 레몬이 피라미드처럼 쌓인 채 그의 집 뒷문으로 나왔다. 저택의 주방에는 오렌지 200개에서 30분 만에 주스를 짜내는 기계가 있었다. 일은 간단해서, 집사가 엄지손가락으로 기계의 작은 단추를 200번만 눌러주면 끝이었다.

적어도 2주에 한 번씩은 케이터링 업체들이 수백 미터에 달하는 천과 전구 등을 가지고 와서 개츠비의 엄청난 정원에 거대한 크리스마스트리를 만들어놓았다. 뷔페 테이블에는 눈부신 전채 요리가 놓여 있고, 색색의 샐러드와 향신료를 넣고 구운 햄, 밀가루를 발라 구운 돼지고기와 칠면조 고기가 짙은 황금빛을 띠며 사람들을 매혹했다. 메인 홀에는 진짜 놋쇠 난간을 두른 간이 바가 설치되어 있었다. 그곳에는 진, 독주, 코르디알 등이 진설되어 있었는데, 특히 코르디알은 잊힌 지 오래된 술이라 젊은 여자 손님들은 그게 무엇인지 구별조차 못했다.

저녁 7시가 되면 오케스트라가 도착했다. 악기가 다섯 개뿐인 이름만 오케스트라가 아니라, 오보에, 트롬본, 색소폰, 비올라, 코르넷, 피콜로, 큰북과 작은북 등으로 무대 위를 가득 채운 제대로 된 오케스트라였다. 해변에 마지막까지 남아 수영하던 손님들이 저택으로 돌아와 위층에서 옷을 갈아입었다. 뉴욕에서 온 차들은 진입로에 다섯 겹으로 주차되어 있었고, 홀과 살롱, 베란다는 원색의 옷들과 새로운 방식으로 깎은 머리카락, 카스티야*의 꿈을 넘어서는 명품 숄 등으로 화려하게 번쩍거렸다. 바에서는 이미 분위기가 한껏 무르익었고, 끊임없이 만들어지는 칵테일이 바깥 정원을 가득 채우면 마침내 정원의 공기도 수다와 웃음, 풍자하는 이야기들로 생생하게 살아났다. 즉석에서 누군가를 소개받았다가 곧바로 잊어버리는 일이나 전에는 서로 이름도 알지 못

---

* 스페인에 위치한 카스티야는 명품 숄의 산지로 유명하다.

했던 여성들 사이의 열띤 만남이 시시각각 벌어지고 있었다.

태양이 대지에서 사라지면 등불이 더욱 밝게 빛났다. 오케스트라는 흥을 돋우는 칵테일 음악을 들려주었고, 오페라를 연상시키는 목소리들은 아까보다 한 단계 음조가 높아졌다. 시간이 흐를수록 웃음이 쉽게 터져 나와서 유쾌한 말 한마디에도 다들 웃으며 자지러졌다. 손님들이 속속 도착했고, 작은 무리가 모였다가 금세 흩어지기를 거듭하면서 새 무리가 되었다. 이미 사람들 사이를 이리저리 헤집으며 돌아다니는 여자들도 있었다. 그들은 진중하게 서 있는 몸집 큰 사람들 사이를 누비면서 잠깐 그 무리의 중임이 되었다가 자신들이 거둔 짧은 승리에 의기양양해하면서 꾸준히 바뀌는 불빛 아래 무수한 얼굴과 목소리, 색깔들 사이를 누비듯 돌아다녔다.

하늘거리는 우윳빛 드레스를 입은 집시 여자가 느닷없이 칵테일 한 잔을 움켜쥐고 용기를 짜내듯 꿀꺽꿀꺽 마신 다음 프리스코*처럼 양손을 움직이면서 천막으로 만든 임시 무대에 올라 혼자 춤을 추었다. 잠시 정적이 흘렀다. 오케스트라의 지휘자는 곧 그녀의 춤에 맞추어 리듬을 바꾸었고, 그녀가 폴리스의 질다 그레이**의 후보 댄서라는 헛소문이 파티장에 퍼져 나가자 엄청난 환호와 박수가 쏟아졌다. 파티는 이제 막 시작되고 있었다.

처음 개츠비 저택에 갔던 날 밤, 나는 그 파티에 정식으로 초청받은

---

* 조 프리스코 (Joe Frisco, 1889-1958). '블랙 바텀'이라는 춤을 창안한 것으로 유명한 코미디언 겸 댄서.
** 질다 그레이(Gilda Gray, 1901-1959). 〈지그프리드 폴리스〉의 스타 댄서. 폴리스는 folly의 복수형으로 가벼운 풍자극을 가리킨다. 일명 레뷰(revue)라고도 하는데 시사 풍자, 음악, 무용 따위를 곁들인 가벼운 희극이다. 〈지그프리드 폴리스〉는 1907년부터 시작된 프로렌츠 지그프리드 레뷰 극을 말한다.

몇 안 되는 사람 중 하나였다. 대부분은 초청받지 않고 그냥 나타난 사람들이었다. 그들은 롱아일랜드로 가는 자동차를 타고 달리다가 개츠비의 저택 문 앞에 멈춰 섰다. 일단 도착한 뒤 개츠비를 아는 누군가의 소개를 받아 안으로 들어갔고, 그다음에는 그 유원지의 행동 규칙에 따라 적절히 처신했다. 때때로 그들은 개츠비를 만나지도 않고 돌아갔다. 그들은 단지 파티에 참석하고 싶다는 소박한 마음으로 그곳에 왔고, 그 마음 자체가 파티의 입장권이 되었다.

나는 정식으로 초대를 받았다. 청록색 제복을 입은 운전기사가 토요일 아침에 우리 집 잔디밭을 가로질러 와서 놀라울 정도로 정중한 개츠비의 초대장을 건넸다. 그날 밤 '작은 파티'에 참석해준다면 그로서는 큰 영광으로 생각하겠다는 내용이었다. 그는 나를 여러 번 보았고 오래 전부터 정식으로 초청할 생각이었으나 사정이 여의치 않아서 그러지 못했다는 것이었다. 초대장에는 '제이 개츠비'라는 이름의 화려한 서명이 들어 있었다.

나는 하얀 플란넬 정장을 입고 7시가 조금 넘어 그의 집 잔디밭으로 걸어갔고, 잘 모르는 사람들의 소용돌이 속에서 불안해하며 주위를 돌아다녔다. 통근 기차에서 보았던 얼굴들도 여기저기서 보였지만, 무엇보다 젊은 영국인이 많다는 사실에 큰 인상을 받았다. 모두 옷을 잘 갖추어 입었고 조금은 허기진 표정이었는데, 그들은 단단하고 잘나가는 미국인들을 앞에 두고 진지한 저음으로 말하고 있었다. 그들이 채권, 보험, 자동차 등 뭔가를 팔고 있음을 나는 확신했다. 그들은 주위에 떠다니는 손쉬운 돈줄을 잡기 위해 애태우고 있었고, 공손한 어조로 몇 마디만 하면 그 돈이 자기 것이 된다고 확신하고 있었다.

나는 그 집에 도착하자마자 집주인을 찾으려 했다. 내가 두세 사람에게 집주인이 어디에 있는지를 묻자 그들은 매우 놀라 나를 쳐다보더니 그가 어디 있는지 모른다고 강한 어조로 말했다. 나는 다소 위축되어 칵테일 테이블 쪽으로 걸어갔다. 그곳은 정원 안에서 혼자 온 사람이 어색해한다거나 외로워한다는 인상을 주지 않으면서 머물러 있을 수 있는 유일한 장소였다.

너무 당혹스러워서 술이나 진탕 퍼마시고 곤드레만드레 취해야겠다고 마음먹었을 무렵 조던 베이커가 저택에서 나와 대리석 계단 맨 위에 멈추어 섰다. 그녀는 뒤로 몸을 약간 기울이면서 경멸하는 시선으로 정원 쪽을 내려다보았다.

"안녕하세요!" 환영받든 말든 지나가는 사람들에게 다정한 말을 건네려면, 누군가와 함께 있어야 한다는 것을 깨달은 나는 그녀 쪽으로 다가가며 소리쳤다. 내 목소리가 부자연스러울 정도로 커서 온 정원에 울려 퍼지는 듯했다.

"여기 올 줄 알았어요." 내가 계단을 올라가자, 그녀가 멍하니 말했다. "당신이 이웃에 살고 있다는 걸 알거든요."

그녀는 나를 돌봐주겠다고 약속이라도 하듯 무심하게 내 손을 잡고는 계단 밑에 서 있는 두 여자의 말에 귀를 기울였다. 그들은 쌍둥이처럼 노란색 드레스를 입고 있었다.

"안녕하세요!" 두 여자가 함께 소리쳤다. "당신이 이기지 못해서 안타까워요."

골프 시합 이야기였다. 그녀는 지난주에 결승전 경기에서 패배했다.

"당신은 우리가 누구인지 모를 거예요." 노란 옷을 입은 한 여자가 말했다. "하지만 한 달 전쯤에 여기서 당신을 만난 적이 있어요."

"그 뒤에 염색을 하셨군요." 조던이 말했고 나는 계단 아래쪽을 바라

보았다. 그러나 두 여자는 이미 다른 곳으로 가버렸기에 조던은 허공의 달에 대고 이야기한 꼴이 되었다. 그 달은 케이터링 업자의 바구니에서 갑자기 나온 저녁 식사처럼 너무 일찍 나와 있었다. 조던의 가느다란 황금색 팔뚝이 내 팔뚝에 밀착된 채, 우리는 계단을 내려가 정원 주위를 돌아다녔다. 칵테일 쟁반이 석양 속에서 우리 쪽으로 흘러왔고 우리는 노란 드레스를 입은 여자 두 명, 신사 세 명과 함께 한 테이블에 앉았다. 세 남자는 우물우물하면서 각자 이름을 말했으므로 여기서는 '우물우물 씨'로 통칭하기로 하자.

"이 파티에 자주 오세요?" 조던이 옆에 앉은 한 여자에게 물었다.

"지난번에 와서 당신을 만났어요." 그 여자가 활발하고 자신감 넘치는 목소리로 대답했다. 그녀는 친구 쪽으로 고개를 돌렸다. "루실, 너도 그렇지?"

루실이라는 여자도 마찬가지였다.

"난 여기 오는 것을 좋아해요." 루실이 말했다. "뭘 하는가는 중요하지 않아요. 늘 좋은 시간을 보내니까. 지난번에 여기 왔을 때 내 드레스가 의자에 걸려 찢어졌어요. 그는 내 이름과 주소를 물었어요. 그리고 일주일도 안 돼서 크루아리에 의상실에서 보낸 소포를 받았어요. 그 안에 새 이브닝드레스가 들어 있었고요."

"그걸 받았나요?" 조던이 물었다.

"물론이죠. 오늘 밤 여기에 입고 오려 했는데 가슴 부분이 너무 커서 수선을 해야 했어요. 라벤더 구슬이 달린 연푸른색 드레스였지요. 값은 265달러고요."

"그런 일을 하다니 정말 재미있는 남자인데." 다른 여자가 열띤 목소리로 말했다. "누구에게든 폐를 끼치지 않으려 하는 것 같아요."

"누군들 그렇지 않겠어요?" 내가 물었다.

"누가 그러는데 개츠비는….."

두 여자와 조던은 서로 믿음이 간다는 듯이 몸을 기댔다.

"누가 그러는데 한번은 그가 사람을 죽였다고 하더군요."

그 순간 오싹한 기운이 감돌았다. 우물우물 씨 셋은 몸을 앞으로 숙이면서 열심히 들었다.

"나는 설마 그 정도는 아닐 거라고 생각해요." 루실은 그 말이 미덥지 않다는 듯 부인하고 나섰다. "그가 전쟁 중에 독일의 스파이였다는 사실이 더 그럴듯한 걸요."

남자 중 한 사람이 고개를 끄덕이며 동의했다.

"그를 잘 아는 어떤 남자한테서 들었는데, 독일에서 그와 함께 컸다고 했어요." 그는 자신 넘치는 목소리로 말했다.

"오, 아니에요." 첫 번째 여자가 말했다. "그럴 리가 없어요. 그는 전쟁 중에 미 육군에서 근무했거든요." 우리가 그녀의 말을 믿어주는 듯한 표정을 짓자, 그녀는 더욱 열성적으로 몸을 앞으로 숙이며 말했다. "그가 아무도 자기를 쳐다보지 않는다고 생각할 때의 얼굴을 한번 보세요. 그는 사람을 죽인 게 틀림없어요."

그녀는 눈을 가늘게 떴고 몸을 떨었다. 루실도 몸을 떨었다. 우리는 모두 고개를 돌리며 개츠비를 찾아보았다. 세상에 속삭일 만한 일이 별로 없다고 생각하는 사람들조차 이렇게 그에 관해 낮은 목소리로 속삭인다는 사실은 그가 낭만적 추측을 불러일으킨다는 증거였다.

첫 번째 저녁 식사가 나오는 중이었고(두 번째 저녁은 자정 이후에 나올 예정이었다), 조던은 자기 일행과 동석하자고 내게 권했다. 그들은 정원 반대편에 놓인 테이블에 둘러앉아 있었다. 구성원은 부부 세 쌍과 조던의 파트너* 격으로 따라온 대학생이었다. 고집 세 보이고 거칠게 빈정거리는 투가 입에 밴 그는 조만간 조던이 이런저런 형태로 자기에게 몸을 내맡길 거라고 생각하는 게 분명했다. 이들은 이곳저곳 돌아다니지 않고 줄곧 의젓한 분위기를 풍기면서, 시골에서 안정된 삶을 살아가는 귀족 역할을 자처하고 있었다. 한 수 봐주는 듯한 태도로 웨스트에그를 찾아온 이스트에그 사람들이었던지라, 이곳의 호화롭고 즐거운 분위기를 잔뜩 경계하고 있었다.

"다른 곳으로 가요." 물색없이 30분 정도를 허비한 후에 조던이 내게 속삭였다. "여긴 너무 점잖아서 나와는 맞지 않아요."

우리는 일어섰고 그녀는 집주인을 만나러 가겠다면서 일행에게 양해를 구했다. 내가 그를 만난 적이 없다는 이유를 들었는데, 그 말에 왠지 마음이 불안해졌다. 그 대학생은 냉소적이면서 울적한 표정으로 고개를 끄덕였다.

바에 사람들이 북적거렸으나 개츠비는 없었다. 계단 꼭대기나 베란다에서도 그를 볼 수 없었다. 그러다가 무척 중요해 보이는 문을 발견하고 열어보았다. 안에는 천장이 높은 고딕풍 서재가 있었다. 벽면은 잘 조각된 잉글랜드 참나무로 장식되어 있었는데, 아마도 해외의 어떤 폐허에서 통째로 가져온 것 같았다.

올빼미 눈 모양의 커다란 안경을 쓴 뚱뚱한 중년 남자가 술에 취한 채로 거대한 테이블의 한쪽 가장자리에 앉아 있었다. 흐릿한 눈빛으로 서가의 책들을 쳐다보던 그는 우리가 안으로 들어가자, 흥분하며 몸을 돌리더니 조던을 머리끝에서 발끝까지 찬찬히 훑어보았다.

---

*   원문은 esort로 사교 모임의 동반자를 말한다.

"어떻게 생각합니까?" 그가 갑자기 충동적으로 물었다.

"뭐가 어떻냐는 거죠?"

그는 손으로 서가를 가리키며 휘저어 보였다.

"책들?"

그는 고개를 끄덕였다.

"다 진짜입니다. 페이지도 빠진 게 없어요. 난 저 책들이 딱딱한 판지를 붙여서 겉만 번드레하게 꾸민 것들이라고 생각했어요. 그런데 진짜 책이더란 말입니다. 여기 보세요! 한번 보여드리지요."

그는 우리가 미심쩍어하는 것도 당연하다는 듯이 서가로 달려가 『스토더드 강의록』[*] 제1권을 뽑아서 가져왔다.

"보세요!" 그가 의기양양하게 소리쳤다. "진짜로 인쇄된 정본입니다. 이건 나를 깜빡 속여 넘겼어요. 이 친구는 진정한 벨라스코[**]입니다. 이건 대단합니다. 정말 완벽합니다! 이 놀라운 사실주의! 언제 멈춰야 할지도 알고 있습니다. 페이지를 종이칼로 베지도 않았어요.[***] 여기서 더 이상 뭘 원합니까, 더 이상 뭘 바랍니까?"

그는 내게서 책을 확 잡아채더니 그것을 황급히 서가에 다시 꽂아놓으면서 벽돌을 하나라도 제거하면 서재 전체가 무너질 수도 있다고 중

---

[*] 여행 작가 존 로슨 스토더드(1850-1931)는 공개 강의를 엮어서 『존 스토더드 강의록』이라는 제목으로 출간했다. 본책 10권 부록 5권으로 구성되었고, 첫 번째 책은 1897년에 나왔다. 그는 제1장 각주에서 언급한 백인 우월주의자 로스롭 스토더드의 아버지다.

[**] 데이비드 벨라스코(1854-1931). 무대장치를 사실적으로 꾸미고 조명의 중요성을 강조한 것으로 유명한 브로드웨이 연출가.

[***] 예전에 나온 책들은 16페이지 단위의 전지를 여러 장 접어서 제본했기 때문에 독자가 종이칼로 그 접힌 부분을 자르면서 읽어나가야 했다. 따라서 베지 않았다는 것은 읽지 않았다는 뜻이 된다. 책이 진짜인데 읽지 않았다는 것은 개츠비의 꿈이 진짜이지만 실현되지는 않았다는 사실을 암시한다.

얼거렸다.

"누가 당신을 이곳에 데려왔습니까?" 그가 물었다. "아니면 그냥 들른 건가요? 나는 누군가가 데려다줬습니다. 여기 있는 사람 대부분이 그렇지요."

조던은 쾌활하면서도 경계를 늦추지 않는 태도로 예민하게 그를 쳐다보았으나 대답은 하지 않았다.

"저는 루스벨트라는 여인이 데려다주었습니다." 그가 말을 이어갔다. "클로드 루스벨트 부인을 혹시 아십니까? 지난밤 어디에선가 그 여인을 만났습니다. 나는 일주일째 술을 마셨는데, 여기 서재에 앉아 있으면 술이 좀 깨리라 생각했지요."

"그래서, 술이 깨던가요?"

"약간. 아직은 알 수 없습니다. 한 시간 정도 앉아 있었으니까. 책들에 대해서 말했나요? 진짜 책들입니다. 저것들은….."

"이미 말해주셨습니다."

우리는 그와 진지하게 악수하고 다시 서재 밖으로 나왔다.

정원에 마련된 임시 무대 위에서 춤판이 벌어지고 있었다. 나이 든 남자들은 품위라곤 하나도 없이 빙글빙글 돌면서 젊은 여자들을 뒤로 밀어제쳤고 잘난 척하는 부부들은 한쪽 구석에서 서로를 꼭 부둥켜안은 채 몸을 비틀며 춤을 추었다. 상당수의 짝 없는 여자들은 혼자 춤을 추거나 오케스트라에 끼어 밴조와 타악기 연주자의 부담을 잠시 덜어주었다. 자정이 되자 분위기가 한껏 고조되었다. 유명한 테너 가수가 이탈리아어로 노래를 불렀고 유명한 콘트랄토* 가수가 재즈를 불렀으며

---

* 여성의 가장 낮은 음역. 또는 그 음역의 가수.

노래 사이사이에 사람들이 정원을 뛰어다니며 '특별 개인기'를 선보였다. 행복하지만 의미 없는 웃음소리가 여름밤 하늘 높이 솟아올랐다. 무대 위 '쌍둥이'—노란 드레스를 입은 두 여자였다—는 아이 같은 옷을 입고 어린아이 흉내를 냈다. 샴페인은 양푼만 한 잔에 담겨 나왔다. 달이 아까보다 더 높이 떠올랐고 해협의 물결 위에 삼각형으로 찌그러진 달그림자들이 둥둥 떠다니며 잔디밭에 울려 퍼지는 밴조의 뻣뻣한 금속 소리를 따라 가볍게 떨리고 있었다.

나는 여전히 조던 베이커와 함께 있었다. 우리는 내 또래 남자와, 말똥이 굴러가기만 해도 자지러지게 웃는 수선쟁이 어린 여자와 한 테이블에 앉아 있었다. 어느덧 나도 그 파티를 즐기고 있었다. 샴페인 두 잔을 마시고 나니 내 눈앞에서 펼쳐지는 광경은 의미심장하고, 근본적이며, 심오한 어떤 것으로 바뀌었다.

여흥이 약간 잦아들자, 그 남자가 나를 쳐다보며 미소 지었다.

"얼굴이 낯익은데요." 그가 공손하게 말했다. "전쟁 때 3사단에서 근무하지 않았습니까?"

"맞습니다. 제9 기관총 대대에서 근무했지요."

"저는 1918년 6월까지 7사단에서 근무했습니다. 그러니까 그 전에 당신을 어디선가 보았겠군요."

우리는 축축하고 우중충했던 프랑스의 작은 마을들에 관해 잠시 이야기를 나누었다. 그는 우리 동네 근처에 사는 게 틀림없었다. 얼마 전 모터보트를 샀는데 내일 오전에 타볼 생각이라고 말했기 때문이었다.

"함께 가지 않겠습니까, 오랜 친구? 해협을 따라 해안가를 둘러볼 생각인데요."

"시간은?"

"아무 때나, 당신 좋은 시간에."

내가 그의 이름을 물어보려는 찰나에 조던이 고개를 돌려 미소 지으며 쳐다봤다.

"이제 좀 재미가 있나요?" 그녀가 물었다.

"훨씬 재미있어졌습니다." 나는 다시 그 처음 만난 남자 쪽으로 고개를 돌렸다. "저로서는 아주 이상한 파티입니다. 아직도 주인을 만나보지 못했으니까요. 나는 바로 저기에 삽니다." 그러고는 좀 떨어져 보이지 않는 산울타리를 손으로 가리키며 말했다. "개츠비라는 분이 운전기사를 시켜서 내게 초대장을 보냈죠."

잠시 그는 내 말을 알아듣지 못하겠다는 듯이 나를 쳐다보았다.

"내가 개츠비입니다." 그가 갑자기 말했다.

"뭐라고요!" 나는 소리쳤다. "아, 실례했습니다."

"알고 있다고 생각했습니다, 오랜 친구*. 내가 그리 훌륭한 집주인은 아닌 것 같군요."

그는 이해한다는 듯이 미소를 지었다. 그러나 그 미소에는 단순한 이해를 훨씬 뛰어넘는 의미가 담겨 있었다. 그것은 평생 네다섯 번 만날까 말까 한, 영원한 확신을 심어주는 보기 드문 미소였다. 또한 잠시 온 세상을 직면하는 (혹은 직면하는 듯한) 미소, 오로지 당신만을 좋게 봐주겠다는 매력적인 편견이 담긴 미소였다. 당신이 이해받고 싶은 만큼만

---

* 원문의 'old sport'는 친근한 사이에 쓰이는 호칭으로, 피츠제럴드가 롱아일랜드의 밀매업자였던 맥스 게를라흐의 말투에서 따왔다는 의견이 있다. 기존 우리말 역본은 '친구', '형씨' 등으로 옮겼으나 옥스퍼드 출신임을 내세우면서 상류층에게 친한 척 접근하려 했던 개츠비의 언행을 나타내기에는 평범한 느낌이 있다. 등장인물들이 개츠비의 이런 말버릇을 탐탁지 않아 한 것을 감안해(특히 제7장), 우리말로 읽을 때도 어색한 느낌을 전달하고자 이 책에서는 '오랜 친구'라고 옮겼다.

이해해주는 미소, 당신 자신이 스스로 믿는 만큼 당신을 믿어주는 미소, 당신이 보여주고 싶은 가장 아름다운 모습으로 당신을 봐준다는 희망을 주는 미소였다. 바로 그 순간 미소가 사라졌다. 내 앞에는 서른 살에서 한두 살 정도 더 먹은, 우아하고 조금 거친 남자가 앉아 있을 뿐이었다. 그는 지나치게 공손한 언사로 어리석음을 가까스로 모면하고 있었다. 그가 자신을 소개하기 전에, 나는 그가 아주 조심스럽게 하고 싶은 말을 선택한다는 인상을 강하게 받았다.

개츠비 씨가 자신을 소개한 직후에 집사가 황급히 달려와 시카고에서 전화가 왔다고 보고했다. 그는 우리에게 차례로 가볍게 목례하며 자리에서 일어섰다.

"필요한 게 있으면 주저하지 말고 요청하세요, 오랜 친구." 그가 내게 말했다. "실례합니다. 나중에 다시 뵙지요."

그가 사라지고, 나는 즉시 조던 쪽을 바라보며 내가 얼마나 놀랐는지 그녀에게 조심스럽게 알리려 했다. 나는 개츠비가 화려하고 뚱뚱한 중년 신사일 거라 예상했었다.

"그는 도대체 뭐 하는 사람이죠?" 내가 물었다. "혹시 아십니까?"

"그냥 개츠비라는 이름을 가진 남자일 뿐이에요."

"어디 출신이냐는 거지요. 무슨 일을 하고."

"이제 당신도 그 이야기를 꺼내는군요." 그녀는 희미한 미소를 띠며 대답했다. "글쎄요, 그는 전에 자기가 옥스퍼드대학교에 다녔다고 내게 말했어요."

그의 배경에 관해 희미한 그림이 그려지려는 순간, 그녀의 다음 말이 그것을 흩어놓았다.

"그렇지만 난 안 믿어요."

"왜요?"

"모르겠어요." 그녀가 고집했다. "단지 그가 그 학교에 다니지 않았을 거란 생각이 들어요."

그녀의 말투는 "그가 사람을 죽였다고 해요"라는 다른 여자의 말투를 떠오르게 했고, 나의 궁금증을 더욱 자극했다. 개츠비가 루이지애나의 습지나 뉴욕의 남쪽 이스트사이드 출신이라고 말했더라면 나는 그 말을 곧이곧대로 믿었을 것이다. 충분히 그럴 만하다. 그러나 젊은 사람이 갑자기 어디선가 등장하여 롱아일랜드 해협 근처에 이런 궁궐 같은 집을 사들인다는 것은 믿기 어려운 일이었다. 시골 출신이면서 세상 경험이 별로 없는 나로서는 그렇게 생각할 수밖에 없었다.

"아무튼 그는 성대한 파티를 계속 열잖아요." 조던은 세세한 이야기를 싫어하는 도시 여자의 기질을 발휘하면서 화제를 바꾸었다. "나는 이렇게 큰 파티를 좋아해요. 참 푸근한 느낌이 드니까요. 작은 파티에는 프라이버시가 아예 없거든요."

베이스 드럼이 웅장한 소리를 냈고, 오케스트라 지휘자의 목소리가 정원의 웅성거림을 압도하며 크게 울려 퍼졌다.

"신사 숙녀 여러분." 그가 소리쳤다. "개츠비 씨의 요청에 따라 우리는 블라디미르 토스토프의 최근 곡을 연주하려 합니다. 지난 5월에 카네기 홀에서 연주되어 크게 주목받았던 곡입니다. 신문을 보셔서 알겠지만, 엄청난 화제가 되었던 곡이기도 합니다." 그가 쾌활하고 겸손한 미소를 지으며, "엄청한 화제였다니까요!"라고 덧붙이자 사람들은 큰 웃음을 터뜨렸다.

그가 힘찬 목소리로 결론을 내렸다. "이 곡의 제목은, 블라디미르 토스토프의 〈세계 재즈 역사〉입니다."

토스토프의 곡이 어떤 내용인지 나는 파악하지 못했다. 음악이 시작되려는 순간에 개츠비를 보았기 때문이다. 그는 대리석 계단 맨 위에 홀로 서서 정원에 끼리끼리 모여 앉은 사람들을 흐뭇한 시선으로 내려다보고 있었다. 갈색으로 잘 그을린 팽팽한 피부가 무척 매력적이었고 짧은 머리카락도 날마다 손질하는 것처럼 보였다. 나는 그에게서 괴상한 점이라고는 전혀 발견할 수 없었다. 그는 술을 전혀 마시지 않는다는 것 말고는 여느 손님과 별반 다르지 않았다. 분위기가 흥겹게 달아오르고 떠들썩해질수록 그는 점점 더 올바른 사람처럼 보였다. 〈세계 재즈 역사〉라는 곡의 연주가 끝나자, 여자들은 강아지처럼 쾌활한 태도로 남자들의 어깨에 머리를 기댔고, 어떤 여자들은 누군가 받쳐주겠거니 믿고서 남자들의 품이나 사람들 속으로 장난스럽게 쓰러졌다. 그러나 개츠비를 향해 쓰러지거나 프랑스식으로 땋은 머리를 그의 어깨에 기대는 여자는 아무도 없었다. 개츠비를 둘러싸고 노래를 부르는 4인조 중창단도 없었다.

"실례합니다."

개츠비의 집사가 갑자기 우리 옆에 와서 섰다.

"베이커 양?" 그가 물었다. "실례합니다만, 개츠비 씨가 당신만 따로 만나서 이야기를 나누고 싶답니다."

"나랑요?" 그녀가 놀라 소리쳤다.

"예."

그녀는 천천히 일어서서, 놀랍다는 듯이 내게 눈썹을 한번 꿈틀해 보이더니 집사를 따라 저택 쪽으로 갔다. 그녀는 이브닝드레스를 입고 있었다. 그녀의 드레스는 운동복처럼 보였고 걸음걸이는 활달했다. 마치 청명한 아침에 골프장에서 처음 걸음마를 배우는 듯한 자세였다.

나는 혼자 남았고, 시간은 새벽 2시로 접어들었다. 한순간 테라스 위쪽에 있는 창문이 많이 달린 방에서 소란스럽지만 흥미로운 소리가 흘러나왔다. 코러스 걸 두 명과 임신과 출산에 관해 이야기를 나누던 조던의 남자 대학생이 나에게도 대화에 끼라고 권했으나, 나는 그 말을 무시하고 안으로 들어갔다.

그 커다란 방에는 사람들이 가득했다. 노란 드레스를 입은 두 여자 중 하나가 피아노를 치고 있었으며, 유명한 코러스 소속의 키 크고 머리 붉은 여자가 그 옆에 서서 노래를 부르고 있었다. 그 여자는 샴페인을 많이 마셨고, 노래를 부르던 중에 감정이 북받쳐 올라 모든 것이 너무, 너무 슬프다고 생각한 모양이었다. 그녀는 노래를 부르면서 울었다. 노래가 끊길 때마다 그 정적을 숨 막히는 간헐적 흐느낌으로 채웠고, 이어 떨리는 소프라노 목소리로 가사를 이어갔다. 눈물이 그녀의 양 뺨을 따라 흘렀지만 줄줄 흘러내리지는 않았다. 눈물은 마치 구슬처럼 엉켜버린 속눈썹과 먼저 만나 잉크 색깔로 변한 뒤 나머지 길을 따라 아래로 천천히 흐르면서 자그마한 검은색 시냇물을 형성했다. 누군가가 그녀를 보고는 얼굴에 만들어진 음표를 따라 노래를 부른다면서 유머러스하게 논평했다. 노래를 마친 그녀는 양손을 번쩍 치켜들더니 의자에 푹 주저앉아 취기를 이기지 못하고 금세 잠에 빠져들었다.

"남편이라는 사람과 싸웠다나 봐요." 내 팔꿈치께에 앉아 있던 여자가 설명했다.

나는 주위를 둘러보았다. 그때까지 남아 있는 여자들은 대부분 남편으로 보이는 남자와 싸우고 있었다. 심지어 아까 조던과 한 테이블에 앉았던 이스트에그 출신의 4인조도 의견 대립으로 산산이 갈린 상태였다. 그중 한 사람은 젊은 여배우와 이상할 정도로 열을 올리며 대화를 나누었고, 그의 아내는 그런 상황을 위엄 있고 무심한 태도로 웃어넘기려다가 결국 화를 주체하지 못하고 남편을 측면에서 공격하고 있었다. 때때로 그녀는 날카로운 유리처럼 남편 곁에 다가가서 그의 귀에 대고 "이러지 않기로 약속했잖아요!"라고 소리를 질렀다.

제멋대로인 남자들만 집에 가기 싫어하는 건 아니었다. 그 홀은 이제 애석하게도 정신이 말짱해진 두 남자와 그들의 매우 성마른 아내들이 차지하고 있었다. 두 아내는 조금 큰 소리로 신세한탄을 하면서 서로의 처지를 동정하고 있었다.

"내가 즐거워하면 그이는 집에 가고 싶어서 안달이라니까요."

"그런 이기적인 소리는 처음 듣네요."

"우리는 언제나 제일 먼저 떠나는 부부였어요."

"우리도 그래요."

"우리가 오늘 밤 맨 마지막이 될 것 같은데." 두 남자 중 하나가 뻘쭘한 목소리로 말했다. "오케스트라도 30분 전에 이미 떠났어."

이처럼 심술궂은 처사가 어디 있느냐고 두 아내는 입을 모아 항의했지만, 부부간의 논쟁은 짧은 싸움으로 끝났고, 결국 그녀들은 몸을 번쩍 들린 채 두 발을 바둥거리며 홀 밖의 밤공기 속으로 나갔다.

홀에서 내 모자를 꺼내주길 기다리는 동안 서재의 문이 열리고 조던 베이커와 개츠비가 함께 밖으로 나왔다. 개츠비는 조던에게 마지막 말을 건네고 있었는데, 몇 사람이 작별 인사를 하려고 그에게 다가가자 열띤 어조로 말하던 태도가 갑자기 굳어졌다.

조던의 일행이 현관에서 그녀를 초조하게 불러댔으나 그녀는 개츠비와 악수를 하려고 잠시 더 거기에 머물렀다.

"아주 놀라운 이야기를 들었어요." 그녀가 속삭였다. "내가 저기에 얼마나 들어가 있었지요?"

"글쎄, 한 시간쯤."

"아무튼 정말 놀라웠어요." 그녀는 멍한 어조로 다시 말했다. "하지만 그걸 말해주지는 않을 거예요. 당신을 애태우더라도요." 그녀는 내 얼굴에 대고 우아하게 하품했다. "제발 내게 놀러 와요…. 전화번호부에…시고니 하워드 이름으로요…. 제 숙모예요…." 그녀는 그렇게 말하면서 황급히 달려갔다. 그녀는 문 앞에서 일행과 합류했고, 갈색 손을 흔들면서 유쾌하게 작별 인사를 했다.

처음 방문한 집에 그처럼 오래 머무른 게 조금은 창피했지만, 나는 개츠비 주위에 모여 있는 마지막 손님 무리에 합류했다. 초저녁에 그를 찾아다녔다고 말하면서, 아까 정원에서 단번에 알아보지 못한 것을 사과할 생각이었다.

"그런 말씀 마세요." 개츠비가 진지하게 내게 말했다. "그런 생각은 조금도 하지 마세요, 오랜 친구." 내 어깨를 살짝 치는 그의 손이 말보다 훨씬 친근하게 느껴졌다. "그리고 내일 아침 9시에 함께 모터보트를 타러 가기로 했다는 걸 잊지 마세요."

이어 그의 어깨 뒤로 집사가 나타났다.

"필라델피아에서 전화가 왔습니다, 주인님."

"좋아, 곧 가지. 곧 받는다고 말해줘…. 굿 나잇."

"굿 나잇."

"굿 나잇." 그는 미소를 지었다. 나는 파티장에 맨 마지막까지 남기를 잘했다는 생각이 들었다. 마치 그가 처음부터 그걸 바라지 않았을까 하는 생각도 들었다.

"굿 나잇, 오랜 친구…. 굿 나잇."

그러나 계단을 내려오면서 나는 밤이 아직 끝나지 않았음을 깨달았다. 문에서 15미터 떨어진 곳에 열두 개의 헤드라이트가 괴상하고 소란스러운 광경을 비추고 있었다. 길옆 도랑에 왼쪽으로 기울어지고 한쪽 바퀴가 빠져나간 신형 쿠페 자동차가 처박혀 있었다. 불과 2분 전에 개츠비 저택 내 차고에서 출발했던 차였다. 쿠페는 담장의 날카롭게 튀어나온 부분에 부딪혀 바퀴가 떨어지자 곧바로 추락한 모양이었다. 운전사 여섯 명이 호기심 어린 눈빛으로 그 광경을 바라보고 있었는데, 그들이 멈춰 서서 길을 막고 있는 바람에 뒤에 있던 차들이 시끄럽게 경적을 울렸고, 그러잖아도 이미 혼란스럽던 사고 현장은 순식간에 아수라장으로 변해버렸다.

기다란 코트를 입은 남자가 파손된 차에서 내려 도로 한복판에 서더니 자기 차에서 타이어로, 다시 타이어에서 도로 뒤에 늘어선 자동차들로 시선을 돌렸다. 난처하면서도 흥미롭다는 표정이었다.

"이것 봐요! 도랑에 처박히고 말았소."

무척 놀란 게 틀림없었다. 처음에는 그가 경이워하는 모습이 참 별스럽다고 생각했다가 곧바로 그의 정체를 알아차렸다. 바로 아까 개츠비의 서재에서 만났던 올빼미 안경을 쓴 신사였다.

"어쩌다 이렇게 되었습니까?"

그가 어깨를 들썩해 보이며 단정적으로 말했다.

"나는 기계 장치에 대해서는 전혀 몰라요."

"하지만 어떻게 사고가 난 겁니까? 벽을 들이받았나요?"

"내게 묻지 마시오." 올빼미 안경이 이 사고와 자기는 무관하다는 듯 말했다. "나는 운전에 대해서는 아는 게 별로 없어요. 전혀 모르는 거나 마찬가지요. 이런 사고가 발생했다는 사실이 제가 아는 전부입니다."

"쳇, 그렇게 운전이 서툴다면 밤에 운전하지 말았어야죠."

"난 운전할 생각조차 하지 않았다니까요." 그가 화난 목소리로 말했다. "운전할 생각조차 하지 않았다고요."

구경꾼들 사이에서 놀랍다는 듯 정적이 흘렀다.

"그럼 자살할 생각이었나요?"

"바퀴 하나 빠진 게 천만다행이라고 생각하세요. 운전을 잘 못한다면서 조심할 생각조차 안 했다니!"

"내 말을 못 알아듣는군요." 그 용의자가 말했다. "나는 운전을 하지 않았어요. 차 안에 사람이 한 명 더 있어요."

그 말을 듣고 구경꾼들은 충격을 받았다. 그들 사이에서 "아, 아, 아!"라는 탄성이 터져 나왔고, 그 순간 쿠페 차의 문이 천천히 열렸다. 구경하던 군중─이제 군중이 되었다─은 무의식적으로 물러섰고, 차 문이 활짝 열리자, 유령이라도 나타난 것처럼 정적이 흘렀다. 이어 아주 서서히, 조금씩 조금씩, 귀신처럼 창백하고 축 늘어진 한 사람이 파손된 차량에서 나와 커다란 무용 신발로 땅을 조심스럽게 더듬었다.

"어떻게 된 일이지요?" 그가 침착하게 물었다. "차에 기름이 다 떨어진 겁니까?"

"저길 보세요!"

손가락 여섯이 빠져나간 바퀴를 가리켰다. 그는 잠시 그것을 응시하더니 혹시 바퀴들이 하늘에서 떨어진 게 아닐까 하는 표정으로 허공을 쳐다보았다.

"바퀴가 빠져버렸어요." 누군가가 설명했다.

그는 고개를 끄덕였다.

"처음엔 우리 차가 멈춰 섰다는 것도 몰랐어요."

그는 잠시 뜸을 들였다가 길게 숨을 들이쉬면서 어깨를 빳빳이 펴고 단호한 목소리로 물었다.

"주유소가 어디에 있는지 좀 알려주시겠습니까?"

구경꾼 여남은은―그중 몇몇은 그 운전사보다 더 나을 것 없는 사람이었는데― 바퀴와 자동차가 이제 어떠한 접합제로도 연결되지 않는다고 말했다.

"뒤로 빼야겠어요." 그가 잠시 뒤에 말했다. "차를 후진시켜야 해요."

"하지만 바퀴가 빠져나갔는데요!"

그는 망설이다가 말했다.

"시도는 해볼 수 있잖아요."

경적 울리는 소리가 극에 달했고 나는 몸을 돌려서 잔디밭을 가로질러 내 집으로 돌아갔다. 그리고 뒤를 돌아보았다. 웨이퍼 과자처럼 납작한 달이 개츠비의 저택 위에서 빛났다. 달은 전처럼 그 밤을 멋지게 장식했고, 아직도 환히 빛나는 그 집 정원의 웃음과 소음 위로 솟아올라 있었다. 이제는 개츠비 저택의 창문과 커다란 문에서 갑작스러운 공허함이 흘러나와 집주인을 완벽한 고립 속에 가두는 것 같았다. 그는 손을 들어 공손하게 작별 인사를 하면서 현관에 서 있었다.

지금까지 써놓은 것을 읽어보면 몇 주 간격으로 사흘 밤 동안 일어났던 사건이 나의 관심을 온통 사로잡았다는 인상을 줄지도 모르겠다. 그러나 이 사건들은 혼잡스러운 한여름 동안 벌어진 평범한 사건에 지나지 않으며, 훨씬 뒤의 시점에 이를 때까지, 나의 개인적인 일들에 비해 훨씬 내 관심을 덜 끄는 일이었다.

나는 깨어 있는 동안 대부분은 사무실에 나가 일을 했다. 내가 뉴욕

남쪽의 하얀 건물들 사이로 프로비티 채권 회사를 향해 걸어갈 때 이른 아침의 태양이 나의 그림자를 서쪽으로 드리웠다. 나는 다른 직원들과 젊은 채권 담당 영업 사원들의 이름을 부를 정도로 친해졌으며 그들과 함께 작고 어두운 식당에 앉아 자그마한 소시지, 으깬 감자, 커피 등으로 점심을 먹었다. 경리부에서 근무하는 저지시티의 여직원과 짧은 연애도 했다. 그녀의 오빠가 자꾸 나를 못마땅한 표정으로 쳐다보았기 때문인데, 그녀가 7월에 휴가를 떠났을 때 조용히 관계를 끝냈다.

저녁은 보통 예일 클럽에 가서 먹었다. 어떻게 보면 하루 일과 중 가장 우울한 시간이었다. 식사 후에는 클럽 2층 도서실로 올라가서 한 시간 정도 투자와 증권을 공부했다. 클럽에는 소란스러운 사람들도 있었지만, 도서실까지는 올라오지 않았기 때문에 공부하기에 매우 좋았다. 그 후 밤공기가 부드러우면 매디슨가를 천천히 걸어 내려가 오래된 머리힐 호텔과 33번가를 지나 펜실베이니아 기차역으로 갔다.

나는 뉴욕이 좋아지기 시작했다. 야간에는 생생하고 모험적인 분위기가 흘렀고, 활기차게 오가는 남녀와 끊임없이 깜빡거리는 자동차들을 바라보면서 눈요기를 실컷 할 수 있었다. 나는 5번가를 거닐면서 행인 중에 낭만적인 여자를 임의로 뽑아 잠시 그들의 생활 속으로 들어가는 상상을 즐겨 했다. 아무도 모를 것이고, 못마땅하게 여길 리도 없다. 나는 이런 상상도 해보았다. 내가 때때로 숨은 거리 모퉁이에 있는 그들의 아파트까지 따라가면 그들은 부드러운 밤공기 속에서 집 안으로 들어가기 전에 몸을 돌려 내게 미소를 보내는 것이다. 그 매혹적인 대도시의 황혼 속에서 나는 때때로 끔찍한 외로움을 느꼈을 뿐 아니라 남들에게서도 같은 감정을 느꼈다. 혼자 저녁을 먹기 위해 식당 문이 열리기를 기다리며 창문 앞에서 어슬렁거리는 가엾은 청년 회사원들.

황혼 속의 그 젊은이들은 밤과 인생의 가장 소중한 시간을 그런 식으로 낭비하고 있었다.

밤 8시, 40번가의 어두운 골목길에서 손님을 기다리는 극장행 택시들이 다섯 줄로 늘어서 있는 것을 보면, 내 가슴은 덜컥 내려앉았다. 출발을 기다리는 동안 택시 안에서 몸을 기대고 앉은 승객들은 노래를 부르거나 이제껏 들어보지 못한 농담을 주고받으며 웃음을 터뜨렸다. 택시 안의 수많은 몸짓을 흐릿하게나마 보여주었다. 나 또한 즐거움을 향해 황급히 달려가는 중이라고 그들의 내밀한 흥분을 공유한다고 상상하면서, 그들이 잘되기를 빌었다.

조던 베이커와는 한동안 소식이 끊어졌다가 한여름에야 다시 만나게 되었다. 처음 그녀와 함께 이곳저곳을 다닐 때는 기분이 우쭐했다. 골프 챔피언인 그녀를 모르는 사람이 없었기 때문이다. 그러다가 그 이상의 감정이 생겼다. 비록 사랑에 빠진 것은 아니었지만 은근한 호기심 같은 것을 느꼈다. 그녀는 세상을 향해 따분하다는 듯 오만한 얼굴을 하고 있었는데, 그 표정 속에 무언가를 감추고 있는 듯했다. 비록 처음에는 그렇지 않더라도 허세라고 하는 것은 종국에 가서는 무언가를 감추기 마련이다. 그러던 어느 날 나는 그게 무엇인지를 알아내게 되었다.

우리가 뉴욕 교외에 있는 워릭의 한 가정집 파티에 참석했을 때, 그녀는 빌린 자동차의 지붕을 열어놓은 채로 빗속에 세워두었으면서도 그러지 않았다고 거짓말을 했다. 문득 데이지의 집에서 만났을 때는 기억나지 않았던 그녀에 관한 소문이 생각났다. 그녀가 처음 참가했던 대규모 골프 토너먼트에서 거의 신문에 날 뻔했던 소동이 있었다. 그녀가 준결승전에서 나쁜 위치에 멈춘 자기 공을 다른 곳으로 슬쩍 옮겨놓았다는 이야기였다. *그 일은 거의 스캔들로 번질 뻔했지만 곧 잠잠해졌다. 캐디가 고발을 철회했을 뿐 아니라 다른 증인이 자기가 잘못 보았을 수도 있다고 말했기 때문이었다. 그 사건과 그녀의 이름이 내 기억 속에 남아 있었던 것이다.

조던 베이커는 영리하고 눈치 빠른 남자를 본능적으로 피했는데 이제야 그 이유를 분명하게 깨달았다. 표준 규범에서 벗어나는 사소한 일탈도 불가능하다고 여기는 사람들과 사귀는 게 훨씬 안전하다고 느꼈기 때문이다. 그녀는 구제불능일 정도로 부정직했다. 자신이 불리한 입장에 서는 일을 견디지 못했기 때문에, 세상을 향해 침착하고 오만한 미소를 내보이면서도 냉정하고 쾌활한 육체의 요구를 만족시키고자 아주 어렸을 때부터 속임수를 써온 것 같았다.

물론 나와는 아무 상관도 없는 문제였다. 여자의 부정직함이란 깊이 나무랄 일이 아니다. 나는 잠시 안타까워했을 뿐 곧 그 사실을 잊어버렸다. 워릭의 가정집 파티에서 우리는 자동차 운전에 대해 이상한 대화를 나누게 되었다. 그 대화가 시작된 건 그녀가 어떤 노동자 바로 옆을 지나치며 아슬아슬하게 운전하는 바람에, 자동차 범퍼가 그의 웃옷 단추를 살짝 스쳤을 때였다.

"운전을 참 험하게 하네요." 내가 쏘아붙였다. "좀 더 조심하든가 아예 운전대를 잡지 않는 게 좋겠어요."

---

* 1920년대 골프는 상류층이 즐겨 하는 아마추어 운동이었고 페어플레이 정신을 특히 강조했다. 프로 골퍼는 상류층이 이용하는 골프 클럽 출입이 금지되었다. 조던이 좋은 점수를 얻기 위해 공의 위치를 속였다는 것은 상류층이 볼 때 뒤에 나오는 울프심이 프로 야구 경기를 조작한 것보다 도덕적으로 더 나쁜 일이었다. 당시 야구는 골프보다 한 수 아래인 중산층이나 하류층이 하는 게임으로 간주되었기 때문이다.

"난 늘 조심해요."

"말도 안 돼. 이게 조심하는 거라고요?"

"뭐, 정 그렇다면, 다른 사람들이 조심하면 되잖아요." 그녀가 가볍게 말했다.

"그게 당신 운전 버릇하고 무슨 상관이죠?"

"그들이 비켜주잖아요. 사고가 나려면 두 사람이 필요해요." 그녀는 끝내 고집을 부렸다.

"당신처럼 부주의한 상대방을 만났다면?"

"그런 일이 없기를 바라죠. 나는 부주의한 사람을 싫어해요. 그러니 당신을 좋아하는 거고요."

햇빛에 약간 찡그린 그녀의 회색 눈은 앞쪽을 바라보고 있었다. 하지만 이미 그녀는 의도적으로 우리의 관계를 바꾸어놓았다. 순간 내가 그녀를 사랑한다는 생각도 들었다. 그러나 나는 신중한 성향인 데다 욕망에 제동을 거는 내면적 규칙을 세워두고 있었다. 나는 먼저 고향 마을에서 사귀던 여자와 관계를 말끔히 정리해야 한다는 걸 알았다. 나는 그 고향 여자에게 한 주에 한 번씩 편지를 보내면서 "사랑하는 닉"이라는 말을 꼭 덧붙였다. 그 순간 생각나는 것은, 그녀가 테니스를 칠 때 윗입술에 송골송골 맺힌 땀방울이 희미한 수염처럼 보였다는 것뿐이었다. 아무튼 내 마음속에서는 조던과 자유롭게 연애하려면 먼저 그 관계를 깔끔하게 청산하는 게 좋겠다는 막연한 생각이 꿈틀거리고 있었다.

누구나 이처럼 한 가지 기본 미덕쯤은 가지고 있다고 생각한다. 나도 마찬가지인데, 내 미덕은 이런 것이다. 나는 내가 알고 있는 여러 사람 중에서 몇 안 되는 정직한 사람이다.

제4장

교회 종소리가 해변 마을을 따라 낭랑하게 울려 퍼지는 일요일 아침이면, 많은 사람이 애인을 데리고 개츠비의 저택으로 돌아와서 잔디밭을 유쾌하게 돌아다녔다.

"그는 부트레거*예요." 젊은 여자들이 개츠비가 마련한 칵테일을 들고 그가 가꾼 꽃들 사이를 돌아다니며 조잘거렸다. "과거에 어떤 사람을 죽였대요. 그가 독일 총사령관 폰 힌덴부르크의 조카이고 악마의 육촌이라는 사실을 알아챘기 때문이래요. 여보, 저기 장미 한 송이를 내게 건네줘요. 그리고 저 크리스털 잔에 마지막 한 방울을 따라줘요."

---

* 위스키를 캐나다로부터 불법 밀수하는 업자를 가리키는 말이다. 장화(부트) 속에 술을 감춰 가지고 오는 사람이라는 뜻에서 유래되었다. 미국은 수정헌법 제18조를 통과시켜 금주법(1920-1933)을 시행했는데, 소설의 시간적 배경은 1922년 7월이므로 단속이 심할 때였고 따라서 밀수에 성공할수록 이득을 많이 얻을 수 있었다. 개츠비는 캐나다 쪽에서 위스키를 밀수해 큰돈을 벌었는데, 케네디 대통령의 아버지 조지프 케네디도 이 무렵에 밀수업을 해서 막대한 부를 챙겼다.

언젠가 나는 그해 여름 개츠비의 저택을 방문했던 사람들의 명단을 기차 시간표 빈 곳에 적어놓았다. 윗부분에 "이 시간표는 1922년 7월 5일부로 발효됨"이라는 문구가 인쇄된 이 종이는 이제 낡아서 접히는 부분이 해어졌지만 거기 적힌 이름들은 아직 흐릿하게 남아 있다. 이 명단을 살펴보면 그들이 어떤 사람들인지 알아차리는 데 도움이 될 것이다. 적어도 그들이 개츠비의 환대를 받아들여서 그를 찾아와놓고 그에 대해서는 아무것도 모른다는 말을 은밀하게 떠들어댔다고 막연하게 말해두는 것보다는 낫다.

이스트에그에서는 체스터 베커 부부, 리치 부부, 나의 예일대 동창인 번슨이라고 하는 남자, 지난해 여름 메인주에서 물에 빠져 죽은 닥터 웹스터 시벳이 왔다. 또 혼빔 부부, 윌리 볼테어 부부, 블랙벅 일가족이 왔는데, 특히 블랙벅 사람들은 누군가 가까이 다가오기라도 하면 예외 없이 염소처럼 콧구멍을 벌름거렸다. 그리고 이스메이 부부와 크리스티 부부(차라리 휴버트 아우어바흐와 크리스티 씨의 아내라고 하는 게 좋겠다), 에드가 비버 등이 찾아왔다. 사람들의 말에 따르면, 에드가 비버의 머리카락은 어느 겨울날 오후에 이렇다 할 이유 없이 목면처럼 하얗게 세어버렸다고 한다.

내가 기억하기로는 클래런스 엔다이브도 이스트에그에서 온 사람이었다. 그는 딱 한 번 하얀 반바지를 입고 찾아왔는데 정원에서 에티라고 하는 껄렁패와 싸움을 벌였다. 롱아일랜드 끝에서는 치들 부부, O.R.P. 슈레이더 부부, 조지아 출신의 스톤월 잭슨 에이브럼 부부, 피시가드 부부, 리플리 스넬 부부 등이 왔다. 스넬은 거기에서 사흘 동안 머무른 후 교도소에 갔다. 그는 술에 취해 개츠비 저택의 자갈 깔린 차도 위에 누워 있다가 율리시즈 스웨트 부인의 자동차에 오른손을 깔리는 사고를 당했다. 댄시 부부도 왔고, 예순이 훨씬 넘은 S.B. 화이트베이트, 모리스 A. 플링크, 해머헤드 부부, 담배 수입업자 벨루가와 그의 딸들도 왔다.

웨스트에그에서는 폴 부부, 멀레디 부부, 세실 로벅과 세실 쇼언, 주 상원의원 굴릭, '필름스 파 엑설런스' 회사를 경영하는 뉴턴 오키드, 에크하우스트, 클라이드 코언, 돈 S. 슈워츠(아들), 아서 매카티 등도 왔는데 모든 영화 산업과 이런저런 관련이 있는 인물이었다. 캐틀립 부부, 벰버그 부부, G. 얼 멀둔도 왔다. 이 멀둔은 이후 아내를 목 졸라 죽인 멀둔의 형제이기도 하다. 영화 프로모터인 다 폰타노, 에드 레그로스, 제임스 B.('싸구려 술') 페렛, 데 용 부부, 어니스트 릴리 등이 도박을 하기 위해 왔다. 페렛이 정원으로 어슬렁어슬렁 걸어 나오면 돈을 깨끗이 털렸다는 뜻이었고, 이는 또한 다음 날 연합 철도 회사의 주가가 상향 곡선을 그려야 한다는 뜻이기도 했다.

클립스프링어라는 남자는 그곳에 너무 자주 오고, 너무 오래 머물렀기 때문에 '하숙생'이라고 불렸다. 그에게 따로 사는 집이 있었는지도 의심스럽다. 연극계 인사들로는, 거스 웨이즈, 호레이스 오도노번, 레스터 마이어, 조지 덕위드, 프랜시스 불 등이 있었다. 뉴욕에서 온 사람들로는 크롬 부부, 백히슨 부부, 데니커 부부, 러셀 베티, 코리건 부부, 켈러허 부부, 듀어 부부, 스컬리 부부, S.W.벨처, 스머크 부부, 현재는 이혼한 젊은 퀸 부부 등이 있었다. 그리고 헨리 L. 팔미토도 있었는데 이 사람은 타임스스퀘어역으로 들어오는 지하철에 몸을 던져 자살했다.

베니 매클리너핸은 언제나 젊은 여자 네 명을 대동하고 왔다. 서로 다른 사람이었으나 외모가 너무나 비슷해서, 이전에 왔던 여자들이라는 느낌을 주었다. 그들의 이름은 잊어버렸다. 재클린, 콘수엘라, 글로

리아, 주디, 준 같은 이름이었고, 성은 꽃 이름, 준(6월)이나 줄라이(7월) 같은 달 이름 혹은 위대한 미국 자본가들의 근엄한 성들이었는데, 계속 물어보니 그런 자본가의 사촌이라고 고백했다.

이런 사람들 외에 포스티나 오브라이언이 적어도 한 번은 왔고, 베데커 여성들, 전쟁 중에 코가 잘린 젊은이 브루어, 올브룩스버거 씨와 그의 약혼녀 하그 양, 아디타 피츠피터스, 한때 미국 재향군인회의 회장이었던 P. 주웨트 씨, 운전기사라는 남자와 함께 온 미스 클로디아 히프, 우리가 공작이라고 불렀던 무슨 왕자인가 하는 사람도 왔다. 그 왕자의 이름도 전엔 알았는데 지금은 잊어버렸다.

이 모든 사람이 그해 여름 개츠비의 저택을 찾아왔다.

7월 하순 어느 날 오전 9시에 개츠비의 멋진 차가 자갈 깔린 차도를 따라 올라와 내 집 문 앞에 멈춰 서더니 세 가지 음으로 된 경적을 울렸다. 내가 개츠비의 파티에 이미 두 번이나 갔었고, 그의 모터보트를 함께 탔으며, 그가 강권해서 그 집 앞 해변을 빈번하게 이용하기는 했지만, 그가 내 집을 방문한 것은 그때가 처음이었다.

"안녕하세요, 오랜 친구. 오늘 나랑 점심 식사나 같이하시죠. 이 차를 타고 갑시다."

그는 미국인 특유의 몸짓이라 할 만한 다양한 동작을 취하면서 자동차 발판 위에 가까스로 몸의 균형을 잡고 서 있었다. 나는 그가 젊은 시절에 무거운 것을 들어 올리거나 경직된 자세로 오래 앉아 있어본 적이 없어서 그런 습관이 들었다고 생각했다. 더욱이 그의 몸놀림은 우리가 이따금 벌이는, 긴장감 넘치는 운동 경기의 형체 없는 우아함에서 나온 것 같았다. 비록 그는 격식을 차리려 했지만 이런 특성이 약간 불안해

보이는 모습으로 계속 뿜어져 나왔다. 그는 한시도 가만히 있지 못했다. 늘 발바닥으로 땅을 탁탁 치거나 초조하게 손을 폈다가 다시 꽉 쥐기도 했다.

감탄하는 표정으로 그의 자동차를 구경하는 내게 그가 말했다.

"멋진 차죠, 오랜 친구?" 그는 차를 더 잘 보이게 하려고 운전석에서 땅으로 펄쩍 뛰어내렸다. "전에도 이런 차를 본 적이 있습니까?"

물론 본 적이 있었다. 모두들 그랬을 것이다. 아주 짙은 크림색 자동차였다. 니켈 도금은 반들반들 빛났고, 괴상할 정도로 기다란 차체 여기저기에 위엄 있는 모자 상자, 식품 상자, 도구 상자가 갖추어져 있었다. 미로처럼 복잡한 운전석의 유리는 여남은 줄기의 햇빛을 반사했다. 우리는 여러 겹의 유리창 뒤에서, 초록색 가죽 온실에 들어온 것 같은 느낌을 받으면서 도시를 향해 출발했다.

나는 지난달에 그와 여섯 번이나 대화를 나누었으나, 실망스럽게도 지금은 할 이야기가 별로 없었다. 처음에 나는 그가 규정하긴 어렵지만 중요한 인물일 거라 생각했는데, 시간이 지날수록 그 인상이 사그라들어서 마침내 이웃의 거대한 저택 소유주 정도로 남았다.

곧이어 당황스러운 드라이브가 시작되었다. 우리가 웨스트에그 마을에 도착하기도 전에 개츠비는 말끝을 흐리는 우아한 대화를 잠시 중단하더니 캐러멜색 양복의 무릎 부분을 탁탁 치기 시작했다.

"이봐요, 오랜 친구." 그는 갑작스럽게 말을 꺼냈다. "당신은 나를 어떻게 생각합니까?"

다소 압도되는 느낌이 든 나는 그런 질문을 받았을 때 으레 꺼내는 핑계를 대기 시작했다.

"제 인생 이야기를 당신에게 해드리고 싶군요." 그가 중간에 끼어들었다. "여기저기서 온갖 소문을 들었을 텐데, 그걸로 나에 대해 잘못된 인상을 갖지 않길 바랍니다."

그도 저택 홀에서 대화가 오갈 때 양념 역할을 하는 기이한 험담을 알고 있었던 것이다.

"하느님께 맹세컨대 진실을 말씀드리지요." 그는 기꺼이 천벌을 받겠다는 듯 오른손을 들며 말했다. "나는 중서부의 부유한 집에서 태어났습니다. 부모님은 두 분 다 돌아가셨지요. 나는 미국에서 컸지만, 교육은 옥스퍼드에서 받았습니다. 조상 대대로 그곳에서 교육을 받아왔지요. 그게 집안의 전통입니다."

그는 내게 곁눈질했다. 나는 조던 베이커가 왜 그를 가리켜 거짓말을 한다고 했는지 알 것 같았다. 그는 "교육은 옥스퍼드에서"라는 말을 황급히 했다. 아니, 그 말을 삼키거나 약간 숨이 막히듯 말했는데, 전에 그 말 때문에 난처한 일을 겪었던 모양이다. 그런 의구심이 들자, 그가 한 모든 말이 산산조각 나버렸고 그에게 좀 못된 구석이 있는 게 아닌가 하는 염려가 생겨났다.

"중서부 어디죠?" 내가 태연히 물었다.

"샌프란시스코요.*"

"그렇군요."

"내 가족은 모두 세상을 떠났고 나는 큰돈을 상속받았습니다."

그의 목소리는 엄숙했다. 갑작스럽게 가족을 잃은 기억으로 여전히 괴로워하는 듯했다. 그가 나를 놀리는 게 아닐까 잠시 의심했으나, 그의

---

* 미국의 중서부는 앨러게이니산맥과 로키산맥 사이의 지역을 가리킨다. 샌프란시스코는 앨러게이니산맥 서쪽 지역이므로 그냥 서부라고 한다. 닉은 이런 대답을 듣고 개츠비가 진실을 말하지 않는다는 느낌이 들었을 것이다.

얼굴을 슬쩍 쳐다보고는 그렇지 않다고 확신했다.

"그다음에 나는 파리, 베네치아, 로마 등 유럽의 여러 도시에서 젊은 왕자처럼 살았습니다. 주로 루비 같은 보석을 수집하고 커다란 들짐승을 사냥하고, 때로는 그림도 그리면서 오로지 나를 위해 살았습니다. 오래전에 내게 벌어진 아주 슬픈 일을 잊어버리려고 말입니다."

나는 어이가 없어서 터져 나오려는 헛웃음을 간신히 참았다. 속이 빤히 들여다보이는 이야기라, 나는 이런 웃기는 상상을 했다. 터번을 쓴 '희극 배우'가 온몸의 땀구멍마다 땀 대신 톱밥을 흘리면서, 부아 드 볼로뉴의 동물원*에서 사육된 호랑이를 추적하며 들짐승 사냥을 한다고 허풍 치는 광경 말이다.

"그 후에 전쟁이 터졌지요, 오랜 친구. 도리어 커다란 위안이나 나름 없었죠. 죽으려고 안간힘을 써봤지만 내게는 그 매혹적인 삶을 견뎌낼 힘이 있었던 것 같습니다. 전쟁이 발발했을 때 중위로 임관했지요. 아르곤 전투에서 나는 기관총으로 무장한 파견대 둘을 이끌고 적진 깊숙이 들어갔습니다. 그 바람에 보병 본진과 1킬로미터 정도 간격이 벌어지고 말았지요. 우리는 이틀 밤낮을 그곳에서 버텼습니다. 130명이 기관총 열여섯 정으로 말입니다. 보병 본진이 마침내 우리에게 접근했을 때 그들은 산더미 같은 시체 속에서 독일 보병 사단의 휘장을 세 개나 발견했습니다. 나는 소령으로 진급했고 모든 연합군 정부에서는 내게 훈장을 수여했습니다. 심지어 몬테네그로 정부도 훈장을 주었지요. 아드리아해 아래쪽에 있는 작은 국가 몬테네그로 말입니다!"

---

* 파리에 있는 두 번째로 큰 대중 공원. 파리 제16구 서쪽 끝에 있으며 호수, 경마장, 정원, 온실, 위락공원, 동물원 등을 갖추고 있다.

작은 국가 몬테네그로! 그는 그 말을 힘주어 한 다음에, 미소를 지으며 고개를 끄덕였다. 몬테네그로의 혼란스러운 역사를 인정하면서, 그곳 국민의 용감한 투쟁을 동정하는 감정까지 아우른 미소였다. 또한 그 나라가 감동적인 찬사를 보낼 수밖에 없었던 일련의 국난을 충분히 이해하는 미소이기도 했다. 나의 불신은 이제 매혹으로 뒤덮이고 말았다. 마치 잡지 여남은 권을 대충 훑어보는 듯한 기분이었다.

그는 호주머니에 손을 집어넣어 리본이 달린 금속 조각을 꺼내더니 그것을 내 손바닥 위에 올려놓았다.

"이게 몬테네그로가 준 훈장입니다."

놀랍게도 그 물건은 진짜 같았다. 둥근 메달의 가장자리를 따라 이런 글이 적혀 있었다. "다닐로 훈장, 몬테네그로 국왕, 니콜라스."

"뒤집어보세요."

"제이 개츠비 소령, 뛰어난 무공을 기념하여"라고 적혀 있었다.

"내가 늘 가지고 다니는 물건입니다. 옥스퍼드 시절의 기념사진이지요. 트리니티 쿼드(네모난 안뜰)에서 찍은 겁니다. 내 왼쪽에 있는 남자는 지금 돈캐스터 백작이 되었습니다."

운동복을 입고 뒤쪽으로 첨탑들이 보이는 아치 길에서 장난치는 젊은이 여섯 명을 찍은 사진이었다. 그들 중에 개츠비도 있었다. 지금보다 많이는 아니고 약간 젊어 보이는 개츠비가 손에 크리켓 경기용 배트를 들고 있었다.

그렇다면 그가 지금껏 한 말도 모두 사실임이 분명하다. 나는 베네치아의 대운하 옆에 있다는 그의 저택과, 사냥해서 그 저택에 걸어두었다는 불에 타듯 번득이는 호랑이 가죽을 그려볼 수 있었다. 나는 그가 가족을 잃은 불안감을 달래기 위해 수집한 루비 보석들을 넣어둔 보석 상자를 여는 모습도 상상했다.

"오늘 당신에게 중요한 부탁 하나를 하려고 합니다." 그는 기념품들을 만족스러운 표정으로 다시 호주머니에 집어넣으면서 말했다. "그렇게 하려면 당신도 나에 대해 조금은 알아두는 게 낫겠다고 생각했습니다. 당신이 나를 변변치 않은 사람이라고 여기지 않길 바랐어요. 방금 말했듯, 나는 내게 벌어진 슬픈 일을 잊고자 이곳저곳을 떠돌아다닌 터라 대체로 낯선 사람들 사이에 섞여 살아왔습니다." 그는 망설였다. "오늘 오후에 그 이야기를 듣게 될 겁니다."

"점심 식사 때요?"

"아닙니다, 오후에. 나는 당신이 베이커 양과 차를 마시기로 했다는 걸 우연히 알게 되었습니다."

"그러니까 당신은 베이커 양을 사랑한다는 이야기인가요?"

"아니요, 오랜 친구. 그렇지 않습니다. 베이커 양이 이 문제를 당신과 상의해주기로 했지요."

나는 '이 문제'가 무엇인지 전혀 감을 잡을 수가 없었다. 하지만 흥미를 느끼기보다는 짜증이 먼저 났다. 나는 제이 개츠비의 문제를 의논하려고 조던을 다과 모임에 초청한 것이 아니었다. 나는 그가 황당한 부탁을 하려는 것이라고 확신했으며, 그 순간 개츠비네 저택의 혼잡한 잔디밭에 발을 들여놓은 것을 후회했다.

그는 더 이상 아무 말도 하지 않으려 했다. 우리가 도시에 가까이 다가갈수록 그의 태도는 더욱 엄숙해졌다. 우리는 붉은 벨트를 두른 원양 어선들이 정박한 루스벨트항을 지나갔다. 이어서 이미 빛이 바랬지만 아직도 많은 사람이 찾는 1900년대 초창기의 낡은 도금 페인트칠을 한 술집들이 줄지어 있는 자갈 깔린 빈민가 도로를 따라 달려갔다. 잠시 뒤 우리 자동차 양쪽으로 재의 계곡이 펼쳐졌고, 나는 주유소 곁을 지나가면서 윌슨 부인이 주유기*를 들고서 숨을 헐떡이며 힘차게 펌프질을 하는 모습을 흘끗 쳐다보았다.

우리는 자동차 펜더를 날개처럼 활짝 벌려 아주 빠르게 롱아일랜드 시티를 달렸다. 하지만 절반 정도만 그렇게 갔을 뿐이다. 우리가 고가 철도의 기둥을 누비며 지나갈 때, 경찰 모터사이클의 툭, 툭, 툭 하는 익숙한 소리가 들려왔다. 잠시 뒤 미친 듯 화가 난 교통경찰이 나타나 우리와 나란히 달렸다.

"알았어요, 오랜 친구." 개츠비가 소리쳤다. 우리는 속도를 늦추었다. 개츠비는 지갑에서 하얀 명함을 한 장 꺼내더니 경찰관의 눈앞에서 흔들어댔다.

"아, 선생님이었군요." 경찰관은 거수경례하면서 말했다. "다음에는 잘 알아서 모시겠습니다, 개츠비 선생님. 실례했습니다!"

내가 물었다. "그건 뭐죠? 옥스퍼드 사진입니까?"

"언젠가 경찰서장을 도와드린 적이 있습니다. 그랬더니 해마다 크리스마스카드를 내게 보내오더군요."

퀸스버러 다리를 건너가니 다리의 대들보 사이로 비친 햇빛이 이동하는 자동차들 위에서 쉴 새 없이 반짝거렸다. 강 건너 도시에는 악취 없는 돈으로 소망을 담아 지은, 하얀 설탕 덩어리 같은 건물들이 모여 있었다. 퀸스버러 다리에서 바라본 뉴욕은 언제나 봐도 처음 보는 도시 같았다. 이 세상의 모든 신비와 아름다움에 관한 최초의 약속을 간직한

---

* 1920년대 주유소의 주유기는 요즘처럼 레버만 누르면 되는 자동 분사식이 아니라 주유기 옆에 달린 손잡이를 힘주어 돌려야만 기름이 자동차에 들어가는 방식이었다. 제7장에서도 윌슨이 톰을 만나는 장면에서 힘들게 주유기 레버를 돌린다는 말이 나온다.

도시였기 때문이다.

한 망자가 꽃들로 덮인 영구차를 타고 우리 옆을 지나갔다. 블라인드를 내린 마차 두 대와 조문객 친구들이 탄 좀 더 쾌활한 마차들이 그 뒤를 따랐다. 조문객 친구들은 유럽 남동부 출신 이민자 특유의 얇은 윗입술을 굳게 다문 채 슬픈 눈빛으로 우리를 내다보았다. 나는 그들이 음울한 휴일에 개츠비의 화려한 자동차를 구경하게 되어 다행이라 여겼다. 우리가 블랙웰섬을 통과할 때, 백인 운전기사가 모는 리무진이 우리 차를 추월했다. 그 안에는 잘나가는 흑인 셋이 타고 있었다. 남자 둘에 여자 하나인 그 흑인들이 오만한 경쟁의식 속에서 우리를 향해 노란 눈자위를 굴려대자, 나는 커다랗게 웃음을 터뜨렸다.

'우리가 이 다리를 건넜으니 무슨 일이든 생길 수 있지.' 나는 생각했다. '무슨 일이든….'

심지어 개츠비 같은 사람도 존재할 수 있는 것이다. 그렇더라도 전혀 놀랄 일은 아니다.

소란스러운 정오, 나는 선풍기가 잘 돌아가는 52번가 지하 식당에서 함께 점심을 먹으려고 개츠비를 만났다. 눈을 깜빡이며 바깥 거리의 눈부심을 간신히 털어내던 나는 대합실에서 한 남자와 대화를 나누고 있는 그의 흐릿한 형체를 발견했다.

"캐러웨이 씨, 이쪽은 내 친구 울프심 씨입니다.*"

키가 작고 코는 납작한 유대인이 커다란 머리를 들어 나를 쳐다보았

---

* 당시 밀매, 사기, 갈취 등 불법 수단으로 큰돈을 벌었던 지하 경제의 거물, 아널드 로스슈타인(1882-1928)을 모델로 한 인물이다. 로스슈타인은 1928년에 암살되었는데 범인은 밝혀지지 않았다.

다. 그의 양쪽 콧구멍에는 가느다란 털이 풍성하게 나 있었다. 잠시 뒤 나는 어두운 그 공간에서 그의 자그마한 두 눈을 발견했다.

"…그래서 그를 한번 보고는…" 울프심 씨가 진지하게 나와 악수를 하더니 말했다. "…그래서 내가 어떻게 했다고 생각하나?"

"무슨 말씀이신지?" 내가 공손하게 물었다.

그러나 그는 내게 말을 거는 게 아님이 분명했다. 내 손을 놓고 자기의 표현력 풍부한 코로 개츠비를 가리켰기 때문이다.

"내가 그 돈을 캐츠포에게 건네고 이렇게 말했어. '좋아, 캐츠포. 그자가 입을 닫치기 전에는 단 한 푼도 주지 마.' 그랬더니 그는 당장 입을 다물어버리더군."

개츠비는 우리 두 사람의 팔을 붙잡고 식당 안쪽으로 안내했다. 울프심 씨는 뭔가 새로운 것을 말하려다 삼켜버리더니 마치 졸고 있는 듯 멍한 상태로 빠져들었다.

"하이볼로 드릴까요?" 수석 웨이터가 물었다.

"좋은 레스토랑이군." 울프심 씨가 천장에 그려진 기독교 천사들을 올려다보면서 말했다. "하지만 건너편 레스토랑이 더 좋아!"

"좋아요. 하이볼로 주세요." 개츠비가 그렇게 말하고 울프심 씨를 쳐다보았다. "거긴 너무 더워요."

"덥고 비좁지, 그렇고말고. 하지만 추억이 가득한 곳이야." 울프심 씨가 말했다.

"어떤 곳인데요?" 내가 물었다.

"옛 메트로폴 말입니다."

"옛 메트로폴." 울프심 씨가 우울하게 생각에 잠겼다. "죽어서 사라진 얼굴들로 가득한 곳이지. 이제 영원히 가버린 친구들의 추억이 가득한 곳. 나는 살아 있는 동안에 그들이 로지 로즌솔*을 쏴 죽인 그날 밤을 잊지 못할 거야. 한 테이블에 나까지 여섯 명이 앉아 있었는데 로지는 그날 밤 먹기도 많이 먹고 마시기도 많이 마셨지. 거의 새벽이 되었을 때 웨이터가 좀 이상하다는 표정을 지으며 그에게 다가오더니 누군가가 밖에서 좀 만나자고 한다는 말을 전했어. '좋아.' 로지가 그렇게 말하고 일어서는데 내가 그를 잡아당겨 의자에 다시 앉혔어.

'로지, 만나고 싶으면 저놈들이 이리로 들어오라고 해. 제발 부탁인데, 이 방 밖으로 나가면 안 돼.'

그때가 새벽 4시였고 블라인드를 들어 올리면 희고 부연 햇빛을 볼 수 있을 정도였어."

"그래서 그는 밖으로 나갔나요?" 내가 순진하게 물었다.

"그럼 나갔지." 울프심 씨는 화가 난다는 듯이 코를 내 쪽으로 돌렸다. "그는 문에서 고개를 돌리더니 이렇게 말했어. '웨이터에게 내 커피 치우지 말라고 해!' 이어 그는 밖으로 나갔고 그들은 그의 불룩한 배에 세 번이나 총을 쏘고는 곧 차를 타고 사라졌어."

"그들 중 네 명은 전기의자형에 처해졌죠." 내가 그 사건을 기억하며 말했다.

"아니야, 베커까지 다섯 명이었지." 그는 무슨 말이냐는 듯이 나를 향해 콧구멍을 벌름거렸다. "당신, 사업차 나를 찾아온 걸로 아는데."

나는 베커라는 이름과 사업이라는 말이 같이 나와 깜짝 놀랐다. 개츠비가 나를 대신해 말해주었다.

---

* 불법 도박 거간꾼인 허먼 로즌솔을 말한다. 그는 1912년 맨해튼의 메트로폴 호텔 밖에서 갱스터들이 쏜 총에 맞아 사망했다.

"오, 아닙니다. 이분은 그런 사람이 아니에요!"

"아니라고?" 울프심 씨는 실망한 것처럼 보였다.

"여긴 그냥 친구입니다. 그 이야기는 나중에 하자고 아까 말씀드렸잖아요."

"실례했소." 울프심 씨가 말했다. "사람을 잘못 알아보았군."

육즙이 풍부한 다진 고기 요리가 나오자 울프심 씨는 메트로폴 호텔의 감상적인 분위기 같은 건 잠시 잊어버린 듯 게걸스럽게 음식을 먹기 시작했다. 그러는 동안 그의 두 눈은 식당 주위를 아주 천천히 둘러보았다. 그는 바로 뒤에 앉은 사람들까지 살펴보고 나서야 그 일을 끝마쳤다. 만약 내가 거기에 없었더라면 우리가 앉은 테이블의 아랫부분도 살짝 내려다보았으리라.

"이봐요, 오랜 친구." 개츠비가 내게 몸을 기울이며 말했다. "내가 오늘 아침 차 안에서 당신을 좀 화나게 한 건 아닌지 염려되는군요."

그는 다시 미소를 지어 보였다. 그러나 이번에는 그 미소에 넘어가지 않고 이렇게 대꾸했다.

"난 비밀스러운 일을 좋아하지 않습니다. 왜 당신이 원하는 걸 솔직하게 말하지 않는지 의아하군요. 왜 베이커 양을 통해야만 합니까?"

"아, 뭐 불순한 일은 아닙니다." 그는 나를 안심시켰다. "베이커 양은 훌륭한 운동선수고, 부적절한 일은 절대 하지 않을 겁니다."

그는 갑자기 손목시계를 쳐다보더니 벌떡 일어서서 식당 밖으로 나갔다. 테이블에는 나와 울프심 씨만 남게 되었다.

"전화를 걸 데가 있나 보군요." 울프심 씨가 두 눈으로 그를 뒤쫓으며 말했다. "좋은 친구예요. 인물도 좋고, 흠 잡을 데 없는 신사지요."

"그렇습니다."

"그는 오그스퍼드 졸업생이요."

"아."

"그는 영국에 있는 오그스퍼드대학*을 다녔습니다. 오그스퍼드대학, 아시오?"

"들어서 알고 있습니다."

"세계에서 가장 유명한 대학교지요."

"개츠비 씨를 안 지 오래되셨나요?" 내가 물었다.

"여러 해 됐지요." 그가 느긋한 태도로 말했다. "전쟁이 끝난 직후 운 좋게 그를 만났습니다. 그와 한 시간 정도 이야기를 해보고는 좋은 배경에서 성장한 사람이라는 걸 알아보았소. 이렇게 혼잣말을 했지. '집에 데려가서 어머니와 여동생에게 소개하고 싶은 남자로군.'" 그는 잠시 말을 멈추었다. "내 소매 끝자락의 커프스 단추를 보고 계시네."

나는 그 단추를 보고 있지 않았지만, 그의 말을 들으니 쳐다보게 되었다. 상아 조각으로 만든 단추였는데, 이상하게도 낯이 익었다.

"사람의 송곳니로 만든 멋진 물건이오." 그가 내게 말했다.

"그래요?" 나는 찬찬히 살펴보았다. "아주 흥미롭군요."

"그렇죠." 그가 상의 위로 소매를 들어 보였다. "그래요, 하지만 개츠비는 여자들을 아주 조심스럽게 대하죠. 친구의 아내는 아예 쳐다보지도 않습니다."

본능적으로 신뢰를 받는 그 화제의 인물이 테이블로 돌아와 의자에 앉자, 울프심 씨는 커피를 황급히 들이켜고는 일어섰다.

"점심 잘 먹었네." 그가 말했다. "더 민폐 끼치기 전에 두 청년은 여기

---

* 원문에서는 Oxford University를 Oggsford College로 잘못 말하고 있다.

두고 나는 그만 가봐야겠소."

"마이어, 서두르지 말아요." 개츠비가 인사치레로 말했다. 울프심 씨
는 마치 축복을 내리려는 듯 손을 쳐들었다.

"친절은 고맙지만, 나는 다른 세대 사람이네." 그가 엄숙하게 선언
했다. "당신들은 여기 앉아서 당신들의 스포츠, 당신들의 여자, 당신들
의…." 그는 손을 한번 흔들어 그 공백을 대신했다. "나로 말하자면 벌써
쉰이나 먹었지. 더 이상 당신들을 방해하고 싶지 않아."

악수를 하고 돌아섰을 때 그의 코가 성난 듯 가볍게 떨리고 있었다. 나
는 혹시 그를 불쾌하게 만든 말을 한 게 아닐까 하는 생각이 들었다.

"저분은 때때로 심한 감상에 빠져듭니다." 개츠비가 설명했다. "오늘
이 그런 날인가 봐요. 뉴욕 일대에서는 꽤나 유명한 인사지요. 브로드웨
이에 삽니다."

"무슨 일을 하는 분입니까? 배우인가요?"

"아닙니다."

"치과의사?"

"마이어 울프심이요? 아닙니다. 그는 도박사입니다." 개츠비가 망설
이더니 냉담하게 부연했다. "그가 바로 월드 시리즈를 조작한 사람입니
다. 1919년에.*"

그 이야기를 듣고 깜짝 놀랐다. 물론 나도 1919년 월드 시리즈의 경

---

* 1919년 월드 시리즈에서 시카고 화이트삭스와 신시내티 레즈가 맞붙었다. 화이트삭스의 두
  선수가 경기를 조작하겠다며 지하 세력에 접근했다. 아널드 로스슈타인(울프심의 모델)은 경
  기 조작의 뒷돈을 대라는 요청을 받았으나 거절했다. 그러나 시카고 화이트삭스가 져줄 것
  을 예측해 신시내티 레즈의 승리에 크게 돈을 걸었고, 30만 달러를 벌었다. 로스슈타인은 이
  스캔들로 조사를 받은 적이 없는데도 배후 인물이라는 소문이 났다.

기 결과가 조작되었다는 이야기를 듣기는 했지만, 어떤 불가피한 연쇄 작용 탓에 벌어진 일일 뿐이라고 생각했었다. 어떤 사람이 금고를 터는 강도의 집념으로, 5천만 야구 관중의 믿음을 농락할 수 있다는 생각은 전혀 하지 못했다.

"어떻게 그런 일을 할 수 있었지요?" 내가 잠시 뒤에 물었다.

"그는 단지 좋은 기회를 엿보았던 겁니다."

"왜 감옥에 가지 않았지요?"

"꼬리를 밟지 못했습니다, 오랜 친구. 그는 영리한 사람이니까요."

내가 계산하겠다고 고집을 부려 점심값을 지불했다. 웨이터가 거스름돈을 가져왔을 때, 나는 혼잡한 레스토랑 건너편에 앉은 톰 뷰캐넌을 보았다.

내가 말했다. "잠깐 나랑 저기 좀 갑시다. 인사할 사람이 있어요."

우리를 보자 톰은 이쪽으로 여섯 걸음쯤 걸어왔다.

"어디 있었나?" 그가 열띤 목소리로 물었다. "데이지가 전화도 안 한다고 화가 많이 났어."

"뷰캐넌 씨, 여기는 개츠비 씨."

그들은 가볍게 악수했고, 잠시 긴장한 기색의 당황스러운 표정이 개츠비의 얼굴을 스쳤다.

"그래, 어떻게 지내?" 톰이 내게 물었다. "웬일로 식사하러 이렇게 멀리까지 왔어?"

"개츠비 씨와 점심을 먹었지."

나는 개츠비 쪽으로 몸을 돌렸지만, 그는 이미 사라지고 없었다.

"1917년 가을의 어느 날이었어요….

(조던 베이커는 내가 개츠비를 만난 그날 오후에, 플라자 호텔 커피숍에 있는 딱딱한 의자에 꼿꼿이 앉아 내게 말했다.)

나는 절반은 보도에, 절반은 잔디밭에 걸쳐 이리저리 걷고 있었어요. 나는 잔디밭에 서 있을 때가 더 기분이 좋았어요. 영국에서 수입한 신발을 신고 있었는데 걸을 때마다 뒤창에 박힌 고무 돌기가 부드러운 땅속으로 살짝 파고들었거든요. 새로 산 격자무늬 치마를 입고 있었는데 바람에 치마가 살짝 들릴 때면 집집마다 내걸린 적, 백, 청의 깃발들*이 부드럽게 밖으로 펼쳐지면서 마치 그것을 못마땅하게 여기는 듯이 츳, 츳, 츳 하면서 펄럭거렸어요.

가장 큰 깃발과 가장 큰 잔디밭은 데이지 페이네 집 것이었지요. 그녀는 나보다 두 살 많은 열여덟 살이었고 루이빌의 젊은 아가씨 중에서 가장 인기가 많았어요. 그녀는 하얀 드레스를 입었고 작고 흰 로드스터 자동차**를 갖고 있었어요. 그녀의 집에는 종일 전화벨이 울렸어요. 테일러 부대 소속의 흥분한 젊은 장교들은 그날 밤의 파티에서 그녀를 독차지할 특권을 얻으려고 애쓰다가 안 되면 '한 시간만이라도 어떻게 안 되겠느냐?'라고 졸라댔지요.

그날 아침에 내가 데이지의 집 앞에 가보니 흰 로드스터 자동차가 길모퉁이에 주차되어 있었는데 그 안에 내가 본 적 없는 젊은 중위와 데이지가 앉아 있었어요. 둘은 대화에 몰두해서 내가 1.5미터 거리까지

* 적, 백, 청은 여기에서 딱 한 번 나오는데 미국 국기를 가리킨다. 피츠제럴드는 '적, 백, 청 아래에서'라는 제목을 『위대한 개츠비』의 책 제목으로 마지막까지 생각하고 있었다. 「해제」 중 '집필의 과정과 출판의 역사'를 참고할 것.
** 세 명이 앉을 수 있는 지붕 없는 자동차인데 주로 운전석과 조수석을 이용하고 뒤쪽에는 보조석이 있다.

다가가도 그녀는 나를 보지 못했어요.

'안녕, 조던,' 그녀가 갑자기 나를 불렀어요. '여기 와서 합석해.'

나는 나보다 나이 많은 여자 중에서 그녀를 가장 존경했기 때문에 함께 이야기하자는 소리에 우쭐해졌지요. 나보고 적십자사에 붕대를 만들러 가냐고 물었어요. 간다고 했더니 그럼 자신은 그날 가지 못한다는 말을 좀 전해달라고 했어요. 그 장교는 데이지가 말하는 내내 그녀를 쳐다보았어요. 모든 여자가 바라는 그런 눈빛으로요. 그 모습이 어찌나 낭만적이던지, 나는 오늘날까지도 그 장면을 생생하게 기억하고 있어요. 그의 이름은 제이 개츠비였고, 그 후 4년 동안 한 번도 보지 못했어요. 심지어 롱아일랜드에서 그를 다시 만났을 때도 같은 사람이라는 걸 알아채지 못했지요.

그게 1917년의 일이었어요. 다음 해에는 나도 남자들을 몇 명 사귀었고 토너먼트에 참가하면서 데이지를 그리 자주 보지는 못했어요. 그녀는 자기보다 조금 나이 많은 남자들과 데이트를 했어요. 누구랑 데이트를 나간다면 말이에요. 그런데 언제부터인가 그녀에 관해 알 수 없는 소문들이 나돌기 시작했어요. 어느 날 저녁 해외로 파병되는 군인에게 작별 인사를 하려고 뉴욕에 갈 짐을 싸고 있던 데이지를 어머니가 발견했다는 거예요. 어머니가 결국 제지하기는 했지만, 그녀는 몇 주 동안 집안 사람들과 말을 하지 않았대요. 그 후에는 더 이상 군인들과 데이트를 하지 않았고, 평발이거나 근시여서 군대에 갈 수 없는 고향 청년 몇 명하고만 데이트를 했대요.

이듬해 가을에 그녀는 다시 전처럼 명랑하고 쾌활해졌어요. 전쟁이 끝난 후 사교계에 데뷔했고, 2월에는 뉴올리언스 출신의 남자와 약혼했다는 말이 있었지요. 그러다가 6월에는 시카고 출신의 톰 뷰캐넌과 결혼했어요. 루이빌 사람들이 지금껏 보지 못했던 성대하고 화려한 결혼식이었지요. 그는 객실이 네 대인 열차에 100명이나 되는 사람들과 함께 왔고, 실바크 호텔 한 층을 모두 빌렸대요. 그리고 결혼식 전야에는 35만 달러짜리* 진주 목걸이를 데이지에게 결혼 선물로 주었어요.

나는 신부 들러리를 섰어요. 신혼 만찬 30분 전에 방에 들어가 보니 데이지가 꽃무늬 드레스를 입고 침대에 누워 있었어요. 그 6월의 밤처럼 아름다웠지요. 그런데 글쎄, 그녀가 원숭이처럼 취해 있지 뭐예요. 한 손에는 백포도주 병을, 다른 한 손에는 편지를 들고 있었어요.

'나를 축하해줘.' 그녀가 중얼거렸어요. '술을 마셔본 적이 한 번도 없는데. 하지만 아, 술이 정말 좋아.'

'데이지, 무슨 일이야?'

정말이지 난 겁이 났어요. 그렇게 술 취한 여자는 처음 보니까요.

'얘, 여기 이거,' 그녀가 침대 위에 있던 쓰레기통을 뒤지더니 진주 목걸이를 꺼냈어요. '그걸 아래층에 가져가서 원래 주인한테 돌려줘. 데이지가 마음을 바꾸었다고 말해줘. 데이지가 마음을 바꾸었다고 말하란 말이야!'

그녀는 울기 시작했어요. 울고 또 울었죠. 나는 밖으로 달려가서 데이지 어머니의 하녀를 발견했고, 둘이서 찬물을 받아둔 욕조에 데이지를 집어넣었어요. 그녀는 편지를 손에서 놓지 않으려 했어요. 편지를 욕조 안으로 가지고 들어가서는 손으로 구겨서 젖은 종이 뭉치로 만들어 버렸지요. 그러고 나서야 내가 그걸 비누 그릇에다 놓도록 해주었어요. 그녀는 그 종이 뭉치가 눈처럼 녹는 것을 지켜보았지요.

* 오늘날의 가치로는 525만 달러.

그렇지만 데이지는 단 한마디도 하지 않았어요. 우리는 그녀에게 암모니아 냄새를 맡게 하고 이마에 얼음 찜질을 해주면서 웨딩드레스를 다시 입혔어요. 30분 뒤에 우리는 방에서 걸어 나갔어요. 그녀는 진주 목걸이를 걸었고, 해프닝은 그렇게 끝났어요. 다음 날 오후 5시에 그녀는 톰 뷰캐넌과 결혼하면서 몸 한 번 떨지 않았어요. 그러고는 3개월간 남태평양으로 신혼여행을 떠났답니다.

신혼여행에서 돌아온 그들을 샌타바버라에서 만났는데, 나는 남편에게 그처럼 푹 빠진 여자는 처음 봤어요. 톰이 잠시라도 자리를 비우면 데이지는 안절부절못하고, '그이가 어디 갔을까?'라고 하면서 남편이 문 앞에 나타날 때까지 얼빠진 채로 있었으니까요. 데이지는 모래밭에 앉아 남편의 머리를 자기 무릎에 뉘고 손가락으로 그의 눈가를 쓰다듬으며 더할 나위 없이 행복한 눈으로 바라보기도 했어요. 한 시간 동안이나 그러고 있었죠. 둘이 함께 있는 걸 보면 누구든 조용히 미소 지을 수밖에 없을 거예요. 그러다가 8월의 어느 날, 내가 샌타바버라를 떠나고 일주일쯤 지난 뒤에 사건이 벌어졌어요. 톰이 벤투라 가도를 달리다가 마차를 들이받았거든요. 이 사고로 그가 탄 자동차의 앞바퀴 하나가 빠져버렸는데, 더 큰 문제는 따로 있었어요. 함께 타고 있었던 여자의 팔이 부러지는 바람에, 이 일이 신문에 난 거예요. 그녀는 샌타바버라 호텔의 객실 청소부였지요.

이듬해 4월에 데이지는 딸을 낳았고 프랑스에 건너가 1년을 지냈어요. 나는 그해 봄에 칸에서, 나중에는 도빌에서 데이지 부부를 만났어요. 그 후 부부는 시카고로 돌아와 정착했지요. 당신도 알다시피, 데이지는 시카고에서도 인기가 높았어요. 데이지 부부는 행실이 좋지 않은 무리와 어울렸어요. 그들은 모두 젊고 부자인 데다 거칠기 짝이 없었지요.

그런데도 그녀는 평판이 좋았는데, 아마 그녀가 술을 마시지 않았기 때문일 거예요. 술을 많이 마시는 사람들 사이에서는 술을 안 먹는 게 큰 장점이잖아요. 우선 말을 조심할 수 있고 더욱이 술에 취한 사람들은 눈이 멀어버려서 다른 사람은 신경도 안 쓰니까 사소한 비행 따위는 적절히 감출 수 있거든요. 데이지가 다른 남자를 만난 적은 없을 거예요. 그렇지만 그녀의 목소리에는 뭔가 있었죠….

그런데 6주 전쯤 데이지가 개츠비라는 이름을 몇 년 만에 처음 다시 들은 거예요. 기억나세요? 내가 웨스트에그에서 당신에게 개츠비를 아느냐고 물었을 때, 바로 그때였어요. 당신이 집으로 돌아간 뒤 데이지는 내 방으로 와서 나를 깨우더니 '개츠비라니, 어떤 개츠비?' 하고 물었어요. 내가 절반쯤 잠에 취한 상태로 그 사람에 관해 말해주었더니 데이지는 이상야릇한 목소리로 자기가 예전에 알았던 그 사람이 틀림없다고 했어요. 그제야 나는 이 개츠비를 그 하얀 로드스터에 앉아 있던 장교와 연결할 수 있었어요."

조던 베이커가 이야기를 마쳤을 때, 우리는 이미 30분 전에 플라자 호텔을 나서서 빌린 빅토리아 마차*를 타고 센트럴 파크를 가로질러 가고 있었다. 태양은 웨스트 50번가의 영화배우들이 사는 고층 아파트 뒤로 넘어가고 있었다. 풀밭 위에 귀뚜라미처럼 모여 있는 어린 소녀들의

---

* 접었다 폈다 하는 지붕이 달린 키 낮은 마차로 앞쪽에 마부가 앉아 있고 뒤쪽에 두 사람이 앉을 수 있는 좌석이 마련되어 있다. 플라자 호텔 바로 앞에서 출발하여 센트럴 파크를 통과한 다음 다시 돌아오는 뉴욕시의 관광 마차였다. 플라자 호텔은 5번가와 59번가가 교차하는 지점에 있었는데, 호텔 바로 앞은 센트럴 파크의 남동쪽 코너에 해당한다. 59번가에는 영화관이 많았고 제7장에서 톰이 일행에게 59번가에 있는 영화관으로 가자고 말하는 장면이 나온다.

청명한 목소리가 뜨거운 석양을 뚫고 솟아올랐다.

나는 아라비아의 족장,
당신의 사랑은 내 것.
당신이 잠든 밤중에,
당신 텐트 속으로 내가 몰래….

"정말 놀라운 우연이로군요." 내가 말했다.
"우연이 아니에요."
"아니라고요?"
"개츠비는 작은 만 바로 건너편 데이지의 집이 보이는 저택을 일부러 사들인 거예요."

그렇다면 지난 6월의 그 밤에 개츠비가 뚫어지게 바라본 것은 별들만이 아니라는 이야기였다. 개츠비라는 인물을 새삼 인식하게 되었다. 그는 목적 없는 휘황찬란함의 자궁에서 갑자기 태어나 생생하게 살아 숨 쉬는 존재로 내게 다가왔다.

"그는 알고 싶어 해요…." 조던이 계속 말했다. "혹시 당신이 어느 날 오후에 데이지를 당신 집으로 초대하고, 우연을 가장해서 자기가 당신 집에 들르도록 해줄 수 있는지 말이에요."

너무 수수한 부탁이어서 좀 놀랐다. 그는 5년을 기다려 그 저택을 사들였고 우연히 날아드는 불나방들에게 휘황찬란한 별 가루를 나누어 주었다. 고작 어느 날 오후 낯선 이웃의 정원에 '건너오기 위해'.

"그렇게 사소한 부탁을 하려고 내게 사정을 전부 알려준 건가요?"
"그는 두려워해요. 너무 오래 기다려왔거든요. 그는 당신이 기분 나빠 할지도 모른다고 생각했어요. 당신도 알다시피 그는 배려심이 있으면서도 속으로는 아주 강인한 사람이죠."

나는 왠지 불안한 마음이 들었다.

"왜 그는 당신한테 직접 만남을 주선해달라고 하지 않죠?"

"그는 그녀가 자기 집을 봐주길 바라고 있어요." 그녀가 설명했다. "그런데 당신 집이 바로 그 집 옆이잖아요."

"아!"

"그는 그녀가 파티에 오기를 은근히 기다린 듯해요." 조던이 계속 말했다. "하지만 그녀는 오지 않았어요. 그러자 태연한 척하면서 사람들에게 혹시 그녀를 아느냐고 묻기 시작했어요. 그러다가 처음 만난 데이지의 지인이 나였던 거죠. 그래서 그가 파티에 참석해달라고 내게 사람을 보낸 때가 바로 당신을 만났던 그날 밤이었어요. 나를 만나서 본론을 꺼낼 때까지 그가 얼마나 뜸을 들였는지 당신이 옆에서 들었더라면 좋았을 텐데. 나는 용건을 알아듣자마자, 뉴욕에서 함께 점심을 먹자고 제안했죠. 그가 아주 좋아하리라 예상했어요. 그랬는데 이렇게 말하는 거예요. '나는 다른 방식은 원하지 않습니다.' 그는 계속 말했어요. '나는 바로 옆집에서 그녀를 만나고 싶습니다.'

그러다가 내가 당신이 톰의 친구라는 사실을 알려주니 그 생각을 접기 시작했어요. 그는 혹시 데이지의 이름이 나오지 않을까 싶어서 몇 년이나 시카고 신문을 읽어왔다고 말했지만, 톰에 대해서는 아는 게 거의 없었어요."

날은 점점 어두워졌고 마차가 작은 다리 밑을 지나갈 때 나는 조던의 황금빛 어깨에 내 팔을 둘러 그녀를 끌어당기며 저녁 식사를 하자고 말했다. 갑자기 데이지와 개츠비는 내 머릿속에서 사라졌고, 그 대신 이 깨끗하고, 단단하고, 객관적인 여성, 모든 일을 약간 회의적인 시각으로 바라보는 이 여성이 내 머릿속을 채웠다. 그녀는 내 팔에 안긴 채 쾌활하게 몸을 좌석 뒤로 기댔다. 그때 이런 격언이 일종의 강한 흥분감과 함께 내 귀를 때렸다. "세상에는 쫓기는 사람과 쫓는 사람 그리고 바쁜 사람과 피곤한 사람이 있을 뿐이야."

"데이지도 자기 인생에서 뭔가 소중한 것을 갖고 있어야 해요." 조던이 내게 중얼거렸다.

"그녀는 개츠비를 만나고 싶어 합니까?"

"그녀에게는 이 일을 알려주지 않기로 했어요. 개츠비는 모든 일을 그녀 몰래 하길 바라고 있어요. 당신은 그냥 그녀를 다과 모임에 초대하는 역할만 하면 돼요."

거뭇거뭇한 나무들이 장벽처럼 늘어선 곳을 지나 59번가로 나오자 희미하면서도 은은한 빛이 공원 안에 가득한 동네가 나타났다. 개츠비와 톰 뷰캐넌의 여자는 얼굴이 몸에서 분리되어 어두운 건물의 처마와 밝은 간판을 따라 떠돌고 있었다.* 그들과 달리 나는 실체가 있는 여자와 사귀고 있었다. 나는 팔뚝에 힘을 주면서 옆에 있는 여자를 내 쪽으로 끌어당겼다. 창백하면서도 냉소적인 미소가 그녀의 입가에 떠올랐다. 나는 그녀를 내 얼굴 쪽으로 바짝 끌어당겼다.

---

* 『위대한 개츠비』의 초판본 표지에는 코 없이 두 눈과 입만 가지고 정면을 응시하는 여자와 그 아래로 어두운 건물의 처마와 밝은 간판이 등장한다. 표지 디자이너 프랜시스 쿠가트가 이 표지를 만들었는데, 쿠가트 자신의 그림 〈천상의 두 눈〉을 응용한 것이다. "개츠비와 톰 뷰캐넌의 여자"는 물론 데이지를 가리킨다. 피츠제럴드는 쿠가트의 표지 스케치를 보고 소설을 쓰는데 영감을 얻었다고 말했다. 바로 이 부분과 재의 계곡의 에클버그 박사, 올빼미 안경을 쓴 중년 신사 등이 〈천상의 두 눈〉에서 힌트를 얻은 대목이다.

제5장

그날 밤 웨스트에그 집으로 돌아왔을 때, 나는 내 집에 불이 난 게 아닐까 하는 생각을 잠시 했다. 새벽 2시였음에도 반도의 한쪽 모퉁이가 환히 빛났기 때문이다. 불빛이 근처 관목 숲 위로 떨어지듯 비현실적 광경이 연출되었고, 길옆 전선 위에서도 가늘고 긴 불빛이 섬광처럼 빛났다. 나는 모퉁이를 돌면서 개츠비의 저택이 꼭대기부터 지하실까지 환히 밝혀져 있는 것을 보았다.

처음에는 색다른 파티가 열린 모양이라고 생각했다. 흥청망청하던 파티가 마침내 술래잡기나 숨바꼭질 같은 게임으로 발전해서 온 저택이 그 놀이에 뛰어든 게 아닌가 싶었다. 그러나 아무런 소리도 들리지 않았다. 오로지 관목 숲에서 불어오는 바람만이 전선을 흔들면서 등불을 깜빡였다. 마치 그 저택이 어둠을 향해 윙크라도 하는 듯한 모양새였다. 내가 타고 온 택시가 소리를 내며 사라지자, 개츠비가 자기 집 잔디밭을 가로질러 나를 향해 걸어오는 게 보였다.

"당신 집이 마치 세계 박람회장처럼 보이네요." 내가 말했다.

"그래요?" 그가 멍하니 자기 집 쪽으로 시선을 돌렸다. "방들을 좀 살펴보고 있었습니다. 내 차로 코니아일랜드에 갑시다, 오랜 친구."

"너무 늦었습니다."

"그럼, 내 집 수영장에 뛰어드는 건 어떨까요? 이번 여름 내내 한 번도 이용하지 못했습니다."

"난 좀 자야 돼요."

"그렇군요."

그는 짐짓 심각한 표정을 지으며 나를 쳐다보았다.

내가 잠시 뒤에 말했다. "베이커 양과 이야기했습니다. 내일 데이지에게 전화를 걸어 우리 집에 차를 마시러 오라고 할 생각입니다."

"아, 그거 잘됐네요." 그가 태연히 말했다. "그런 수고를 끼치고 싶지 않았는데."

"언제가 좋겠습니까?"

"당신이야말로 언제가 좋겠습니까?" 그는 재빨리 내 말을 고쳐 말했다. "정말 당신에게 폐를 끼치고 싶지는 않습니다."

"내일모레는 어떨까요?"

그는 잠시 생각하더니 내키지 않는 듯한 기색으로 말했다.

"잔디를 깎아야겠군요."

우리는 잔디밭을 내려다보았다. 들쭉날쭉한 우리 집 잔디밭과 색이 짙고 잘 다듬어진 개츠비 저택의 잔디밭 사이에는 경계선이 뚜렷하게 드러났다.

"작은 문제가 하나 있습니다." 그는 막연하게 말하면서 머뭇거렸다.

"날짜를 며칠 뒤로 미룰까요?" 내가 물었다.

"아, 그런 건 아닙니다. 그러니까…." 그는 쉽사리 입을 열지 못하고 망설이다가 겨우 말을 꺼냈다. "내 생각에, 그러니까, 뭐라고 할까, 이걸 좀 보세요, 오랜 친구. 당신은 돈을 많이 벌진 못하죠?"

"벌이가 시원찮죠."

그 대답에 안심이 되었는지 그는 좀 더 자신 있게 말했다.

"그럴 것 같았어요. 내 말을 오해하지 말고 들어줬으면 좋겠는데, 그러니까, 저기, 나는 그쪽으로 사업을 좀 하고 있습니다. 말하자면, 일종의 부업이죠. 그런데 당신이 별로 많이 벌지 못한다면…. 아무튼 당신은 채권을 판매하고 있죠, 오랜 친구?"

"뭐, 팔려고 좀 애를 쓰는 중입니다."

"그럼 내 이야기에 구미가 당길 겁니다. 시간을 많이 들이지 않고도 제법 짭짤한 수익을 올릴 수 있거든요. 다소 비밀스럽게 해야 할 일들이 있긴 하지만요."

만약 다른 상황이었더라면 그 대화는 내 인생의 큰 위기가 되었을지도 모른다. 그러나 이번 제안은 분명 내가 해준 일에 대한 보답으로 건넨 것이 분명했으므로, 나는 거절할 수밖에 없었다.

"지금 하고 있는 일도 버거워서요. 정말 고맙습니다만, 다른 일을 더 맡을 수가 없습니다."

"울프심과 함께하는 사업은 아니에요." 그는 내가 오늘 점심 식사 때 들었던 울프심의 '사업 관계'를 의식해서 한발 물러났다고 생각하는 모양이었다. 그런 건 아니라고 그를 안심시켰다. 개츠비는 대화를 더 이어 가기를 바라며 잠시 기다렸으나 내가 딴생각에 빠져서 미지근한 반응을 보이자 마지못해 집으로 돌아갔다.

그날 밤 나는 정신이 몽롱하면서도 한편으로는 행복했다. 현관을 들

어서자마자 깊은 잠에 빠져드는 듯해서, 개츠비가 실제로 코니아일랜
드로 갔는지 아니면 휘황찬란하게 불이 켜진 저택 방을 몇 시간이나
'열심히 둘러보았는지' 알 수 없었다. 나는 다음 날 오전 사무실에서 데
이지에게 전화를 걸어 집에 차를 마시러 오라고 초대했다.

"톰은 데려오지 마." 내가 그녀에게 미리 일렀다.

"뭐라고?"

"톰은 데려오지 말라고."

"오빠, '톰'이 누구야?" 그녀가 시침을 떼며 물었다.

약속한 날은 비가 많이 내렸다. 오전 11시쯤에 비옷을 입은 남자가
제초기를 끌고 와서 현관문을 두드리더니 개츠비 씨가 이 집의 잔디를
깎으라고 해서 왔다고 말했다. 그 말을 들으니 내가 핀란드 가정부에게
그날 출근해달라고 말한다는 걸 깜빡했다는 사실이 떠올랐다. 나는 즉
시 차를 몰고 웨스트에그 마을로 가서 회칠한 집이 늘어서 있는 젖은
골목길에서 그녀를 찾아냈다. 그리고 컵 몇 개와 레몬 케이크, 꽃을 사
서 돌아왔다.

꽃은 살 필요가 없었다. 오후 2시가 되자 개츠비 저택에서 화분을 보
내왔기 때문이다. 온실을 통째로 옮겨온 것처럼 어마어마하게 많았다.
한 시간 뒤에 개츠비가 잔뜩 긴장한 채로 현관문을 열고 황급히 들어왔
다. 그는 하얀 플란넬 양복과 은색 셔츠를 입었고 황금색 넥타이를 맸
다. 그의 얼굴은 창백했는데, 밤새 잠을 설친 듯 두 눈 밑에는 어두운 그
늘이 져 있었다.

"준비는 잘됩니까?" 곧바로 그가 물었다.

"잔디는 잘 깎아놓았습니다, 그걸 묻는 거라면 말이지요."

"무슨 잔디요?" 그가 멍한 표정으로 물었다. "아, 당신 뜰에 있는 그

잔디." 그는 창밖으로 마당을 내다보았으나, 그의 표정으로 보아 아무것도 눈에 들어오지 않는 것 같았다.

"아주 좋습니다." 그가 막연하게 말했다. "신문에서 보니 비는 오후 4시쯤에 그칠 거라고 하더군요. 『저널』지였던 것 같아요. 오늘 모임에 필요한 건 다 준비했습니까?"

나는 그를 식료품 저장고로 데려갔다. 거기서 그는 조금 언짢은 표정으로 핀란드인 가정부를 쳐다보았다. 우리는 내가 동네 제과점에서 사온 레몬 케이크 열두 개를 함께 점검했다.

"이걸로 충분할까요?" 내가 물었다.

"물론, 물론이죠! 아주 좋아요." 그는 허허로운 목소리로 말한 다음 이렇게 덧붙였다. "오랜 친구."

비는 오후 3시 30분쯤 가늘어지면서 축축한 안개로 바뀌었고, 그 사이로 가끔 자그마한 빗방울이 이슬처럼 헤엄을 쳤다. 개츠비는 멍한 눈으로 클레이의 『경제학』을 건성건성 넘겨보다가 주방을 뒤흔드는 핀란드인 가정부의 발걸음에 깜짝 놀라는가 하면, 창밖에 보이지 않는 놀라운 일들이 벌어지기라도 하는 것처럼, 때때로 빗방울이 튀어 흐려진 창문을 바라보았다. 마침내 그는 자리에서 일어서더니 자신 없는 목소리로 집에 가겠다고 말했다.

"아니, 왜 그래요?"

"아무도 모임에 오지 않잖아요. 너무 늦었어요!" 그는 다른 곳에 긴급히 가봐야 할 일이 있는 사람처럼 손목시계를 내려다보았다. "종일 기다릴 수는 없어요."

"바보 같은 소리 하지 마요. 4시가 되려면 아직 20분이나 남았어요."

그는 마치 내가 강제로 주저앉히기라도 한 듯 비참한 모습으로 다시 의자에 앉았다. 그 찰나에 자동차 한 대가 우리 집 골목길로 들어서는 소리가 들렸다. 우리는 누구라 할 것 없이 벌떡 일어섰고, 나도 약간 긴장한 채 마당으로 나갔다.

물방울이 떨어지는 앙상한 라일락나무들 아래로 대형 오픈카가 진입로를 들어서고 있었다. 이윽고 차가 멈추어 서자 라벤더색 삼각 모자를 쓴 데이지가 고개를 돌려 나를 보더니 밝고 환한 미소를 지었다.

"오빠, 여기서 사는 거야?"

내리는 빗속에서도 즐겁게 물결치는 그녀의 목소리에는 강장제처럼 탁 쏘는 맛이 있었다. 나는 무슨 대답을 하기에 앞서 오로지 내 귀에 집중하면서 공기 중을 가볍게 오르내리는 그 음악을 잠시 뒤쫓았다. 비에 젖은 머리카락 한 줄기가 그녀의 뺨을 푸른색 페인트로 내리그은 듯 스쳤고, 차에서 내리는 것을 도와줄 때는 그녀의 젖은 손에서 물방울이 반짝거렸다.

"오빠, 혹시 날 사랑하는 거 아니야?" 그녀가 내 귀에 낮게 속삭였다. "그게 아니라면 왜 혼자 오라고 했어?"

"그건 래크렌트 고성*의 비밀이야. 운전기사에게 어디 가서 한 시간쯤 있다가 오라고 그래."

"퍼디, 한 시간 후에 다시 와줘요." 이어 그녀는 진지하게 속삭였다. "저 사람 이름은 퍼디야."

"휘발유 때문에 코에 문제가 생겼나?"**

"그렇진 않을 거예요." 그녀가 무심히 대답했다. "왜요?"

---

* 마리아 에지워스(1768-1849)가 펴낸 아일랜드 귀족 래크렌트 가문의 3대에 걸친 역사소설 제목이다. 각 세대의 비밀스러운 사연을 파헤치고 있다.
** 제1장에서 집사가 접시를 닦다가 코에 문제가 생긴 일을 떠올리게 한다.

우리는 안으로 들어갔다. 놀랍게도 거실은 텅 비어 있었다.

"이거, 웃기는데!" 내가 소리쳤다.

"뭐가 웃겨?"

현관문에서 가벼우면서도 위엄 있는 노크 소리가 나자, 그녀가 고개를 돌렸다. 나는 밖으로 나가서 문을 열었다. 죽은 것처럼 창백한 얼굴을 한 개츠비가 호주머니에 양손을 묵직하게 찔러넣은 채 물웅덩이 한가운데 서서 비극적인 표정으로 내 두 눈을 쳐다보았다.

그는 양손을 여전히 호주머니에 넣은 채 나를 지나쳐 홀 쪽으로 가더니 마치 공중에 매달린 밧줄을 타는 것처럼 몸을 휙 돌려 거실로 사라졌다. 그 모습은 조금도 웃기지 않았다. 내 가슴이 쿵쾅거리는 소리를 들으면서 점점 굵어지는 빗발을 막기 위해 현관문을 닫았다.

30초 정도 아무런 소리가 나지 않았다. 그러다가 거실에서 숨이 막힌 듯한 중얼거림이 들려오더니 이어 가벼운 웃음소리가 났고, 낭랑하면서도 다소 어색한 데이지의 목소리가 들렸다.

"다시 만나서 정말 기뻐요."

정적. 무시무시한 침묵이 흘렀다. 홀에서는 아무것도 할 게 없었기 때문에 나도 거실로 들어갔다.

개츠비는 여전히 호주머니에 손을 집어넣은 채 벽난로에 기대어 서 있었다. 그는 짐짓 편안한 체하며 따분하다는 표정까지 짓고 있었지만 긴장한 티가 역력했다. 머리를 너무 뒤로 젖히고 있어서 고장 난 벽난로 시계의 앞면을 누를 정도였다. 그는 이런 자세로 서서 멍한 눈빛으로 데이지를 내려다보았다. 그녀는 약간 겁먹은 표정이었지만 우아한 자세로 딱딱한 의자의 가장자리에 걸터앉아 있었다.

"우리는 전에 만난 적이 있지요." 개츠비가 중얼거렸다. 그는 잠시 나를 쳐다보았다. 입을 벌리며 미소를 지으려고 했으나 뜻대로 되지 않는 듯했다. 다행히도 그가 뒷머리로 누르고 있던 벽난로 시계가 기울어지는 바람에, 그는 재빨리 몸을 돌려 떨리는 손가락으로 그 시계를 붙잡아 제자리에 돌려놓았다. 이어 그는 뻣뻣한 자세로 소파에 앉아 팔걸이에 팔꿈치를 걸치고 손으로 턱을 괴었다.

"저 시계는 미안합니다." 그가 말했다.

이제 내 얼굴도 적도의 태양에 그을린 것처럼 벌겋게 달아올랐다. 나는 머릿속에서 표류하는 무수하게 많은 말 중에서 단 하나의 평범한 말도 끌어내지 못했다.

"낡은 시계인데요, 뭐." 나는 바보같이 말했다.

그 말만 들으면 시계가 바닥에 떨어져 산산조각 났다고 상상할 수 있으리라. 거실에 있는 세 사람의 심리가 바로 그러했다.

"우린 몇 년이나 만나지 못했죠." 데이지가 말했다. 그녀의 목소리는 무슨 일이 있었냐는 듯 담담했다.

"11월이면 5년이 됩니다."

개츠비가 반사적으로 대답했고, 우리는 또 침묵의 시간으로 되돌아갔다. 내가 그 정적을 깨트리기 위한 몸부림으로, 주방에서 차를 준비하려고 하니 좀 도와달라고 말하자 두 사람은 벌떡 일어섰다. 바로 그때 귀신같이 핀란드인 가정부가 쟁반에 차를 담아 내왔다.

찻잔과 케이크를 반기는 소란 덕분에 어색함이 그런대로 가시면서 거실의 분위기도 한결 나아졌다. 데이지와 내가 대화를 나누는 동안 개츠비는 방 안 그늘진 곳으로 가서 우리 두 사람의 얼굴을 울적한 눈빛으로 번갈아 쳐다보았다. 그러나 평온한 분위기에서 대화를 나누는 것이 만남의 목적은 아니었으므로, 나는 적당한 기회를 잡아 실례한다며

일어섰다.

"어디 가려고요?" 개츠비가 움찔하며 물었다.

"곧 돌아오겠습니다."

"가기 전에 할 말이 있습니다."

그는 나를 따라 황급히 주방으로 들어오더니 문을 닫고 비참한 목소리로 속삭였다. "오, 하느님!"

"무슨 일입니까?"

"이건 끔찍한 실수입니다." 그는 머리를 좌우로 절레절레 흔들며 말했다. "끔찍한, 끔찍한 실수라고요."

"그저 당황했을 뿐입니다. 그게 전부예요." 다행히 나는 이렇게 덧붙였다. "당황하기는 데이지도 마찬가지인걸요."

"그녀가 당황했다고요?" 그가 믿기지 않는다는 어조로 말했다.

"당신만큼이나."

"너무 크게 말하지 마세요."

"당신은 지금 어린아이처럼 행동하고 있어요." 내가 초조한 어조로 불쑥 내뱉었다. "심지어 무례를 범하고 있어요. 데이지가 저기 혼자 앉아 있잖아요."

나는 뒷문으로 걸어 나갔다. 30분 전에 개츠비도 이 문으로 나가 집을 한 바퀴 빙 돌아서 현관으로 다시 왔던 것이다. 나는 먼저 커다랗고 검게 옹이 진 나무를 향해 달려갔다. 그 나무의 풍성한 잎사귀들이 비를 가려주기 때문이다. 다시 한번 비가 쏟아졌고, 원래 들쭉날쭉했으나 개츠비의 정원사가 잘 손질해준 우리 집 잔디밭은 선사시대의 늪지 같은 자그마한 물웅덩이로 가득했다. 그 나무 아래에서는 쳐다볼 만한 것이 개츠비의 저택밖에 없었다. 그래서 나는 그 집을 30분 정도 멍하니

처다보았다. 명상 중에 생각이 막히면 교회 첨탑을 바라보았다는 철학자 칸트처럼 말이다.

개츠비의 저택은 10년 전 '복고풍' 열기가 불같이 일어나던 초창기에 어떤 양조업자가 지은 집이었다. 그 업자에 대해서는 이런 이야기가 전해진다. 그는 동네 작은 집을 가진 소유주들에게 그들의 집을 모두 밀짚 이엉을 얹은 초가지붕으로 바꾸면 앞으로 5년간 주택 보유세를 대신 내주겠다고 제안했다. 그러나 집주인들은 거부했다. 거대한 가문을 세우려던 그의 계획은 김이 새버렸고, 그 직후에 그의 사업도 내리막길을 걸었다. 자녀들은 대문에서 검은 조화가 치워지기도 전에 그 집을 처분해버렸다. 미국인들은 때때로 기꺼이 농노가 되겠다고 하기도 했지만, 절대로 소작농은 되지 않으려 했다.

30분이 지나자 다시 해가 났고, 식료품을 판매하는 자동차가 하인들이 먹을 저녁 식사에 들어갈 식재료를 싣고 개츠비 저택의 진입로를 돌아 들어갔다. 나는 그가 저녁을 단 한 숟갈도 먹지 않을 것이라고 확신했다. 한 하녀가 개츠비 저택의 2층 창문들을 열어젖히더니 창문마다 고개를 내밀었다. 그녀는 중앙의 커다란 창에 이르자 잠시 생각에 잠기면서 정원 쪽으로 침을 탁 뱉었다. 이제 돌아가야 할 시간이었다. 그동안 빗소리는 개츠비와 데이지의 웅얼거리는 목소리처럼 때때로 감정이 북받치는 듯 커졌다 작아지기를 반복했다. 그러다 해가 나서 주위가 조용해지자, 나는 집 안 거실에도 정적이 찾아왔으리라 생각했다.

나는 집 안으로 다시 들어가 주방에 잠시 멈춰 서서 난로를 일부러 쓰러뜨리는 것을 제외하고는 가능한 한 많은 소음을 냈다. 하지만 개츠비와 데이지가 들었을 것이라고는 생각하지 않았다. 그들은 소파 양쪽 끝에 떨어져 앉아 서로를 쳐다보고 있었다. 여러 질문이 오갔거나 여전히 공중에 머물고 있었고, 당황하던 흔적은 깨끗이 사라지고 없었다. 데이지의 얼굴은 눈물로 얼룩져 있었는데, 내가 들어가자 그녀는 소파에서 벌떡 일어나 거울 앞으로 가더니 손수건으로 눈물을 닦아내기 시작했다. 하지만 개츠비의 태도는 놀라울 정도로 변했다. 그는 글자 그대로 환히 빛나고 있었다. 아무런 말, 제스처, 감탄사도 없었지만, 온몸에서 새로 얻은 행복감이 뿜어져 나와 그 작은 방을 꽉 채우고 있었다.

"아, 어서 와요, 오랜 친구." 그는 마치 몇 년 동안 만나지 못한 친구를 만난 듯이 말했다. 나는 그가 혹시 악수를 하자고 손을 내민 게 아닐까 하는 생각마저 들었다.

"비가 방금 그쳤습니다."

"그래요?" 내가 한 말을 알아차리고 또 방 안에 반짝거리는 종소리 같은 햇빛이 스며들자, 그는 일기 예보관처럼 미소를 지었다. 마치 방 안을 다시 찾아온 햇빛을 기쁜 마음으로 환영하는 후원자 같은 표정이었다. 그는 곧바로 그 소식을 데이지에게 전했다. "어떻게 생각해요? 비가 그쳤다네요."

"기뻐요, 제이." 고통스럽고 비장한 아름다움으로 가득한 그녀의 목소리는 뜻밖의 즐거움을 표현할 뿐이었다.

"당신과 데이지가 우리 집으로 왔으면 해요." 그가 말했다. "그녀에게 집을 보여주고 싶어요."

"나도 함께 가기를 바라는 겁니까?"

"그럼요, 오랜 친구."

데이지는 세수를 하기 위해 2층으로 올라갔다. 수건 상태가 말이 아니었던 터라 부끄러웠지만 이미 늦었다. 개츠비와 나는 잔디밭에서 그녀가 준비를 마치길 기다렸다.

"내 집, 아주 멋지지 않습니까?" 그가 물었다. "저기 저택 앞면에 햇빛이 비치는 걸 좀 봐요."

나는 아주 멋지다고 동의했다.

"그래요." 그는 두 눈으로 아치형 문과 네모난 탑을 둘러보았다. "저걸 사는 데 들어간 돈을 벌기까지 딱 3년 걸렸습니다."

"당신이 재산을 상속받은 줄 알았는데요."

"그랬죠, 오랜 친구." 그가 반사적으로 대답했다. "하지만 큰 공황, 그러니까 지난 전쟁 때 다 잃어버렸습니다."

그는 지금 자기가 무슨 말을 하는지 모르는 듯 보였다. 그래서 무슨 사업을 하고 있느냐고 물었다.

"당신이 알 바 아닙니다." 그는 곧 그 대답이 적절치 못했다는 것을 깨달았다.

"아, 여러 사업을 했어요." 그가 얼른 말을 바꾸었다. "제약 사업을 하다가 석유 사업도 했고요. 하지만 지금은 어떤 것도 하고 있지 않습니다." 그는 좀 더 진지한 얼굴로 나를 쳐다보았다. "전날 밤에 내가 제안했던 일은 좀 생각해보셨나요?"

내가 대답하기 전에 데이지가 집 밖으로 나왔다. 그녀의 드레스에 두 줄로 달린 놋쇠 단추가 햇빛을 받아 반짝거렸다.

"저기 있는 저 큰 집?" 그녀가 손으로 가리키며 소리쳤다.

"마음에 들어요?"

"정말 좋아요. 저렇게 큰 집에서 어떻게 혼자 사는지 모르겠네요."

"저 집은 밤낮을 가리지 않고 재미있는 사람들이 북적거리지요. 흥미로운 일을 하는 사람들, 저명인사들이에요."

우리는 해협을 따라 난 지름길로 가지 않고, 도로 쪽으로 내려가 커다란 뒷문으로 들어갔다. 데이지는 작게 탄성을 내지르며 하늘을 향해서 우뚝 솟은 중세풍 저택의 이모저모를 칭찬했다. 여러 정원, 노란 수선화의 진한 향기, 산사나무의 가벼운 향기, 만발한 자두꽃, 금빛 향기를 은은히 뿌리는 제비꽃 등에도 칭찬을 아끼지 않았다. 한편 우리가 대리석 계단에 다가갈 때까지 이상하게도 문 안팎을 오가는 밝은 드레스들의 살랑거리는 소리가 전혀 들리지 않았다. 들리는 소리라곤 나무들 사이에서 지저귀는 새들 소리뿐이었다.

우리는 건물 안으로 들어가 마리 앙투아네트풍 음악실, 왕정복고풍 살롱을 지나갔다. 나는 손님들이 사전에 지시를 받은 게 아닐까 하는 생각이 들었다. 소파와 테이블 뒤에 숨어서 우리가 지나가기를 숨죽이며 기다리라고 말이다. 개츠비가 머튼 칼리지 도서관 같은 분위기를 풍기는 서재의 문을 닫을 때 나는 올빼미 안경의 중년 신사*가 우리를 보고 유령처럼 웃음을 터뜨리는 소리를 들었다고 맹세할 수 있을 것 같았다.

우리는 위층으로 올라가 장밋빛과 보랏빛 실크, 싱싱한 꽃들로 장식된 복고풍 침실들을 지나쳤고, 의상실과 당구장, 움푹 파인 욕조가 있는 욕실을 지나갔다. 어떤 방에 들어가 보니 머리카락이 부스스한 남자가 파자마 차림으로 방바닥에 누워 실내 체조를 하고 있었다. '하숙생' 클럽스프링어 씨였다. 나는 그날 아침에 그가 허기진 표정으로 해변을 따라 어슬렁거리는 모습을 보았다. 마침내 우리는 개츠비의 방에 들어섰다. 침실 하나, 욕조 하나, 애덤** 식 서재로 구성되어 있었다. 우리는 의

---

* 올빼미 안경의 중년 신사는 개츠비 저택의 서재에서 처음 나오고, 그 뒤 자동차가 도랑에 빠지는 사고에서 등장한 뒤 여기에서 다시 언급된다. 이런 반복적인 등장으로 그가 이 작품의 중요한 상징임을 알 수 있다. 「작품 해설」 중 '암시, 상징, 이미지'를 참조할 것.

** 18세기에 활동한 스코틀랜드 건축가이자 가구 디자이너인 로버트 애덤.

자에 앉았고 그가 벽장에서 꺼내온 샤르트뢰즈*를 한 잔씩 마셨다.

그는 단 한 번도 데이지에게서 시선을 거두지 않았다. 마치 그녀의 사랑스러운 눈빛에 따라 집 안에 있는 모든 물건의 가치를 다시 품평하는 듯했다. 때때로 그는 눈부신 듯이 자기 물건들을 다시 뚫어져라 쳐다보았다. 그녀가 눈앞에 있다는 사실 앞에서 그 어떤 물건도 이제 더이상 의미가 없는 것 같았다. 한번은 계단에서 발을 헛디뎌 거의 쓰러질 뻔하기도 했다.

그의 침실은 무척 소박했다. 광택 없는 순금 화장 도구를 늘어놓은 화장대만 눈에 띄었을 뿐이었다. 데이지는 장난스럽게 머리빗을 들어자기 머리카락을 빗어 넘겼다. 그러자 개츠비는 의자에 앉아 한 손으로두 눈을 가리며 웃기 시작했다.

"이거 아주 이상한데요, 오랜 친구." 그가 쾌활하게 말했다. "나는 뭐라고 할까…. 나는 이것을 어떻게 말해야…."

그는 분명 두 가지 심리 상태를 통과했고, 이제 세 번째 단계로 들어서고 있었다. 처음 만났을 때의 당황스러움, 이어 설명하기 어려운 즐거움을 느꼈다가 이제는 그녀의 현존에 깊은 경이로움을 느끼고 있었다. 그는 오랫동안 이런 순간을 꿈꿨다. 머릿속을 그 꿈으로 가득 채우고, 꿈이 실현되기를 엄청난 열정으로, 말하자면 이를 악물고 기다려왔다. 이제 그에 대한 반작용으로 그는 너무 많이 감은 시계의 태엽처럼 서서히 풀어지고 있었다.

그는 곧 정신을 차리더니 독특하게 고안된 커다란 옷장 둘을 열어서안을 보여주었다. 거기에는 양복, 실내복, 넥타이 등이 가득 들어 있었

---

* 프랑스 샤르트뢰즈 지역의 카르투지오 수도회에서 만든 노란색과 초록색 두 가지 술.

고 와이셔츠 한 묶음이 마치 벽돌을 열두 장쯤 쌓아 올린 것처럼 높다랗게 쌓여 있었다.

"영국에 내 옷을 사서 보내주는 사람이 있어요. 그는 봄가을로 계절이 시작될 때마다 잘 고른 옷들을 보내줍니다."

그는 셔츠 한 묶음을 꺼내더니 하나씩 하나씩 우리 앞에 내던지기 시작했다. 잘 접혀 있던 얇은 리넨 셔츠, 두꺼운 실크 셔츠, 고급 플란넬 셔츠 등이 펴지며 우리 앞 테이블 위에 가지각색으로 무질서하게 쌓여 갔다. 우리가 감탄을 내뱉자, 그는 더 많은 셔츠 묶음을 가져왔고 우리 눈앞에서 셔츠 더미는 점점 더 높아졌다. 산호색과 풋사과색, 라벤더색과 연한 오렌지색의 줄무늬 셔츠, 소용돌이무늬 셔츠, 격자무늬 셔츠, 그렇게 많은 셔츠에 개츠비의 이니셜이 짙은 청색으로 새겨져 있었다. 갑자기 데이지가 그 셔츠 더미에 머리를 파묻고 목이 멘 소리를 내며 격렬하게 울기 시작했다.

"정말 아름다운 셔츠예요." 그녀는 흐느꼈고 그 울음소리는 셔츠 더미에 파묻혀 웅얼거리는 소리처럼 들렸다. "이걸 보니 슬퍼져요. 전에는 이렇게 아름다운…셔츠들을 본 적이 없거든요."

집 안을 한 번 둘러본 후에 우리는 마당과 수영장, 모터보트와 한여름에 핀 꽃들을 살펴보러 밖으로 나갈 생각이었다. 그러나 개츠비의 침실 창밖으로 다시 비가 오기 시작했고, 우리는 나란히 서서 해협의 일그러진 수면을 쳐다보았다.

"안개만 없으면 이 작은 만 건너 당신의 집이 보입니다." 개츠비가 말했다. "당신은 보트 계류장 끝에 밤새 초록색 등불을 켜두더군요."

데이지는 갑자기 팔을 뻗어 그와 팔짱을 꼈고, 그는 자신이 방금 한 말을 곰곰이 생각하는 듯했다. 아마도 그 초록 등불의 엄청난 의미가 이제는 영원히 사라졌다는 생각이 머릿속에 떠올랐으리라. 그와 데이지를 갈라놓은 저 먼 거리와 비교할 때, 그 등불은 그녀와 아주 가까운 곳에 있어 거의 그녀를 만지는 듯한 느낌을 주었다. 별이 달에 아주 가까이 있는 것처럼 말이다. 그런데 이제 그것은 다시 그저 계류장의 초록 등불이 되어버렸다. 그가 매혹적이라고 생각하는 대상 중 하나가 빠져버린 것이다.

나는 다시 방 안을 돌아다니면서, 절반쯤 어둠에 잠긴 불특정한 대상들을 점검하기 시작했다. 요트복을 입은 노인을 찍은 거대한 사진이 내 시선을 끌었다. 그 사진은 책상 위 벽에 걸려 있었다.

"이 사람은 누구죠?"

"저분이요? 댄 코디 씨입니다, 오랜 친구."

귀에 익은 이름이었다.

"저분은 이미 돌아가셨습니다. 몇 년 전까지도 나의 가장 좋은 친구였지요."

책상 옆 서랍장 위에는 역시 요트복을 입은 개츠비가 찍힌 작은 사진이 놓여 있었다. 그는 머리카락을 모두 뒤로 넘겨 올백 머리를 하고 있었다. 열여덟 무렵에 찍은 사진인 듯했다.

"참 멋져요!" 데이지가 소리쳤다. "올백 머리! 당신이 올백 머리를 했었다고 말한 적은 없었어요. 저 요트도 그렇고요."

"이걸 좀 보세요." 개츠비가 재빨리 말했다. "여기 스크랩해둔 신문 기사가 아주 많아요. 전부 당신에 관한 거예요."

그들은 나란히 서서 스크랩북을 넘겨보았다. 내가 막 베네치아에서 수집했다는 루비는 어디에 있느냐고 물으려 하는데 전화벨이 울렸고 개츠비가 직접 받았다.

"그래요…. 근데 지금은 말할 수가 없어요…. 지금은 안 돼요, 오랜 친구…. 나는 조그마한 도시여야 한다고 했잖아요…. 조그마한 도시가 뭔지는 그도 알아요, 틀림없이…. 만약 그가 말한 작은 도시가 디트로이트라면 그는 우리에게 별로 도움이 안 돼요…."

그는 수화기를 내려놓았다.

"여기로 얼른 와보세요!" 데이지가 창 앞에서 소리쳤다.

"저걸 좀 봐요." 그녀가 속삭였고 잠시 뒤에 이렇게 말했다. "저 분홍빛 구름 중 하나에 당신을 집어넣은 다음 빙빙 돌려보고 싶어요."

나는 그만 자리를 피하려고 했으나 두 사람은 나를 보내주지 않았다. 나의 존재가 오히려 단둘이 있다는 느낌을 한층 포근하게 만들어주는 것 같았다.

"좋은 생각이 떠올랐어요." 개츠비가 말했다. "클립스프링어에게 피아노를 쳐달라고 할게요."

그는 방 밖으로 나가서 "유잉!" 하고 소리쳤고, 몇 분 만에 약간 피곤해 보이는 젊은이를 데려왔다. 그는 뿔테 안경을 썼으며 머리는 금발이었는데 숱이 그리 많지 않았다. 그는 목 부분이 트인 트레이닝복과 색깔이 불분명한 면바지를 입고, 운동화를 신고 있었는데, 아까와 달리 예의를 갖춘 옷차림이었다.

"저희가 운동을 방해했나요?" 데이지가 공손하게 물었다.

"아니요, 자고 있었습니다." 클립스프링어 씨가 크게 당황하며 말했다. "그러니까 자다 일어나서…."

"클립스프링어, 피아노를 쳐줘." 개츠비가 그의 말허리를 꺾으면서 말했다. "칠 줄 알지, 유잉?"

"잘 치지는 못합니다. 나는… 피아노를 거의 못 친다고 봐야 해요. 연습도 전혀 안 했고요….”

"자 아래층으로 내려갑시다.” 개츠비가 끼어들었다. 그는 스위치를 켰다. 전깃불이 환하게 들어오면서, 회색 창들이 사라졌다.

음악실에 들어가자, 개츠비는 피아노 옆에 하나밖에 없는 램프를 켰다. 그는 떨리는 손으로 성냥을 켜서 데이지의 담배에 불을 붙여주고는 그녀와 함께 방 맞은편의 소파에 가서 앉았다. 홀에서 흘러들어오는 빛이 마룻바닥에 반사되는 것을 제외하고는 아무런 빛도 없는 곳이었다.*

클립스프링어는 우울한 표정으로 〈사랑의 보금자리〉를 연주하다가 피아노 의자에 앉은 채 고개를 돌려 어둠 속에 앉아 있는 개츠비를 쳐다보았다.

"보세요, 전 연습을 전혀 안 했어요. 연주를 못한다고 말씀드렸잖아요. 연습을 너무 안 해….”

"말을 너무 많이 하지마, 오랜 친구.” 개츠비가 명령했다. "계속해!”

아침에도
저녁에도
우린 즐거웠지….

집 밖에서는 바람이 거세게 불었고 해협 쪽에서는 희미한 천둥소리

---

* 이 문장은 존 키츠의 시 「나이팅게일에게 바치는 노래」 제4연에 나오는 "그러나 여기에는 아무런 빛도 없고, 하늘에서는 산들바람이 불어오는구나"를 약간 변형한 것이다. 피츠제럴드는 키츠의 이 시를 특히 좋아했고, 『밤은 부드러워』라는 장편소설의 제목도 이 시 제4연에서 따왔다.

가 들려왔다. 이제 웨스트에그의 모든 등불이 켜지고 있었다. 사람들을 실어 나르는 전동차가 뉴욕에서 출발해 빗속을 뚫고 그들의 집을 향해 달렸다. 인간이 심오한 변화를 겪는 시간이었고 공기 중에서 흥분이 전율하고 있었다.

한 가지는 확실해요.
그보다 더 확실할 수는 없지요.
부자는 더 부자가 되고 가난한 사람들은
아이들만 더 생기지요.
그러는 사이에
그러는 동안에….

내가 작별 인사를 하기 위해 다가서는 순간, 나는 개츠비의 얼굴에 스며드는 의아한 표정을 볼 수 있었다. 과연 현재의 행복을 진짜라고 할 수 있을까 하는 희미한 의심이 생겨나는 모양이었다. 거의 5년에 가까운 세월이 흘렀다! 심지어 그날 오후, 데이지가 갑자기 현실 속 인물로 등장할 때부터 그런 의심이 찾아왔을지도 모른다. 그녀가 잘못해서 그런 의심을 하게 된 것이 아니라, 그의 환상이 지닌 엄청난 생명력으로부터 툭 튀어나온 것 같았다. 그 환상은 그녀와 다른 모든 것을 넘어 앞으로 나아갔다. 그는 창의적 열정을 발휘해서 그 환상을 향해 온몸을 던졌고, 그것을 부풀어 오르게 했으며, 그 앞에 떠도는 밝은 깃털을 모아서 그것을 장식해왔다. 그 어떤 열정과 순수함도 한 남자가 자신의 유령 같은 마음속에 간직한 환상과 겨루어 이길 수는 없었다.

내가 그를 계속 쳐다보고 있으니, 그는 눈에 띄게 자세를 단정히 바로잡았다. 그는 그녀의 손을 잡았고 그녀가 귀에 나지막이 무언가를 속삭이자 깊이 감동해서 그녀 쪽으로 고개를 돌렸다. 나는 그녀의 목소리가 특유의 요동치고 펄떡거리는 뜨거운 열기로 그의 온몸을 강력하게 사로잡았다고 생각한다. 그 목소리는 아무리 과도한 꿈을 꾸어도 부족하지 않을 만큼 죽음을 모르는 노래였다.

그들은 나를 잊어버렸다. 그러나 데이지는 나를 쳐다보더니 손을 들었다. 개츠비는 나를 전혀 의식하지 못했다. 나는 다시 한번 둘을 쳐다보았고 그들도 강렬한 생명력에 사로잡힌 채 나를 멍하니 돌아보았다. 이어 나는 그들을 내버려두고 방 밖으로 나가, 대리석 계단을 걸어 내려가서 빗속으로 들어섰다.

제6장

이 무렵의 어느 날 오전 뉴욕에서 활동하는 야심만만한 청년 기자가 개츠비네 집 문 앞에 나타나 무언가 하고 싶은 말이 없느냐고 물었다.

"무슨 말을 하라는 겁니까?" 개츠비가 공손하게 물었다.

"뭐랄까, 외부에 밝히고 싶은 성명 같은 거요."

5분 정도 혼란스러운 시간이 지난 후에, 그 기자는 자신의 사무실 주변에서, 굳이 밝히고 싶지 않고 제대로 이해하지도 못하는 어떤 일과 관련해 개츠비의 이름을 들었다고 말했다. 쉬는 날이었지만 그 기자는 가상한 모험 정신을 발휘하여 '그 일을 한번 알아보려고' 황급히 웨스트에그로 찾아왔다는 것이다.

공중을 향해 막연히 쏘아댄 화살이었으나 기자의 본능적 감각은 적중했다. 개츠비의 파티에서 환대받았던 수백 명이 그의 과거에 관해 권위자를 자처하며 입방아를 찧다 보니 개츠비의 악명이 여름 내내 뉴욕시에 널리 퍼져 이제 뉴스라고 할 것도 없게 되었다. 마침내 '캐나다로

가는 지하 파이프라인'* 같은 현대판 전설이 그 악명에 달라붙었고, 다음과 같은 이야기가 줄기차게 그를 따라다녔다. 그는 그 저택에 살지 않는다. 그 대신 집처럼 생긴 보트를 타고 롱아일랜드 해협을 은밀하게 오르내린다. 왜 노스다코다 출신의 제임스 개츠는 이런 지어낸 이야기를 듣고 즐거워했을까? 그건 설명하기가 쉽지 않다.

제임스 개츠. 이것이 그의 실제 이름, 아니 호적상 이름이다. 그는 열일곱 살, 경력이 꽃피는 바로 그 순간에 제이 개츠비로 이름을 바꾸었다. 그 순간이란 댄 코디의 요트가 슈피리어호에서 가장 위험한 여울에 닻을 내리는 모습을 그가 목격한 순간을 말한다. 그날 오후에 제임스 개츠는 즈크 천 바지에 해어진 초록색 셔츠를 입고 호숫가를 어슬렁거리고 있었다. 그가 노 젓는 보트를 빌려 투올로미호에 있는 코디에게 가까이 다가가 30분 후면 거센 바람이 불어와 그의 요트를 산산조각 낼 것이라고 알려준 순간, 그의 이름은 개츠비로 바뀌어 있었다.

나는 그가 제이 개츠비란 이름을 오래전부터 준비해왔다고 생각한다. 그의 부모는 사업 수완 없이 실패만 거듭해온 농사꾼이었다. 그는 이런 사람들이 자신의 부모라는 사실을 상상 속에서라도 받아들일 수 없었다. 사실을 말하자면, 웨스트에그 주민 제이 개츠비는 자신이 만들어낸 플라톤적 관념에서 솟아난 사람이었다. 그는 하느님의 아들이었다. 허풍이 아니라 액면 그대로 그랬다. 그는 아버지 하느님의 일, 즉 거대하고 천박하며 겉만 번드레한 아름다움에 철저히 봉사해야 했다.**

---

* 금주법 시대(1920-1933)에 불법 위스키가 지하 밀매 조직을 통해 캐나다에서 미국으로 밀수되는 경로를 가리킨다.
** 하느님의 아들이라는 말은 누가복음 2장 49절에 나오는 에피소드에 의거하고 있다. 신전에 있던 어린 예수가 자기를 찾아다니던 부모에게 말한다. "왜 저를 찾으셨습니까? 제가 아버지

그래서 그는 열일곱 살 소년이 만들어낼 법한 인물인 제이 개츠비를 창조했고, 죽을 때까지 그 관념에 충실했다.

그는 1년 넘게 슈피리어호의 남쪽 기슭을 돌아다니면서 조개 채취나 연어잡이를 비롯해 닥치는 대로 일하면서 숙식을 해결했다. 때로는 고된 노동에 시달리고 때로는 일이 없어 빈둥거리면서, 그는 구릿빛의 탄탄한 몸으로 모진 세월을 거뜬히 버텨냈다. 그는 일찌감치 여자를 알았는데, 그들이 자기를 타락시켰다는 이유로 여자들을 경멸하게 되었다. 특히 아무것도 모르는 젊은 여자들을 경멸했다. 그렇지 않은 여자들에 대해서는 철저하게 자기중심적인 그가 당연하게 여기는 일들을 그들이 싫어한다는 이유로 경멸했다.

그러나 그의 마음은 끊임없이 격동했으며, 늘 소란스러웠다. 저녁에 침대에 들어가면 아주 기괴하고 환상적이면서 엉뚱한 생각이 그를 사로잡았다. 형언할 수 없이 천박한 세상이 그의 머릿속에 펼쳐지는 동안 세면대 위에 놓아둔 시계가 째깍거렸고 달빛은 바닥에 아무렇게나 벗어놓은 옷을 축축한 빛으로 적시고 있었다. 매일 밤 그는 환상의 옷감에 추가로 무늬를 짜 넣었고, 마침내 견딜 수 없는 졸음의 악마가 그 생생한 환상의 장면을 망각의 포옹으로 덮어버리고 나서야 잠이 들었다. 한동안 그는 이런 몽상들로 상상력을 뿜어냈다. 이 환상들은 현실의 비현실성*에 대한 만족스러운 암시이자 세상이라는 암반은 요정의 날개

의 일을 해야 한다는 걸 모르셨습니까?" 그러나 개츠비가 모시는 하느님이 기독교의 하느님은 아니다. 그가 아버지의 일로 여기는 것은 저 거대하고 천박하며 겉만 번드레한 아름다움에 봉사하는 것이기 때문이다. 이 신은 개츠비의 플라톤적 관념이 만들어낸 황금의 신 마몬을 가리키고 있다. 이 마몬에 대한 봉사는 데이지를 잃고 난 후에 더욱 강화되어 종전 후에는 부트레거 겸 갱스터의 길로 나서는 배경이 된다. 이러한 관념은 다음 주석에서 풀이한 '현실의 비현실성'이라는 용어로 설명된다.

위에 안전하게 구축되어 있다는 약속이었다.

장래의 영광을 본능적으로 감지한 그는 이미 몇 달 전에 미네소타주 남부에 있는 세인트 올라프대학에 입학했다. 루터파가 운영하는 소규모 학교였다. 하지만 그는 고작 2주 만에 학교를 그만두었다. 자신의 운명이 내는 북소리, 나아가 그 운명 자체를 철저하게 무시하는 학교의 태도에 실망했을 뿐 아니라, 생활비를 벌고자 시작했던 학교의 수위 일에도 학을 떼었기 때문이다. 그가 다시 슈피리어 호수로 돌아와 할 일을 찾고 있던 어느 날, 댄 코디의 요트가 기슭의 얕은 여울에 닻을 내렸다.

당시 코디의 나이는 쉰이었다. 네바다 은광, 알래스카의 유콘강 등 1875년 이래로 돈 되는 금속이 나오는 곳이라면 모두 쫓아다녔는데, 특히 몬태나 동광 사업 덕분에 백만장자가 되었다. 하지만 그 일을 하면서 몸은 여전히 건강했지만 마음은 유약해졌는데, 이것을 알아챈 수많은 여자들이 그에게서 돈을 뜯어내려고 달려들었다. 그중에서도 신문기자 출신인 엘라 케이가 그의 심약한 태도를 기회로 삼아 맹트농 부인** 역할을 하며 그를 요트에 태워 바다로 보내버렸다. 별로 아름답지 못한 이 사태의 결말은 1902년의 황색 저널리즘 세계에서 누구나 아는 상식이 되었다. 어쨌든 코디는 5년 동안 날씨가 좋은 해안을 따라 항해하다가 리틀베이만에서 제임스 개츠의 운명 속으로 등장했다.

노를 노걸이에 놓아두고 난간을 두른 갑판을 올려다보는 어린 개츠에게 그 요트는 아름다움과 화려함을 상징하는 대상이었다. 그는 코디를 향해 미소를 지었을 것이다. 개츠는 사람들이 자신의 미소를 좋아한

---

* 원어는 the unreality of reality. 환상과 현실이 뒤섞인 것을 가리킨다.

** 맹트농 부인(1635-1719). 루이 16세의 두 번째 왕비로 막후에서 엄청난 정치적 권력을 행사했다.

다는 걸 알았다. 아무튼 코디는 그에게 몇 가지 질문을 했고 그중에는 멋진 새 이름을 이끌어낸 질문도 있었다. 그는 이 청년이 영리할 뿐만 아니라 야심만만하다는 사실을 알아챘다. 며칠 뒤 코디는 그를 덜루스로 데려가서 푸른 상의 하나와 하얀 즈크 천 바지 여섯 개, 요트 모자를 사주었다. 그리고 투올로미호가 서인도 제도와 바버리 해안*으로 출발할 때는 개츠비도 함께 타고 갔다.

개츠비의 업무는 명확하게 정의할 수 없었다. 그는 코디와 함께 있으면서 집사, 말동무, 선장, 비서, 간수 등 개인적인 일을 도맡아 했다. 말짱할 때의 댄 코디는 술에 취한 댄 코디가 어떤 황당한 일들을 하는지 잘 알았고, 그는 개츠비를 점점 신임함으로써 비상사태에 대비했다. 둘의 관계가 5년간 지속되는 동안 요트는 아메리카 대륙을 세 바퀴나 돌았다. 어느 날 밤 엘라 케이가 보스턴 항구에서 그 요트에 탄 지 일주일 만에 댄 코디가 불미스럽게 죽어버리지만 않았어도 그들의 관계는 무한히 지속되었을 것이다.

나는 개츠비의 침실 벽에 걸려 있던 댄 코디의 사진을 기억한다. 반백의 머리에 낯빛는 불그레했으나 표정은 냉정하고 공허했다. 변두리 출신의 난봉꾼이었고, 미국 역사의 어느 한 시기에 변두리 창녀촌과 술집의 잔인한 폭력을 동부 지역으로 들여온 인물이었다. 개츠비가 술을 거의 마시지 않게 된 것은 코디에게 간접적으로 물려받은 유산이었다. 때때로 흥청거리는 파티 중에 여자들이 개츠비의 머리카락에 샴페인을 들이붓는 경우가 있기도 했지만, 그는 습관적으로 술을 멀리했다.

---

* 바버리 해안은 대개 북아프리카 해안을 가리키지만, 아래에 아메리카 대륙이라는 말이 나오는 것으로 보아 샌프란시스코에 있는 동명의 지역을 가리키는 듯하다.

그는 코디로부터 2만 5천 달러*의 유산을 받기로 되어 있었다. 그러나 한 푼도 받지 못했다. 상속을 막은 법적 절차가 어떤 것인지는 몰라도 코디가 남긴 수백만 달러가 고스란히 엘라 케이에게 넘어간 것만은 분명했다. 그렇지만 그는 코디에게 아주 독특한 교육을 받았다. 그 덕분에 흐릿했던 제이 개츠비 신화의 윤곽은 이제 속이 꽉 채워져 하나의 단단하고 구체적인 성인 남자의 모습으로 탄생했다.

그는 훨씬 뒤에 이런 이야기를 내게 들려주었다. 여기에 미리 적어 두는 이유는 그의 전력에 대한 황당한 소문들을 일거에 잠재우기 위해서다. 그 소문들이란 게 죄다 공허해서 진실을 조금도 포함하지 않았기 때문이다. 그는 내가 그를 전적으로 믿으면서도 한편으로는 전혀 믿지 못해서 혼란스러워하던 시기에 이 이야기를 해주었다. 그래서 나는 개츠비가 숨고르기를 하고 있던 이 짧은 휴지기에 그에 관한 일련의 오해들을 불식시키려 나선 것이다.

그 시점은 또 내가 그의 일에 잠시 손을 뗀 시기였다. 나는 몇 주 동안 그를 직접 만나지 못했고 통화를 하지도 않았다. 대부분 뉴욕에서 시간을 보냈고 조던과 데이트를 하면서 그녀의 나이 많은 숙모에게 잘 보이려고 애썼다. 그러던 어느 일요일 오후 나는 마침내 개츠비의 집으로 건너갔다. 내가 그곳에 간 지 2분도 채 되지 않아 어떤 사람이 한잔하자며 톰 뷰캐넌을 데리고 들어왔다. 나는 깜짝 놀라지 않을 수 없었다. 그런 일은 처음이었기 때문이다.

세 명이 말을 타고 왔는데 톰과 슬론, 전에도 온 적이 있는 갈색 승마

---

* 인플레이션을 감안하면 오늘날의 가치로 환산했을 때, 대략 38만 2천 달러다.

복을 입은 예쁜 여자였다.

"만나 뵙게 되어 반갑습니다." 개츠비가 현관에 서서 말했다. "이렇게 들러주시다니 기쁩니다."

마치 그들이 신경 써서 들린 것처럼!

"어서 앉으십시오. 궐련이나 시가를 피우시지요." 그는 방 안을 재빨리 돌아다니면서 벨을 눌렀다. "곧 마실 것을 준비하겠습니다."

개츠비는 톰이 거기 있다는 사실에 크게 동요했다. 그는 그들에게 마실 것을 대접할 때까지 마음을 놓지 못했다. 그들이 한잔하기 위해 그곳에 방문했다는 걸 막연하게나마 깨달았기 때문이다. 슬론 씨는 아무 것도 마시려 하지 않았다. 레모네이드? 감사하지만 사양하겠습니다. 샴페인이라도 조금? 아니, 됐습니다…. 정말 미안합니다….

"승마는 할 만했습니까?"

"여기는 도로가 아주 좋아요."

"아마도 자동차들이…."

"예, 그랬죠."

개츠비는 억누를 수 없는 충동에 휩쓸렸는지 처음 소개를 받은 듯 대하는 톰에게로 시선을 돌렸다.

"뷰캐넌 씨, 우리는 전에 어디선가 만난 것 같은데요."

"아, 그래요." 톰은 억지로 공손한 어조를 유지했으나 기억하지 못하는 듯했다. "만났었지요. 기억이 납니다."

"두 주쯤 전이었지요."

"그래요. 당신은 여기 닉과 함께 있었지요."

"난 당신의 아내를 압니다." 개츠비가 공격적인 어조로 말했다.

"그래요?"

톰이 내게 고개를 돌렸다.

"닉, 이 근처에 사나?"

"바로 옆집이야."

"그래?"

슬론 씨는 대화에는 끼어들지 않고 오만한 자세로 의자 등받이에 기대앉았다. 그와 함께 온 여자는 입을 꾹 다물고 있다가 하이볼을 두 잔 마시더니 다정하게 말했다.

"우린 모두 당신의 다음 파티에 갈 거예요, 개츠비 씨." 그녀가 말했다. "어떻게 생각하세요?"

"물론 그러셔야죠. 그렇게 해주시면 아주 기쁠 겁니다."

"고맙습니다." 슬론 씨가 고마워하는 기색 없이 말했다. "자, 이제 집으로 돌아갈 시간이군."

"서두르지 마세요." 개츠비가 그들에게 말했다. 자제력을 되찾은 그는 톰과 더 함께 있고 싶어 했다. "저기, 그러니까, 저녁을 드시고 가는 게 어떻겠습니까? 다른 사람들도 뉴욕에서 건너올지 모릅니다."

"그럼 저희 쪽으로 저녁 식사를 하러 오세요." 그 부인이 열띤 목소리로 말했다. "두 분 다요."

두 분이라 함은 나를 포함하는 것이었다. 슬론 씨가 의자에서 일어서며 그녀에게 말했다.

"그만 갑시다."

"인사치레로 하는 말이 아니에요." 그녀가 고집했다. "당신들을 초대하고 싶어요. 방이 많거든요."

개츠비는 내 의사를 묻는다는 듯이 나를 쳐다보았다. 그는 가고 싶어 했는데, 슬론 씨가 싫은 기색을 보이는 건 읽어내지 못했다.

"미안해요, 전 못 갈 것 같습니다." 내가 말했다.

"그럼, 당신이라도 와요." 그녀가 개츠비에게 집중하며 말했다.

슬론 씨는 그녀의 귀에 대고 뭔가를 속삭였다.

"지금 출발해도 늦지 않아요." 그녀가 큰 목소리로 고집했다.

"나는 말이 없습니다." 개츠비가 말했다. "군대에 있을 때는 말을 탔지만 그 뒤로는 말을 산 적이 없어요. 그러니 차를 타고 뒤따르겠습니다. 잠시만 실례합니다."

나를 포함한 나머지 사람들은 현관 밖으로 나왔고 그곳에서 슬론과 여자가 따로 격정적인 대화를 나누었다.

"아이고, 저 친구가 정말로 오겠다고 하는군." 톰이 말했다. "그녀가 원하지 않는다는 걸 눈치채지 못한단 말이야?"

"그녀는 와달라고 말했어."

"파티를 꽤 크게 열 건데 손님들 중에 개츠비가 아는 사람은 한 명도 없을걸?" 그가 얼굴을 찌푸렸다. "그런데 저 친구는 어디서 데이지를 만났을까? 내가 구닥다리 같은 생각을 하는 건지 모르겠지만, 요새 여자들은 너무 싸돌아다녀서 영 비위에 안 맞아. 온갖 괴상한 놈들을 만난다니까."

갑자기 슬론 씨와 여자가 계단으로 내려가 말에 올라탔다.

"얼른 와요." 슬론 씨가 톰에게 말했다. "늦었어요. 빨리 가야 해요." 그러고는 내게 부연했다. "그에게 우리가 더는 기다릴 수 없었다고 말해주시겠습니까?"

나는 톰과 악수를 했고 나머지 사람들과는 가볍게 목례를 나누었다. 그들은 말을 몰아 차도 쪽으로 재빨리 달려가면서 8월의 무성한 나무 잎사귀 아래로 사라졌다. 바로 그 순간 개츠비가 모자와 가벼운 외투를 손에 들고 현관문 밖으로 나왔다.

톰은 데이지가 혼자 나돌아 다니는 것이 불안했는지 그다음 주 토요일 밤에 그녀와 함께 개츠비의 파티에 왔다. 그가 참석하는 바람에 그날 밤 파티 분위기는 무언가 답답했다. 그 시간은 그해 여름에 있었던 개츠비의 여러 파티 중에서도 특히 내 기억 속에 생생하게 남아 있다. 이전과 다름없는 사람들, 똑같은 부류가 모여 샴페인을 마구 들이켰고, 전과 같이 다채로우면서 시끄러운 소동이 벌어졌지만, 공중에는 불쾌감이 맴돌았고 전에는 없었던 거칠고 가혹한 분위기가 가득했다. 물론 나는 그런 파티에 익숙해져 있었다. 그 나름의 기준과 인물을 갖추었고, 자신의 상태에 아무런 자의식을 가지지 않은 유일무이한 세상이었던 웨스트웨그를 온전한 세상으로 받아들였기 때문이다. 그런데 이제 나는 그것을 데이지의 관점에서 다시 보고 있었다. 이미 적응한 사물을 다시 새로운 눈으로 보아야 한다는 것은 참 슬픈 일이다.

톰 부부는 황혼 무렵에 도착했다. 우리가 반짝거리는 순간을 즐기는 참석자 수백 명 사이를 돌아다니는 동안 데이지는 기교를 부리듯 입안에서 웅얼거리는 목소리로 말했다.

"이런 걸 보면 아주 흥분돼요." 그녀가 속삭였다. "닉 오빠, 오늘 밤 아무 때나 내게 키스하고 싶으면 알려만 줘. 오빠라면 기꺼이 받아들일 테니까. 내 이름만 불러줘. 아니면 그린카드를 내밀어도 돼. 내가 그린카드를 발급…."

"한번 둘러보세요." 개츠비가 제안했다.

"둘러보고 있어요. 그래서 나는 멋진 시간을…."

"소문으로만 알고 있던 사람들의 얼굴을 직접 봐야죠."

톰은 오만한 눈빛으로 군중을 쓱 둘러보았다.

"우리는 그리 자주 돌아다니지 않아요." 톰이 말했다. "사실, 이곳에 아는 사람이 단 한 명도 없다는 생각을 하고 있었습니다."

"하지만 저기 저 여성분은 알 텐데요." 개츠비는 하얀 자두나무 아래 의젓한 자세로 앉아 있는 여자를 가리켰다. 어찌나 아름답던지 사람이라기보다는 한 떨기 난초 같았다. 톰과 데이지는 그 여자를 쳐다보았다. 지금까지는 허깨비처럼 여겨졌던 영화 속 유명 배우를 알아보았을 때 받게 되는 독특한 비현실적인 느낌이 표정에 드러났다.*

"아름답군요." 데이지가 말했다.

"그녀에게 고개를 숙이고 있는 남자는 영화감독입니다."

그는 데이지 부부를 여기저기 데리고 다니며 소개했다.

"여긴 뷰캐넌 부인…, 여긴 뷰캐넌 씨." 그는 잠시 망설인 뒤에 이렇게 덧붙였다. "폴로 선수입니다."

"오 아닙니다." 톰이 재빨리 부인했다. "난 그런 사람이 아닙니다."

그러나 그 단어의 어감이 개츠비의 귀에 듣기 좋았는지, 톰은 저녁 내내 '폴로 선수'로 소개되었다.

"나는 이렇게 많은 유명 인사들을 만나본 적이 없어요!" 데이지가 감탄했다. "난 저 남자가 마음에 들어요. 이름이 뭐죠? 저기, 도덕군자같이 생긴 사람 말이에요."

개츠비는 그가 어떤 사람인지 알려주면서 소규모 영화 제작자라고 덧붙였다.

---

* 이 영화배우의 이미지는 제4장 끝에 나오는 얼굴과 신체가 분리된 여자의 얼굴 이미지와 호응한다. 영화 포스터의 여배우 얼굴처럼 비현실적이라는 뜻이다.

"아무튼 나는 저 사람이 마음에 들어요."

"난 폴로 선수가 아니었으면 좋겠소." 톰이 유쾌하게 말했다. "그냥 이 유명 인사들을 쳐다보기만 하면 좋겠어. 그냥, 그러니까 망각의 그늘에 남아서 말이야."

데이지와 개츠비는 춤을 추었다. 그가 어찌나 우아하고 점잖게 폭스트롯을 추던지 나는 깜짝 놀랐다. 전에는 그가 춤추는 광경을 보지 못했기 때문이다. 이어 그들은 우리 집으로 건너가 집 앞 계단에 30분 정도 머물렀고, 그동안 나는 그들의 부탁으로 정원에서 망을 보았다. 그녀가 말했다. "화재나 홍수 혹은 하느님이 어떻게 하실지 모르니까."

톰은 우리가 저녁을 먹으려고 자리에 앉았을 때 망각의 그늘에서 다시 나타났다. "나는 저쪽에 가서 다른 사람들과 따로 식사해도 괜찮지?" 그가 말했다. "어떤 친구가 재미있는 이야기를 해서 말이야."

"어서 가보세요." 데이지가 온화하게 대답했다. "혹시 주소를 받아 적어야 할 일이 있다면 여기 내 작은 금박 연필이 있어요…." 그녀는 잠시 주위를 둘러보더니 그 여자가 '흔해 빠진 예쁜 여자'에 지나지 않는다고 내게 말했다. 그녀는 개츠비와 함께 있었던 30분을 제외하고는 그 파티를 별로 재미있게 여기지 않는 것 같았다.

우리는 유난히 술에 취한 사람이 많은 테이블에 앉았다. 그건 순전히 내 잘못이었다. 개츠비는 전화를 받으러 실내로 들어갔고, 고작 2주 전만 해도 나는 이 사람들이 재미있다고 생각했다. 하지만 그때는 즐겁던 것들이 이제는 공기 중에 쉰내를 풍기고 있었다.

"기분이 좀 어떠십니까, 베데커 양?"

이 질문을 받은 여자는 내 어깨에 기대려고 용을 썼으나 뜻대로 하지 못했다. 어쨌든, 그녀는 똑바로 앉아 두 눈을 떴다.

"뭐라고오?"

데이지에게 내일 근처 클럽에서 골프를 함께 치자고 졸라대던 덩치 크고 무기력해 보이는 여자가 베데커 양을 옹호하고 나섰다.

"오, 걔는 곧 괜찮아질 거예요. 칵테일을 대여섯 잔 마시고 나면 꼭 저런 식으로 소리를 지르지요. 술을 끊으라고 누누이 말했건만."

"끊을 거라고오." 비난받은 여자가 공허한 목소리로 말을 길게 뺐다.

"하지만 지금 소리를 질렀잖아. 그래서 여기 시베트 박사님에게 부탁했어요. 의사 선생님, 당신의 도움이 필요해요."

"얘도 무척 고마워할 거야. 틀림없어." 또 다른 친구가 별로 고마워하지도 않으면서 말했다. "하지만 선생님이 얘 머리를 수영장에 처박는 바람에 드레스가 다 젖어버렸어요."

"난 수영장에 머리를 처박히는 게 제일 싫어." 베데커 양이 우물우물 말했다. "한번은 뉴저지에서 사람들이 나를 물에 빠뜨리는 바람에 하마터면 익사할 뻔했다니까."

"그러니까 술을 끊어야 합니다."

"사돈 남 말 하시네!" 베데커 양이 난폭하게 소리쳤다. "당신은 손을 떨잖아요. 나라면 결코 당신한테는 수술받지 않겠어요!"

취객의 테이블은 그런 식이었다. 내가 마지막으로 기억하는 장면은 데이지와 함께 서서 영화감독과 여배우를 쳐다본 것이다. 그들은 여전히 하얀 자두나무 밑에 앉아 있었고, 그들 사이에 끼어든 창백한 달빛 한 줄기를 제외하면 두 얼굴이 거의 맞붙어 있었다. 나는 이런 생각이 들었다. 저 영화감독은 오늘 저녁 내내 그 지근거리를 확보하기 위해 그녀 쪽으로 천천히 몸을 기울였을 것이다. 내가 쳐다보고 있는 동안에도 그는 계속 몸을 숙이다가 마침내 남아 있던 최후의 작은 공간을 지나 그녀의 뺨에 키스했다.

"나는 저 여자가 마음에 들어요." 데이지가 말했다. "사랑스럽잖아요."

하지만 나머지 사람들에 대해서는 비위가 상하는 모양이었다. 논란의 여지 없이 그들이 보이는 몸짓이 아니라 실제적 감정 때문이었다. 그녀는 브로드웨이가 롱아일랜드 어촌에 조성한 이 전례 없는 '동네'를 무서워했다. 이곳 주민들의 저 생경하고 노골적인 활기에 공포를 느꼈다. 오래된 완곡어법의 표피 밑에서 꿈틀거리는 그 활기뿐 아니라, 주민들을 허무에서 또 다른 허무로 재빨리 인도하는, 지나치게 강압적인 운명 역시 두렵기는 마찬가지였다. 그녀는 도무지 이해할 수 없는 아주 단순한 생활 방식 속에서 무서운 무언가를 보았다.

나는 데이지 부부가 자동차를 기다리는 동안 그들과 함께 앞 계단에 앉아 있었다. 이곳 앞쪽은 어두웠다. 오로지 밝은 문만이 부드럽고 어두운 새벽 속으로 1제곱미터 크기의 빛을 흘려보내고 있을 뿐이었다. 때때로 2층 드레스룸 블라인드에 그림자 하나가 나타났다가 다시 다른 그림자에게 자리를 내주었다. 이런 무한히 계속되는 그림자들의 행렬은 보이지 않는 거울 앞에서 립스틱을 바르고 분을 칠했다.

"대체 이 개츠비란 사람은 정체가 뭐야?" 톰이 갑자기 따지듯 물었다. "거물 밀주업자인가?"

나는 반문했다. "그런 이야기는 어디서 들었어?"

"들은 게 아니라 상상하는 거야. 신흥 부자 대부분이 거물 밀주업자인 걸 자네도 알잖아."

"개츠비는 아니야." 나는 짧게 대답했다.

그는 한동안 입을 꾹 다물고 있었다. 진입로의 자갈들이 그의 발밑에서 달그락거렸다.

"어쨌든 그는 사람들을 모아서 이런 인간 동물원을 만들려고 땀깨나 흘렸을 거야."

산들바람이 불어와 데이지의 잿빛 아지랭이 같은 모피 옷깃의 털을 가볍게 흔들어댔다.

"그래도 그들은 우리가 알고 있는 사람들보다 흥미로워요." 그녀가 힘들게 말했다.

"당신은 그리 흥미를 느끼는 것 같지 않던데."

"아니, 흥미로웠어요."

톰은 웃음을 터뜨리며 내게 고개를 돌렸다.

"그 술에 취한 여자가 샤워기로 자기 머리에 차가운 물을 뿌려달라고 했을 때, 데이지의 얼굴을 봤나?"

데이지는 흘러나오는 음악에 맞춰 노래를 부르기 시작했다. 조금 탁한 목소리로 리듬감 있게 속삭이듯, 가사의 단어 하나하나마다 새로운 의미를 이끌어냈다. 전에도 없었고 앞으로도 없을 그런 의미를. 노래가 고음으로 치달으면서 그녀의 목소리는 콘트랄토의 통상적 방식에 따라 살짝 끊어지는 듯하다가 부드럽게 이어졌다. 그런 높낮이의 변화가 있을 때마다 그녀의 따뜻하고 인간적인 마력이 공중에 조금씩 퍼져나갔다.

"초대를 받지 않고도 파티에 온 사람이 많아요." 그녀가 갑자기 말했다. "그 여자가 그랬어요. 그들은 막무가내로 밀고 들어오는데 그가 너무 점잖아서 내치지 못하는 거예요."

"나는 그 작자의 정체가 뭔지, 무슨 일을 하는지 알고 싶어." 톰이 고집했다. "반드시 알아내야 한다고 생각해."

"그건 지금 바로 말해줄 수 있어요." 그녀가 대답했다. "약국이요. 그는 많은 약국을 경영하고 있어요. 그런 사업을 스스로 일구었어요."

느리게 움직이는 리무진이 진입로로 굴러왔다.

"잘 자요, 오빠." 데이지가 말했다.

그녀의 시선은 나를 떠나 환한 계단 꼭대기를 쳐다보았다. 그해에 유행하던 산뜻하고 슬픈 왈츠 곡 〈새벽 3시〉가 열린 문으로 흘러나오고 있었다. 개츠비의 파티는 그 노래처럼 비형식적이어서 그녀의 세상에서는 전혀 찾아볼 수 없는 낭만적 가능성이 담겨 있었다. 그녀를 건물 안으로 다시 불러들이는 것 같은 저 노래 속에 무엇이 깃들어 있는가? 이제 예측할 수 없는 어둠침침한 시간에 무슨 일이 벌어질 것인가? 깜짝 놀랄 만한 손님이 도착할 수도 있을 것이다. 고귀하고 경탄의 대상이 되는 인물, 마법처럼 한순간에 개츠비를 사로잡음으로써 지난 5년간의 흔들림 없는 헌신을 보상해줄 진정으로 환한 빛을 내뿜는 젊은 여인이 올지도 모른다.

나는 그날 밤늦도록 그곳에 머물렀다. 자기에게 여유가 생길 때까지 기다려달라고 개츠비가 부탁했기 때문이다. 나는 정원을 천천히 산책했다. 수영을 하러 나갔던 무리가 어두운 해변으로부터 시원하고 흥분된 상태로 달려 올라왔고, 마침내 위층 객실들의 불이 꺼졌다. 그가 마침내 계단으로 내려왔을 때 살펴보니 갈색으로 그을린 피부는 이상할 정도로 팽팽했고, 두 눈은 밝게 빛났지만 피곤에 지쳐 있었다.

"데이지는 좋아하지 않더군요." 그가 즉시 말했다.

"아니, 좋아했어요."

"좋아하지 않았어요." 그가 고집스럽게 부인했다. "좋은 시간을 보내지 못했어요."

그는 침묵했고 나는 무엇이 그를 우울하게 만들었는지 추측했다.

그가 말했다. "나는 그녀에게서 멀리 떨어진 느낌이 들어요. 그녀를 이해시키기가 어렵더군요."

"그 춤 말인가요?"

"춤?" 그는 손가락을 한 번 튕김으로써 자신이 췄던 모든 춤을 무시했다. "오랜 친구, 춤은 중요한 게 아닙니다."

그가 원하는 것이란 바로 데이지가 톰에게 가서 이렇게 말하는 것이었다. "나는 당신을 결코 사랑한 적이 없어요." 그녀가 그 한 문장으로 지난 3년간의 세월을 말끔히 지워버린 뒤에야 그들은 좀 더 실제적인 조치를 논할 수 있을 터였다. 그중 하나는 그녀가 자유롭게 된 후에 루이빌로 돌아가서 그녀의 집에서 결혼하는 것이었다. 딱 5년 전에 하고 싶어 했던 그대로 말이다.

"그런데 그녀는 이해하지 못해요." 그가 절망적인 목소리로 말했다. "예전에는 잘도 그러더니만, 우리는 몇 시간이고 함께 앉아서…."

그는 말을 끊고 과일 껍질, 버려진 작은 선물, 짓밟힌 꽃들이 흩어져 있는 한적한 길을 왔다 갔다 걷기 시작했다.

"나라면 그녀에게 너무 많은 걸 요구하지 않겠어요." 내가 과감하게 말했다. "과거를 되돌릴 수는 없어요."

"과거를 되돌릴 수 없다고요?" 그는 믿기지 않는다는 듯이 소리쳤다. "천만에, 얼마든지 되돌릴 수 있어요!"

그는 거친 몸짓으로 주위를 돌아보았다. 마치 과거가 그의 집 그늘에 숨어 있어서 손을 내뻗으면 잡을 수 있는 것처럼.

"나는 과거에 일어난 모든 일을 원래로 돌려놓을 생각입니다." 그가 결연하게 고개를 끄덕거리며 말했다. "그녀도 알게 되겠지요."

그는 과거에 대해 많은 것을 말했다. 나는 그가 데이지를 사랑하는 데 바친 어떤 것, 그러니까 자신의 신화를 되찾고 싶은 거라고 짐작했다. 그녀와 헤어진 후 그의 인생은 혼란스럽고 무질서해졌다. 그러나 그가 과거의 출발점으로 돌아가서 그것을 차분히 살펴본다면, 그게 무엇이었는지를 발견할 수 있으리라….

5년 전 어느 가을밤, 그들은 나뭇잎이 떨어지는 거리를 걸어가다가 나무가 없고 보도가 달빛에 젖은 장소에 도착했다. 그들은 거기 우뚝 선 채 서로 쳐다보았다. 서늘한 밤이었고, 계절이 서로 번갈아가며 찾아오는 신비한 흥분이 공기 중에 떠돌고 있었다. 주변 가옥들에서 흘러나오는 조용한 불빛이 어둠 속에 은은히 퍼졌고 밤하늘의 별들은 부산히 움직이는 것 같았다. 보도블록이 실제로 사다리를 이루어 나무 위의 어떤 은밀한 곳으로 올라가는 환상을 개츠비는 곁눈질로 보았다. 그는 그 사다리를 올라갈 수 있을 것 같았다. 만약 그가 혼자 사다리를 올라가 그 꼭대기에 도달한다면 생명의 젖꼭지를 빨고 형언하기 어려운 경이로움의 젖을 꿀꺽꿀꺽 삼킬 수 있을 것 같았다.

데이지의 하얀 얼굴이 그의 얼굴에 가까이 다가오자, 그의 가슴은 더욱 거세게 방망이질했다. 그는 알았다. 그녀에게 입을 맞춤으로써 말로는 표현하기 어려운 자신의 비전을 그녀의 가녀린 숨결과 결합한다면, 그의 마음은 하느님의 마음이 되어 결코 동요하지 않으리라는 걸. 그래서 그는 잠시 기다리며 별을 때리는 소리굽쇠*가 만들어내는 아름다운

---

* 나무통 위에 U자 모양의 강철을 세운 것인데, 이것을 가지고 발음체를 때려 진동수를 잰다. 여기서는 별의 음정을 듣는다는 의미인데, 별은 개츠비의 비전, 즉 개인적 신화의 객관적 상관물로서 그 신화가 이제 현실로 구현되었음을 뜻한다. 원래 별들의 아름다운 음악은 하느님만 들을 수 있는 것인데, 제6장 시작 부분에서 개츠비를 가리켜 그 자신이 만들어낸 플라

소리에 귀 기울였다. 그의 입술이 데이지의 얼굴에 닿자 그녀는 그를 위해 꽃처럼 피어났고 완벽한 화신化身이 되었다.

　놀랍도록 감상적인 어조였지만, 그가 해준 말을 통해 나는 무언가를 떠올릴 수 있었다. 그것은 어떤 애매모호한 리듬, 내가 오래전에 어디선가 들었던 잃어버린 말들의 파편이었다. 잠시 어떤 어구가 입안에서 말이 되어 나오려고 용을 썼고, 내 입술은 벙어리의 입술처럼 벌어졌다. 가까스로 놀란 숨을 내쉬기보다 더 힘든 어떤 몸부림이 입술 위에서 벌어졌다. 그러나 그것은 결국 말이 되지 못했고, 내가 거의 기억해낼 뻔했던 것도 영원히 전할 수 없게 되었다.

제7장

개츠비에 대한 호기심이 절정에 달한 것은 그의 저택 불이 하나도 켜지지 않은 어느 토요일 밤부터였다. 그리고 그의 트리말키오* 노릇은 애매모호한 시작처럼 역시 알 수 없는 이유로 끝나버렸다.

나는 기대에 차서 그의 저택 진입로에 들어섰던 자동차들이 그곳에 잠시 머무르다가 이내 실쭉하며 돌아선다는 사실을 서서히 알게 되었다. 한번은 그가 아프기라도 한가 싶어 그의 집으로 건너가서 알아보려 했다. 악당 같은 얼굴을 한 낯선 집사가 열린 문으로 나와 수상하다는 듯이 눈을 가늘게 뜨고 나를 뜯어보았다.

"개츠비 씨는 어디 편찮으신가요?"

---

* 트리는 세 번이고, 말키오는 왕이라는 뜻이다. 즉 '트리말키오'는 왕이고, 왕이며, 왕이신 분이라는 의미이다. 트리말키오라는 이름이 소설 중에 나오는 경우는 여기가 유일한데, 작품의 주제와 깊은 관계가 있다. 「해제」 중 『개츠비』의 집필 과정과 출판의 역사' 및 '작품의 주제'를 참고할 것.

"아닙니다." 잠시 뒤에 그가 느릿느릿하게 마지못한 목소리로 "선생님"이라는 호칭을 덧붙였다.

"통 그를 보지 못해 걱정이 되어 왔습니다. 캐러웨이가 찾아왔었다고 말을 좀 전해주세요."

"누구요?" 그가 투박하게 물었다.

"캐러웨이입니다."

"캐러웨이, 알았어요. 그렇게 전하지요."

그는 갑자기 쾅 하고 문을 닫았다.

핀란드인 가정부는 개츠비가 일주일 전에 집 안 하인을 모두 내보냈으며 여섯 명 정도 새로운 사람들을 뽑아 그 자리를 대체했다고 말해주었다. 새로 고용된 사람들은 웨스트에그 마을에 들어가 가게 주인들로부터 뇌물을 받는 대신 전화로 소량의 물품만 주문한다고 덧붙였다. 식료품 가게 소년은 그 저택의 주방이 돼지우리처럼 보인다고 말했고, 새로 온 사람들도 전혀 하인처럼 보이지 않는다는 것이 마을의 일반적 여론이었다.

다음 날 개츠비가 내게 전화를 걸어왔다.

"어디론가 이사를 합니까?" 내가 물었다.

"아니요, 오랜 친구."

"하인들을 다 해고했다는 이야기를 들었습니다."

"괜한 소문을 만들지 않을 사람들이 필요했습니다. 데이지가 꽤 자주 놀러 와요. 오후에."

그래서 그 저택의 파티장이 종이로 만든 집처럼 허물어져버린 것이었다. 그녀가 못마땅하게 여기는 바람에.

"하인들은 울프심이 도와주려고 했던 사람들이에요. 모두 형제자매지요. 전에 소규모 호텔을 운영하기도 했습니다."

"알겠습니다."

그는 데이지의 요청으로 전화를 했다고 말했다. "내일 데이지의 집으로서 있을 점심 식사를 하러 가지 않겠습니까? 베이커 양도 온다고 합니다." 30분 뒤에는 데이지가 직접 내게 전화를 걸었고, 내가 간다는 걸 확인한 후에야 안심하는 듯했다. 뭔가 일이 있는 모양이었다. 하지만 그들이 이 기회를 이용해 어떤 장면을 연출할 것이라고는 생각하지 않았다. 개츠비가 정원에서 내게 말해주었던 그 난처한 대결 장면 말이다.

다음 날은 찌는 듯이 더웠다. 여름이 막바지에 접어들 무렵이었는데 올해 들어 가장 더운 날이었다. 내가 탄 기차가 터널을 통과해 햇빛 속으로 나오자, 내셔널 비스킷 회사의 제과 공장에서 나오는 뜨거운 기계음만이 숨죽인 오후의 무더위를 흔들었다. 객차의 밀짚 좌석은 불이 붙기 일보 직전이었다. 내 옆에 앉아 있던 여자는 옷 속으로 계속 땀을 흘리는 바람에 흰 블라우스가 젖기 시작했다. 곧 그녀가 들고 있는 신문이 손에서 나는 땀으로 축축해지자, 그녀는 외마디 비명을 내지르며 절망 속으로 빠져들었다. 그 바람에 그녀의 지갑이 객차 바닥으로 떨어졌다.

"어머나, 이런!" 그녀가 숨을 헐떡였다.

나는 힘들게 허리를 굽혀 지갑의 한쪽 끄트머리를 집어 들었고, 팔을 쭉 뻗어 일정한 거리를 유지하면서 그녀에게 건네주었다. 내가 그런 행동을 한 것은 아무런 의도가 없음을 보여주기 위해서였지만 그 여자를 포함해 근처에 있던 사람들은 나를 의심스럽게 바라보았다.

"덥네요!" 열차 차장이 날마다 출근하여 낯익은 얼굴들을 향해 소리쳤다. "굉장한 무더위예요! 더워! 더워! 너무 더워! 여러분도 덥지요? 그렇지 않아요? 이렇게 더워서야…"

나의 정기권은 그의 손에서 나온 지저분한 얼룩이 묻은 채로 되돌아 왔다. 이런 날씨에는 만사가 다 귀찮다. 그가 누구의 흥분된 입술에 키스를 하든 말든, 그 누구의 머리가 파자마 상의의 호주머니를 축축하게 적시든 말든 상관이 없는 것이다!

개츠비와 내가 현관문 앞에서 기다리는 동안 뷰캐넌 부부의 저택 홀을 통해 약한 바람이 불면서 전화벨 소리가 밖까지 들려왔다.

"주인님의 시체라고요!" 집사가 전화기에 대고 소리쳤다. "부인, 죄송합니다만, 우린 그렇게 할 수 없습니다. 오늘은 너무 더워서 만져볼 수도 없습니다."

그러나 그가 실제로 한 말은 "예, 예, 한번 알아보지요"였다.

그는 전화기를 내려놓고 우리의 뻣뻣한 밀짚모자를 받기 위해 번들거리는 얼굴로 가까이 다가왔다.

"주인님이 응접실에서 기다리고 있습니다." 그가 그럴 필요 없는데도 방향을 가리키며 말했다. 이런 무더위에서 모든 불필요한 제스처는 일상생활의 리듬만 해칠 뿐이었다.

차양을 둘러 그늘이 진 응접실은 어둡고 시원했다. 하얀 드레스를 입은 데이지와 조던은 거대한 소파에 누워 선풍기의 살랑거리는 바람에 날리지 않도록 각자의 드레스를 누르고 있었다. 은으로 만든 우상 같았다.

"우리는 움직일 수가 없어요." 그들이 입을 모아 말했다.

그을린 피부에 하얗게 분을 바른 조던의 손가락이 잠시나마 손으로 쥐면서 내가 물었다.

"운동선수, 토머스 뷰캐넌 씨는?"

그와 동시에 홀에서 전화를 받고 있는 거칠고, 웅얼거리는 탁한 목소리가 들려왔다.

개츠비는 진홍색 양탄자 한가운데 서서 흥미로운 눈빛으로 방 안을 둘러보았다. 그를 쳐다보던 데이지가 아름다우면서도 흥분한 듯한 웃음을 터뜨렸다. 그녀의 가슴에서 한 줄기 희미한 파우더가 공중으로 피어올랐다.

"소문대로라면 저 전화 상대는 분명 톰의 애인일 거예요." 조던이 내게 속삭였다.

우리는 침묵했다. 홀에서는 짜증이 잔뜩 담긴 목소리가 점점 커지고 있었다. "좋아, 그럼, 난 당신한테 차를 팔지 않을 거야…. 난 당신한테 아무런 책임도 없어…. 이런 일로 또 점심시간에 나를 괴롭히면 절대 그냥 넘어가지 않을 거야."

"전화기를 손으로 틀어막고 일부러 저렇게 말하는 거야." 데이지가 비아냥거렸다.

"아니, 그렇지 않아." 나는 그녀가 납득할 수 있도록 말했다. "저건 진짜 거래 건이야. 나도 그 내용을 좀 알고 있어."

톰이 응접실 문을 열고 그 우람한 몸으로 문 앞 공간을 잠시 가로 가로막더니 황급히 방 안으로 들어왔다.

"개츠비 씨!" 그는 마음속 혐오감을 내색하지 않으면서 평평하고 넓적한 손을 내밀었다. "선생, 다시 만나게 되어 반갑습니다. 닉…."

"차가운 음료 좀 만들어 와요." 데이지가 소리쳤다.

톰이 응접실을 다시 나가자, 데이지가 일어서서 개츠비에게 다가가더니 그의 얼굴을 자기 쪽으로 끌어당기면서 입술에 키스했다.

"내가 당신을 사랑하고 있다는 거 알죠." 그녀가 중얼거렸다.

"옆에 숙녀가 있다는 걸 잊어버리셨나 봐." 조던이 말했다.

데이지가 의아한 눈길로 돌아보았다.

"너도 닉 오빠에게 키스하면 되잖아."

"저속하고 유치찬란한 여자!"

"난 신경 쓰지 않아." 데이지는 그렇게 말하고 벽난로 옆에서 탭댄스를 추기 시작했다. 그러나 곧 무더위를 느끼고 쑥스럽다는 듯이 소파에 앉았다. 바로 그 순간 깨끗하게 세탁한 옷을 입은 유모가 어린 여자애를 데리고 응접실로 들어왔다.

"아이고, 귀여운 것." 그녀가 양팔을 내뻗으며 흥얼거렸다. "사랑하는 엄마한테로 와."

유모가 손을 놓자, 아이는 방을 가로질러 달려와 어머니의 품을 수줍게 파고들었다.

"아이고, 귀여운 것! 엄마가 네 노란 머리에 하얀 분을 묻혀버렸네. 이제 일어나서 '안녕하세요' 해보렴."

개츠비와 나는 차례로 몸을 숙이고, 아이의 수줍어하는 작은 손을 잡았다. 이후에도 개츠비는 깜짝 놀라는 표정으로 그 아이를 쳐다보았다. 전에는 이런 아이가 있다는 사실을 믿지 않은 듯했다.

"점심 먹기 전에 옷을 갈아 입었는데." 아이가 얼른 데이지 품으로 돌아서며 말했다.

"엄마가 손님들에게 네 자랑을 하고 싶어서 그랬어." 데이지는 아이의 희고 작은 목에 잡힌 한 가닥 주름 쪽으로 얼굴을 기울였다. "넌 내 꿈이야, 꿈. 아주 소중한 작은 꿈."

"응." 아이가 침착하게 대답했다. "조던 이모도 하얀 옷 입었네."

"엄마 친구들 어때?" 데이지가 아이의 몸을 돌려 개츠비를 쳐다보게 했다. "이분들 멋있지 않니?"

"아빠는 어디 있어?"

"이 애는 아빠를 닮지 않았어요." 데이지가 말했다. "나를 닮았지요. 머리카락이랑 얼굴형이 나랑 판박이라니까요."

데이지는 소파에 다시 앉았다. 유모는 앞으로 한 발 나서며 손을 내밀었다.

"패미, 이리 오렴."

"안녕, 내 사랑."

아이는 잠시 싫다는 듯이 뒤를 돌아보더니, 유모의 손을 꼭 잡고 밖으로 나갔다. 가정교육을 잘 받은 게 분명했다. 그때 톰이 얼음이 가득 든 진리키 칵테일 네 잔을 쟁반에 받쳐 들고 들어왔다.

개츠비는 잔을 받아 들었다.

"아주 시원해 보이는군요." 개츠비가 긴장한 목소리로 말했다.

우리는 칵테일을 단숨에 들이켰다.

"어디선가 읽었는데 해가 갈수록 햇볕이 뜨거워진다는군요." 톰이 부드럽게 말했다. "이러다가 지구가 곧 태양 속으로 추락해버릴 것 같아요. 잠깐만, 아니 정반대예요. 태양이 해마다 더 차가워지고 있어요."

그는 개츠비에게 말했다. "밖으로 나갑시다. 우리 집을 보여드리죠."

나는 그들과 함께 바깥 베란다로 나갔다. 초록색 해협은 무더위 속에 고여 있어서 거의 움직이지 않는 것처럼 보였고, 자그마한 돛단배가 좀 더 시원한 바다 쪽으로 천천히 흘러가고 있었다. 그 배를 눈으로 뒤쫓던 개츠비가 오른손을 들더니 만 건너를 가리켰다.

"나는 저기 건너편에 삽니다."

"그래요."

우리는 눈을 들어 장미 화단과 뜨거운 잔디밭, 무더위는 아랑곳없이 해변을 뒤덮은 잡초 더미를 쳐다보았다. 돛단배의 하얀 날개들이 시원하고 푸른 수평선을 배경으로 천천히 움직였다. 그 앞쪽에는 부채꼴 모양의 바다와 축복받은 섬들이 놓여 있었다.

"보트는 멋진 스포츠죠." 톰이 고개를 끄덕이며 말했다. "나도 바다로 나가 저 친구와 함께 한 시간 정도 항해를 해보고 싶군요."

우리는 무더위를 막으려고 어둡게 해놓은 주방에서 점심을 먹었고 왠지 긴장되고도 흥겨운 분위기 속에서 차가운 맥주를 마셨다.

"오늘 오후에는 무엇을 할 거예요?" 데이지가 소리쳤다. "모레는? 앞으로 30년 후에는?"

"우울한 소리 하지 마." 조던이 말했다. "가을 들어 날씨가 선선해지면 삶은 다시 새롭게 시작되는 거야."

"하지만 지금은 너무 더워." 거의 눈물을 흘릴 지경인 데이지가 고집스럽게 말했다. "모든 것이 혼란스러워. 시내로 들어가자!"

그녀의 목소리는 더위 때문에 맥이 없었고 그 더위를 간신히 견디면서 무의미한 이야기를 만들어내고 있었다.

"마구간을 차고로 개조한다는 이야기를 들은 적이 있습니다." 톰이 개츠비에게 말했다. "아마도 차고를 개조해서 마구간을 만든 사람은 내가 최초일 겁니다."

"시내로 나갈 사람?" 데이지가 계속 보챘다. 개츠비는 그녀를 쳐다보았다. "아." 그녀가 소리쳤다. "당신은 아주 멋져 보이는군요."

그들의 시선이 마주쳤고 둘만의 공간에 있는 것처럼 서로를 뚫어져라 쳐다보았다.

그녀가 다시 한번 말했다. "당신은 언제나 그렇게 멋져 보였어요."

그녀가 개츠비에게 사랑한다고 말한 것이나 다름없었다. 톰 뷰캐넌도 이 사실을 눈치 채고 깜짝 놀랐다. 그는 어안이 벙벙해서 입을 약간 벌린 채로 개츠비를 보았다가 다시 데이지를 쳐다보았다. 마치 그녀가 아주 오래전에 알았으나 이제 막 얼굴을 알아본 사람인 것처럼.

"당신은 광고에 나오는 그 남자*를 닮았어요." 그녀가 개의치 않고 계속 말했다. "그 남자가 나온 광고 알지요?"

"좋아." 톰이 재빨리 끼어들었다. "나도 시내에 나가고 싶어. 자, 어서 준비해. 우리 모두 시내에 갈 거라고."

그는 일어섰고 여전히 개츠비와 자신의 아내를 흘겨보았다. 하지만 아무도 움직이지 않았다.

"자, 어서!" 그가 약간 신경질을 냈다. "뭐가 문제야? 시내로 나갈 거면 어서 출발하자고."

그는 감정을 억누르려고 애쓴 나머지 떨리는 손으로 잔을 들어 남아 있던 맥주를 입에 털어 넣었다. 데이지가 다시 입을 열려고 하는 찰나에 우리는 일어서서 불같이 뜨거운 자갈이 깔린 차도로 나섰다.

"그냥 이러고 가는 거예요?" 데이지가 반대했다. "이렇게? 우선 담배라도 한 대 피워야 하는 것 아닌가요?"

"다들 점심 내내 담배를 피웠는데, 뭘."

"뭔가 재미있는 일 없어요?" 그녀가 톰에게 호소했다. "너무 더워서 움직이기가 어려워요."

그는 대답하지 않았다.

"당신 마음대로 하세요." 그녀가 말했다. "가자, 조던."

* 이 당시 의류회사인 애로 칼러는 신문에 제품 광고를 많이 했는데 주로 잘생긴 젊은 남자가 모델로 나왔다.

두 여자는 외출 준비를 하려고 위층으로 올라갔고 우리 세 남자는 거기 서서 두 발로 뜨거운 자갈을 밟으며 달그락거리는 소리를 냈다. 서쪽 하늘에는 이미 은빛 초승달이 떠올라 있었다. 개츠비가 뭔가 말을 하려다가 마음을 바꾼 순간, 톰이 몸을 돌려 그를 쳐다보며 기다렸다는 듯이 물었다.

"뭐라고 했나요?"

"여기 집 근처에 마구간이 있습니까?"

개츠비가 가까스로 말했다.

"여기서 400미터 정도 내려가면 있습니다."

"아."

잠시 침묵이 흘렀다.

"나는 시내로 나가는 것이 별로 마음에 안 듭니다." 톰이 거칠게 말했다. "하지만 여자들은 일단 머릿속에 생각을 품으면….."

"마실 것 가지고 가야 해요?" 데이지가 위층 창문에서 물었다.

"내가 위스키를 꺼내 오지.* 톰이 말했다. 그는 집 안으로 들어갔다.

개츠비가 경직된 자세로 내게 고개를 돌렸다.

"난 그의 집에서 아무런 말도 할 수 없었어요, 오랜 친구."

"데이지는 경솔하게 말해요. 그 목소리에는….."

나는 망설였다.

"그녀의 목소리에는 돈 냄새가 가득하지요." 그가 갑자기 말했다.

바로 그거였다. 전에는 깨닫지 못했는데, 데이지의 목소리에는 돈 냄

---

*   이 소설의 시점인 1922년에는 금주법이 시행되고 있었기 때문에 술을 마시려면 개인이 술을 휴대해 호텔 객실 같은 곳에 들어가서 마셔야 했다.

새가 가득했다. 그건 그녀의 목소리를 따라 오르내리면서 탕진되지 않는 매력의 원천이었다. 황금의 찰랑거림, 황금이 입으로 불어 연주하는 심벌즈의 노래, 저기 아득히 높은 하얀 궁전에 사는 왕의 딸, 황금 목소리의 공주….

톰은 수건에 싼 1리터짜리 위스키를 들고 집 밖으로 나왔고, 그 뒤를 데이지와 조던이 따라왔다. 두 여자는 금속 질감의 천으로 만든, 머리에 꼭 끼는 작은 모자를 썼고 팔에는 가볍고 얇은 망토를 걸쳤다.

"모두 제 차를 타고 갈까요?" 개츠비가 물었다. 차에 오른 그는 초록색 가죽 시트가 뜨겁다고 느꼈다. "이런. 차를 그늘에 세워두었어야 하는 건데."

"그거 표준형 기어*인가요?" 톰이 물었다.

"네."

"그럼 당신이 내 쿠페 자동차를 몰고 가세요. 내가 당신 차를 몰고 시내로 갈 테니까."

개츠비는 그 제안이 내키지 않았다.

"기름이 얼마 남아 있지 않아요." 그가 거절의 뜻을 비쳤다.

"기름 많은데요." 톰이 소란스럽게 말했다. 그는 주유 계기판을 살펴보았다. "만약 기름이 떨어지면 근처 약국에서 넣을 수 있습니다. 요즘 약국에선 뭐든지 살 수 있으니까요."

그런 말도 안 되는 소리가 흘러나오자 잠시 정적이 흘렀다. 데이지는 얼굴을 찌푸리며 톰을 쳐다보았다. 그와 동시에 뭐라 형언하기 어려운 표정, 분명 평소와는 달랐지만 사람들의 입에서나 들어보았던, 알아보

---

* 이 당시의 표준형 기어는 H자형으로 4단 기어까지 있는 것을 말한다.

기 어려운 표정이 개츠비의 얼굴을 스치고 지나갔다.

"자, 데이지." 톰이 손으로 데이지를 개츠비의 차 쪽으로 밀어 넣으며 말했다. "이 서커스 마차에 태워줄게."

그는 차 문을 열었으나 데이지는 그의 팔에서 빠져나왔다.

"당신이 닉과 조던을 데리고 가요. 우린 쿠페를 타고 뒤쫓겠어요."

그녀는 개츠비 옆에 바짝 붙어서 손으로 그의 상의를 더듬었다. 조던과 톰과 나는 개츠비 차의 앞좌석에 탔고, 톰은 조심스럽게 기어를 움직였다. 우리가 찌는 듯한 무더위 속으로 급발진하자 두 사람은 곧 시야 밖으로 사라졌다.

"아까 봤어?" 톰이 물었다.

"뭘?"

그는 나를 예리하게 쳐다보았고, 조던과 내가 그동안 모든 실상을 알고 있었다는 걸 눈치챘다.

"나를 멍청이로 취급하는 건 아니겠지? 어쩌면 바보인지도 모르지. 그렇지만 내게도 육감 같은 게 있어서 이럴 때 뭘 해야 하는지 감을 잡는다고. 자네는 믿지 않겠지만, 그러나 과학은…."

그는 말을 멈추었다. 사태가 너무 급한 나머지 이론의 심연으로 뛰어들려다가 그 가장자리에서 급히 멈추어 선 것이다.

"나는 저 친구에 대해서 조사해봤어." 그가 계속 말했다. "내가 미리 알았더라면 좀 더 깊이 파고들었을 텐데."

"무당이라도 찾아갔다는 말이에요?" 조던이 농담처럼 물었다.

"뭐라고?" 그는 당황하면서 웃고 있는 우리를 쳐다보았다. "무당?"

"가서 개츠비에 대해 물어보기라도 했냐고요."

"개츠비! 아니, 무슨 무당! 그의 과거를 좀 조사했다는 이야기야."

"그가 옥스퍼드 졸업생이란 것도 알아내셨겠네요." 조던이 거들듯이 말했다.

"쳇, 옥스퍼드 좋아하시네!" 그는 못 믿겠다는 듯이 말했다. "그럴 리가 있겠어? 분홍색 양복을 입고 있잖아."

"아무튼 그는 옥스퍼드 출신이에요."

"뉴멕시코주에 있는 옥스퍼드를 가리키는 거겠지." 톰은 경멸하듯 콧방귀를 뀌었다. "뭐, 그 비슷한 곳이겠지."

"무슨 소리예요, 톰. 그런 식으로 그를 우습게 보고 있다면 왜 그를 점심 식사에 초대했어요?" 조던이 언짢은 목소리로 물었다.

"데이지가 초대한 거야. 그녀는 우리가 결혼하기 전부터 그자를 알고 있었다고. 어디에서인지는 모르겠지만 말이야!"

맥주의 취기가 가시자, 우리는 점점 짜증스러워졌고 그걸 의식하면서 한동안 아무런 말도 없이 주행을 계속했다. 이어 에클버그 박사의 빛바랜 두 눈이 길 아래에 보이자, 나는 기름이 별로 없다는 개츠비의 경고를 떠올렸다.

"시내로 들어가기에는 충분해." 톰이 말했다.

"하지만 여기 주유소가 있다니까요." 조던이 반대했다. "이 무더위에 기름이 떨어져서 도로 한가운데 서 있고 싶진 않아요."

톰은 두 개의 브레이크를 동시에 걸면서 윌슨의 가게 간판 아래에 먼지를 휘날리며 갑자기 멈춰 섰다. 잠시 뒤 가게 주인이 사무실에서 나오더니 멍한 눈빛으로 차를 바라보았다.

"기름 좀 넣자고!" 톰이 거칠게 소리쳤다. "우리가 뭣 때문에 멈춰 섰다고 생각하나? 이 부근의 풍경을 감상하고 싶어서?"

"몸이 안 좋아." 윌슨이 움직이지 않고 말했다. "종일 아팠다고."

"무슨 일인데?"

"컨디션이 엉망이야."

"그럼 내가 직접 기름을 넣을까?" 톰이 물었다. "아까 통화했을 때는 목소리가 멀쩡했는데."

윌슨은 그늘진 문턱을 빠져나와 힘겹게 숨을 내쉬면서 주유 탱크의 뚜껑을 열었다. 햇빛에 비친 그의 얼굴은 핏기가 없었다.

"아까 당신의 점심 식사를 방해할 생각은 아니었어." 그가 말했다. "하지만 돈이 급해서 당신의 오래된 차를 어떻게 할지 알아보고 싶었지."

"이 차는 어때?" 톰이 물었다. "지난주에 샀어."

"노란색 차로군. 아주 좋아." 윌슨이 주유 탱크의 레버를 힘들게 돌리면서 말했다.

"살 생각이 있나?"

"좋은 건수가 되겠지만…" 윌슨이 말했다. "사지 않겠네. 하지만 전화로 물어본 그 차는 돈이 좀 될 것 같아."

"갑자기 웬 돈이 그렇게 필요한가?"

"여기 너무 오래 있었어. 이사를 할 거야. 아내와 서부로 가려고."

"당신 아내가 그걸 원한다고!" 톰이 깜짝 놀라며 소리쳤다.

"아내는 10년 내내 노래를 불러왔어." 그는 잠시 주유 탱크에 기대면서 왼손을 두 눈 위로 올려서 그림자를 드리웠다. "이제는 아내가 원하든 말든 가야 해. 난 그녀를 데리고 이사할 거야."

쿠페 자동차는 먼지를 휘말리고 손을 흔들면서 우리 곁을 지나갔다.

"얼마야?" 톰이 거칠게 물었다.

"난 이틀간 아주 웃긴 사실을 알게 되었어." 윌슨이 말했다. "그래서 이사하려고 하는 거야. 그 때문에 당신에게 차를 팔 건지 귀찮게 물어보았던 거고."

"얼마지?"

"1달러 20센트."

무지막지하게 엄습한 더위 때문에 정신이 혼미해진 나는 윌슨이 아직 톰을 의심하는 건 아니라는 사실을 깨달을 때까지 조마조마한 마음으로 시간을 보냈다. 그는 머틀이 자신에게서 벗어나 다른 세상에서 다른 삶을 살고 있다는 걸 알아챘고, 그 충격 때문에 온몸이 아팠던 것이다. 나는 그를 뚫어지게 쳐다보다가 이어서 톰에게로 눈길을 돌렸다. 톰 자신도 윌슨과 비슷한 깨달음을 얻은 지 채 한 시간이 되지 않았다. 그 순간 남자들 사이에서 지성과 인종의 차이라는 것은 병든 자와 건강한 자의 차이만큼 심각한 건 아니라는 생각이 뇌리를 스쳤다. 윌슨은 너무 아파서 죄지은 사람, 용서받지 못할 만큼 큰죄를 지은 사람처럼 보였다. 마치 방금 가엾은 아가씨를 임신이라도 시킨 것처럼.

"그 차를 자네한테 넘기겠네." 톰이 말했다. "내일 오후에 사람을 시켜 보내주도록 하지."

그곳은 늘 막연하게 불안한 기운이 감돌았고, 심지어 환한 대낮에도 그러했다. 나는 뒤에 무언가 심상치 않은 것이 있음을 경고받은 사람처럼 고개를 돌려 뒤를 보았다. 쓰레기 더미 뒤에서 에클버그 박사의 커다란 두 눈이 계속 감시하고 있었으나, 잠시 뒤 나는 다른 두 눈이 6미터도 채 떨어지지 않은 곳에서 아주 강렬한 눈빛으로 우리를 쳐다보고 있다는 것을 알아챘다.

차량 수리 센터 2층 창문에는 커튼이 옆으로 약간 밀쳐져 있었고 그곳에서 머틀 윌슨이 우리 차를 내려다보고 있었다. 그녀는 쳐다보는 데 몰두한 나머지 누군가 자신을 보고 있다는 사실은 의식하지 못했다.

사진을 현상할 때 물체들이 하나둘 선명하게 드러나듯 얼굴에 여러 감정이 스쳐 지나갔다. 그녀의 표정은 이상할 정도로 친숙했다. 내가 여자들의 얼굴에서 종종 보았던 것이었는데, 머틀 윌슨의 얼굴에 나타난 표정은 목적도 없고 설명이 불가능해 보였다. 그러다가 진상을 깨달았다. 질투에 찬 공포로 부릅뜬 그녀의 눈은 톰이 아니라 조던 베이커에게 고정되어 있었다. 그녀를 톰의 아내로 착각한 것이다.

단순한 마음에서 일어나는 혼란처럼 무서운 혼란은 없다. 차를 몰아 시내로 들어가면서 톰은 공포의 뜨거운 채찍을 온몸으로 느끼고 있었다. 한 시간 전만 해도 안전하게 지키고 있었던 아내와 정부가 느닷없이 그의 손아귀에서 빠져나가고 있었다. 그는 데이지를 따라잡고 윌슨을 멀찍이 떨어뜨리려는 본능으로 계속 가속 페달을 밟아댔다. 우리는 시속 80킬로미터로 롱아일랜드를 향해 달려갔고 마침내 고가 철도의 거미줄 같은 대들보들 사이로 천천히 달려가는 푸른색 쿠페를 볼 수 있었다.

"50번가 부근의 대형 영화관들에 가면 무척 시원해요." 조던이 말했다. "나는 모든 사람이 휴가를 떠난 여름날 오후의 뉴욕을 사랑해요. 그 분위기에는 무언가 육감적인 구석이 있거든요. 농익은 것이, 마치 모든 종류의 과일이 손에 떨어질 것 같아요."

'육감적'이라는 단어는 더욱 톰을 불안하게 만들었다. 그가 뭔가 반박할 말을 생각해내기도 전에 쿠페가 멈춰 섰고, 데이지는 차를 옆에 대라고 손짓했다.

"어디로 갈 거예요?" 그녀가 소리쳤다.

"영화관 어때?"

"너무 더워요." 그녀가 불평했다. "당신이나 가요. 우리는 주위에서 드라이브하다가 영화가 끝나면 당신을 찾으러 갈게요." 그녀는 억지로 용기를 짜내어 썰렁한 농담을 했다. "내가 담배 두 대를 피우는 남자 역할을 할 테니, 모퉁이 길에서 만나요."

"여기서 그런 얘기를 할 수는 없어." 우리 뒤의 트럭이 비난하듯 경적을 울리자, 톰이 초조하게 말했다. "나를 따라서 센트럴 파크 남쪽, 플라자 호텔 앞으로 와."

그는 여러 번 고개를 돌려 차가 따라오는지 확인했다. 길이 막혀서 뒤처지면 속도를 늦추고 그들이 시야에 들어올 때까지 기다렸다. 톰은 개츠비와 데이지가 옆길로 새서 그의 인생으로부터 영원히 달아나는 게 아닐까 두려워하는 사람 같았다.

그러나 그들은 그렇게 하지 않았다. 그리고 우리는 플라자 호텔에서 응접실이 딸린 스위트룸을 빌리는, 이유를 좀처럼 설명하기 어려운 행동을 했다.

결국 그 응접실로 들어가게 된 지루하고 소란스러운 논쟁이 어떻게 진행되었는지는 떠오르지 않지만, 갑론을박이 벌어지는 동안 내의가 축축한 뱀처럼 다리를 휘감고 이따금 식은땀이 내 등줄기를 따라 아래로 줄줄 흘러내렸다는 건 분명하게 기억한다. 데이지는 욕실 다섯 개를 빌려 각자 차가운 물로 목욕하자고 했는데, 이 제안이 '민트 줄렙 칵테일을 마실 수 있는 곳'으로 들어가자는 좀 더 구체적인 형태로 발전했다. 우리는 각자 그건 "황당한 이야기"라고 거듭 말했다. 그런 다음 당황한 호텔 직원을 상대로 제각기 떠들어대면서 우리가 아주 익살스러운 짓을 한다고 생각하거나 아니면 그렇게 생각하는 척했다….

응접실은 크지만 숨이 막혔다. 시간이 오후 4시였으므로 창문을 열어도 들어오는 건 센트럴 파크의 관목 숲에서 불어오는 뜨거운 바람 한 줄기뿐이었다. 데이지는 거울 앞에 서서 우리에게 등을 보인 채 머리카락을 매만졌다.

"아주 멋진 스위트룸이에요." 조던이 높이 평가한다는 듯 말했고 다들 웃음을 터뜨렸다.

"또 다른 창문을 열어." 데이지가 고개를 돌리지도 않고 명령했다.

"더는 창문이 없어."

"그래? 그럼 전화를 걸어서 도끼를 가져오라고…."

"정말 중요한 건 더위를 잊어버리는 거야." 톰이 초조하게 말했다. "그걸 불평하면 상황은 열 배나 더 나빠져."

그는 위스키를 싼 수건을 풀어서 술병을 테이블 위에 올려놓았다.

"그녀를 그냥 내버려두는 게 어떻습니까, 오랜 친구." 개츠비가 끼어들었다. "시내로 가자고 한 것은 당신이잖아요."

잠시 침묵이 흘렀다. 고리에 걸려 있던 전화번호부가 철썩 소리를 내며 방바닥에 떨어졌다. 그러자 조던이 "실례합니다"라고 말했으나 아무도 웃지 않았다.

"제가 주울게요." 내가 말했다.

"제가 집었습니다." 개츠비가 갈라진 줄을 살펴보더니 흥미롭다는 듯이 "흐음!" 소리를 내고서 책을 의자 위에 내던졌다.

"당신 생각엔 그게 고상한 말투인가 보군요." 톰이 날카롭게 말했다.

"뭐가요?"

"그 '오랜 친구'라는 말, 그건 어디서 들었습니까?"

"여길 좀 봐요, 톰." 데이지가 거울에서 몸을 돌리며 말했다. "그렇게 인신공격이나 퍼부을 거라면 난 여기서 단 1분도 머무르지 않을 거예요. 민트 줄렙 칵테일을 만들게 얼음 좀 올려보내라고 전화하세요."

톰이 수화기를 들었을 때, 압축된 열기가 소리로 폭발하기라도 하듯 아래층 대연회실에서 멘델스존의 〈결혼행진곡〉 선율이 흘러나왔는데, 우리 귀에는 무척 불길한 소리로 들렸다.

"이 무더위에 결혼식을 올리다니!" 조던이 이상하다는 듯 말했다.

"뭐, 나도 6월 중순에 결혼했는데." 데이지가 과거를 회상했다. "6월의 루이빌! 누군가가 기절을 했었지. 톰, 기절한 사람이 누구였죠?"

"빌록시." 그가 짧게 대답했다.

"빌록시라는 남자였어. '블록스' 빌록시라고 했지. 그는 상자를 만드는 사람이었어. 틀림없어. 테네시주 빌록시 출신이었지."*

"사람들은 그 기절한 분을 우리 집에 데려왔어요." 조던이 부연해서 말했다. "교회에서 두 집 떨어진 곳에 있었거든요. 그는 3주나 우리 집에 있었는데 마침내 아버지가 나가라고 했지요. 그가 떠난 다음 날 아버지가 돌아가셨어요." 잠시 뒤 그녀는 자기 말이 불경했다고 생각했는지 얼른 덧붙였다. "그 두 일 사이에는 아무런 관계도 없었어요."

"내가 아는 사람 중에 나는 멤피스 출신의 빌 빌록시가 있었죠." 내가 말했다.

"그 사람은 그의 사촌이에요. 그가 우리 집에서 떠나기 전에 그 집안 내력을 훤히 알게 되었지요. 요즘 내가 사용하는 알루미늄 퍼터도 그가 준 거예요."

예식이 시작되면서 음악은 잦아들자 이제 커다란 박수 소리가 창문

---

* 빌록시는 테네시주가 아니라 미시시피주에 있다. 등장인물이 막연하게 둘러댄 것인지, 아니면 작가의 지리 관련 지식이 미숙한 것인지는 판별하기 어렵다.

으로 흘러들어 왔다. 이어 "예, 예, 예!" 하는 소리가 나더니 마지막으로 재즈 음악이 나오면서 춤판이 시작되었다.

"우린 나이가 들었나 봐요." 데이지가 말했다. "만약 우리가 젊었다면 일어나서 춤을 추었을 거예요."

"빌록시를 기억해." 조던이 그녀에게 경고했다. "톰, 언제 그를 알게 되었나요?"

"빌록시?" 그는 애써 정신을 가다듬었다. "나는 그를 몰랐어. 그는 데이지의 친구였지."

"아니에요." 데이지는 부정했다. "나는 전에 그를 본 적이 없어요. 그는 기차의 전세 객차를 타고 내려왔어요."*

"그가 당신을 안다고 했는데. 그는 루이빌에서 컸다고 말했어. 에이서 버드가 마지막에 그를 데리고 와서 태워줄 좌석이 있느냐고 물었단 말이야."

조던이 미소 지었다.

"그는 아마도 고향까지 무임승차를 했을 거예요. 내게는 자신이 당신과 예일대학교 동창이고, 학생회장도 했다고 말했어요."

톰과 나는 서로 멍하니 쳐다보았다.

"빌록시가?"

"우선 예일대학교에는 학생회장이라는 게 없어…."

개츠비는 초조한 듯 톡톡 바닥을 차고 있었다. 그때 톰이 갑자기 그를 쳐다보았다.

---

* 제4장에서 데이지의 결혼식 때 톰 뷰캐넌이 4대의 전세 객차를 빌려 하객 100명을 수송했다는 말이 나온다. car는 자동차 이외에 객차라는 뜻도 있는데 이 장의 앞부분에서 닉이 뉴욕으로 기차 통근을 하는 장면에서도 car라는 말이 나온다.

"그런데 개츠비 씨, 당신이 옥스퍼드 졸업생이라고 하던데."

"정확하게 말하면, 꼭 그런 건 아닙니다."

"아니, 당신이 옥스퍼드를 다녔다고들 말하던데."

"그래요. 다닌 건 사실입니다."

잠시 침묵이 흐른 뒤 톰이 의심 가득한 표정으로 무례하게 물었다.

"빌록시가 뉴헤이븐에 있을 때 당신은 옥스퍼드에 있었겠군요."

다시 정적이 감돌았다. 웨이터가 노크를 한 후에 으깬 박하와 얼음을 가지고 방 안으로 들어왔으나, 웨이터의 "감사합니다"라는 말과 이어 문 닫는 소리에도 정적은 깨지지 않았다. 드디어 그의 엄청난 과거가 밝혀지려는 순간이었다.

"그곳에 머물렀다고 이미 말씀드렸습니다만." 개츠비가 말했다.

"그 이야기는 들었소. 언제인지 알고 싶소."

"1919년이었습니다. 다섯 달 머물렀지요. 그러니 옥스퍼드 졸업생이라고 할 수는 없습니다."

톰은 도저히 믿지 못하겠다는 얼굴로 우리가 자신과 같은 생각인지 살펴보기 위해 방 안을 쓱 둘러보았다. 그러나 우리는 모두 개츠비를 쳐다보고 있었다.

"그건 휴전 이후 일부 장교들에게 부여한 특혜였습니다." 그는 계속 말했다. "우리는 영국과 프랑스의 어느 대학이든 갈 수 있었죠."

나는 일어서서 그의 등을 두드려주고 싶었다. 전에도 경험했던 것처럼 그에 대한 믿음이 온전하게 되살아나는 순간이었다.

데이지는 일어서서 희미하게 미소 지으며 테이블로 걸어갔다.

"톰, 위스키 마개를 따요." 그녀가 명령했다. "내가 당신에게 민트 줄렙 칵테일을 만들어줄게요. 그러면 당신은 그렇게 바보 같아 보이지 않을 거예요…. 이 민트를 좀 봐요."

"잠깐만." 톰이 날카롭게 말했다. "개츠비 씨에게 한 가지만 더 물어 볼 게 있어."

"네, 물어보세요." 개츠비가 공손하게 말했다.

"당신은 대체 우리 집안에 무슨 분란을 일으키려는 겁니까?"

그들은 마침내 노골적으로 대결했고 개츠비는 그런 도리어 상황에 만족해했다.

"그는 분란을 일으키는 게 아니에요." 데이지가 절망적인 눈빛으로 이 두 남자를 번갈아 쳐다보았다. "분란을 일으키는 건 당신이라고요. 제발 좀 자제하세요."

"자제라고!" 톰이 말도 안 된다는 듯이 외쳤다. "근본도 모르는 작자 가 난데없이 나타나 아내에게 구애하는 걸 보고도 가만히 있을 남자가 어디 있겠어. 당신은 그렇게 생각할 줄 몰라도 난 절대 아니야. 요즘 사 람들은 가정생활과 가족제도를 비웃고 있는데 이러다간 모든 걸 내던 지고 흑인과 백인이 결혼하겠다고 설칠지도 몰라."

톰은 붉게 상기되어 아무렇게나 지껄이면서 자신이 문명의 마지막 방어선 위에 혼자 서 있다고 생각했다.

"여기 있는 우리는 다 백인이에요." 조던이 중얼거렸다.

"내가 별로 인기가 없다는 걸 알아. 거창한 파티를 개최하지 않으니 까. 현대 사회에서 친구를 사귀려면 누구처럼 자기 집을 돼지우리로 만 들어야 하나 보더군."

다른 사람도 그랬겠지만 나도 화가 나서 그가 입을 열 때마다 웃음을 터뜨리고 싶은 심정이었다. 톰은 바람둥이에서 도덕군자로 완벽하게 변신해 있었다.

"당신에게 뭔가 말해주어야겠어요, 오랜 친구." 개츠비가 운을 뗐다. 그러나 데이지는 그의 의도를 파악했다.

"제발 하지 말아요!" 그녀가 당황하며 끼어들었다. "이제 돌아가요, 네? 다들 집으로 돌아가는 게 어때요?"

"그거 좋은 생각이야." 내가 일어섰다. "자, 톰. 아무도 술을 마시려 하지 않는군."

"개츠비 씨가 내게 말하려는 게 뭔지 알고 싶어."

"당신의 아내는 당신을 사랑하지 않습니다." 개츠비가 조용히 말했다. "그녀는 당신을 사랑한 적이 없어요. 나를 사랑합니다."

"아니, 당신 돌았소?" 톰이 자기도 모르게 외쳤다.

개츠비도 의자에서 흥분을 감추지 못하고 벌떡 일어섰다.

"그녀는 당신을 사랑한 적이 없어요. 내 말 알아들어요?" 그가 소리쳤다. "가난한 나를 기다리다 지쳐서 당신과 결혼한 겁니다. 끔찍한 실수였어요. 그녀는 나 외에 다른 남자를 사랑한 적이 없습니다!"

이 시점에서 조던과 나는 자리를 피하려고 했으나 톰과 개츠비는 서로 경쟁이라도 하듯이 우리더러 남아 있어달라고 고집했다. 두 사람은 더 이상 감출 것이 없었거니와 우리가 그들과 감정을 나누는 것이 마치 특혜라는 듯 말했다.

"앉아, 데이지." 톰은 아버지 같은 어조를 내려고 애를 썼으나 잘되지 않았다. "무슨 일이 벌어지고 있는 거야? 난 이 일에 관한 이야기를 하나도 빠짐없이 듣고 싶어."

"지금 벌어진 일은 내가 이미 다 말했습니다." 개츠비가 말했다. "5년이나 이어진 일인데, 당신만 몰랐던 겁니다."

톰은 데이지에게 고개를 홱 돌렸다.

"당신이 이 친구를 5년 동안이나 만나왔다고?"

"만난 건 아닙니다." 개츠비가 말했다. "아니, 우리는 만나지 못했습니다. 그러나 오랜 친구, 우리 두 사람은 그동안에도 서로 사랑했는데, 당신이 모르는 것뿐입니다. 당신이 모른다는 걸 생각하면 때때로 웃음이 터져 나오려 합니다." 이렇게 말했지만 그의 눈에는 웃음기가 없었다.

"아, 그게 전부로군." 톰은 굵은 손가락으로 성직자처럼 테이블을 두드리더니 의자 등받이에 몸을 기댔다.

"당신 돌았군!" 그가 폭발했다. "난 5년 전에 벌어진 일에 대해서는 할 말이 없소. 그때는 데이지를 몰랐으니까. 당신이 식료품을 배달하러 우리 집 주방에 들어온 게 아닌 이상, 어떤 식으로 그녀에게 접근했는지는 내 알 바 아니요. 하지만 그 나머지는 모두 하느님에게 맹세코 거짓말이요. 데이지는 나와 결혼했을 때 나를 사랑했고 지금도 나를 사랑하고 있단 말입니다."

"아닙니다." 개츠비가 고개를 저으며 부인했다.

"그녀는 나를 사랑하고 있다니깐. 문제는 그녀가 가끔 바보 같은 생각을 하면서 자기가 무엇을 하고 있는지 모른다는 겁니다." 톰은 현명한 사람처럼 고개를 끄덕였다. "더욱이 나도 데이지를 사랑하고 있어요. 가끔 밖으로 나가서 장난처럼 바보 같은 짓을 하긴 하지만 나는 언제나 되돌아왔다고. 마음속으로는 늘 그녀를 사랑했습니다."

"역겨워." 데이지가 내게로 고개를 돌리며 말했다. 한 옥타브 낮아진 그녀의 목소리는 경멸감을 드러내며 방 안을 가득 채웠다. "우리가 왜 시카고를 떠났는지 알아? 시카고 사람들이 왜 오빠에게 그 작은 장난에 관해서 말을 안 했는지 놀라울 따름이야."

개츠비가 다가와 그녀 옆에 섰다.

"데이지, 이제 다 끝난 일이에요." 그가 진지하게 말했다. "더 이상 문제 될 건 없어요. 그에게 진실을 말해요. 당신은 그를 사랑한 적이 없다고. 그러면 그 일은 영원히 지워지는 거예요."

그녀는 그를 멍하니 쳐다보았다. "내가 어떻게 그를 사랑할 수 있었겠어요?"

"당신은 그를 사랑한 적이 없었어요."

그녀는 망설였다. 그녀는 호소하듯이 조던과 나를 쳐다보았다. 마침내 자신의 행동이 무엇을 의미하는지 깨달은 사람처럼. 그동안은 아무런 행동도 할 의사가 없었던 사람처럼. 하지만 일은 이미 저질러졌다. 돌이키기에는 너무 늦었다.

"나는 톰을 사랑한 적이 없어요." 그녀가 마지못한 어조로 말했다.

"카피올라니에서도?" 톰이 갑자기 물었다.

"네."

아래층 무도회장에서 숨 막히게 웅얼거리는 노랫가락이 뜨거운 공기의 파도를 타고 올라왔다.

"신발이 젖는다고 내가 펀치볼*에서 당신을 품에 안고 내려올 때도?" 그의 목소리는 거칠지만 부드러웠다. "그래, 데이지?"

"제발." 그녀의 목소리는 차가웠다. 그러나 증오는 사라지고 없었다. 그녀는 개츠비를 쳐다보았다. "저기, 제이." 그녀가 말했다. 담배에 불을 붙이려는 그녀의 손이 떨리고 있었다. 갑자기 그녀가 담배와 불붙은 성냥을 양탄자 위에 내던졌다.

---

* 카피올라니 공원과 펀치볼은 하와이 호놀룰루에 있는데, 톰은 여기서 신혼여행 당시를 상기시키고 있다.

"아, 당신은 너무 많은 것을 원해요!" 그녀는 개츠비에게 소리쳤다. "나는 지금 당신을 사랑해요. 그거면 충분하지 않나요? 지나간 일은 어떻게 할 수가 없어요." 그녀는 힘없이 흐느꼈다. "나는 과거에 그를 사랑했어요. 그러나 당신 또한 사랑했어요."

개츠비는 두 눈을 크게 떴다가 감았다.

"나 또한 사랑했다고?" 개츠비가 되물었다.

"그것도 거짓말이야." 톰이 야비하게 말했다. "그녀는 당신이 살아 있는지도 몰랐어. 이봐요, 나와 데이지 사이에는 당신이 알지 못하는 것들도 있어요. 우리 두 사람이 결코 잊지 못할 일들요."

그 말이 개츠비의 몸을 물어뜯는 것처럼 보였다.

"데이지와 단둘이 이야기하고 싶습니다." 개츠비가 고집을 부렸다. "데이지가 지금 너무 흥분해서….'

"단둘이 있어도 톰을 사랑한 적이 없다고 말할 수는 없어요." 그녀는 가련한 목소리로 말했다. "그건 사실이 아니에요."

"당연히 사실이 아니지." 톰이 동의했다.

그녀는 남편 쪽으로 고개를 돌렸다.

"당신에겐 그게 중요한 문제인 것처럼 말하는군요." 그녀가 말했다.

"물론 중요하지. 나는 앞으로 당신을 더 잘 보살필 거야."

"당신은 아직도 모르는군요." 개츠비가 공황에 빠진 듯한 기색으로 말했다. "앞으로 당신이 그녀를 보살필 일은 없을 겁니다."

"내가?" 톰이 두 눈을 크게 뜨고 웃음을 터뜨렸다. 그는 이제 감정을 여유롭게 억제할 수 있었다. "그게 무슨 소리요?"

"데이지는 당신을 떠날 겁니다."

"말도 안 되는 소리."

"그건 사실이에요."그녀가 가까스로 말했다.

"데이지는 날 떠나지 않아!"톰의 말이 갑자기 개츠비를 짓눌렀다. "여자의 손가락에 훔친 반지를 끼워준 형편없는 사기꾼을 위해 그런 일을 할 리가 없어!"

"난 더 이상 참을 수가 없어요!"데이지가 소리쳤다. "오, 제발 밖으로 나가자고요."

"대체 당신 정체가 뭐요?"톰이 불쑥 말했다. "당신은 마이어 울프심 패거리 중 한 명일 뿐이야. 나도 그 정도는 알고 있어. 당신의 일을 조금 조사했지. 내일 좀 더 깊이 알아볼 거야."

"얼마든지요, 오랜 친구."개츠비가 침착하게 말했다.

"난 당신네 '약국'이라는 게 뭔지 알아냈어."그는 우리를 향해 고개를 돌리고 재빨리 말했다. "개츠비와 울프심이라는 작자는 여기와 시카고의 이면도로에 있는 약국 여러 개를 사들여 불법 알코올을 판매하고 있지. 그게 저자의 주특기야. 나는 저자를 처음 본 순간 주류 밀매업자라고 의심했는데, 그 판단은 그리 틀리지 않았어."

"그게 어쨌다는 겁니까?"개츠비가 공손하게 말했다. "당신의 친구 월터 체이스도 그걸 부끄럽게 여기지 않고 사업에 참여했는데요."

"그 후에 당신이 그를 난처한 지경에 빠뜨리지 않았나? 한 달 동안 뉴저지 감옥에 들어가게 만들지 않았냐고. 월터가 그 건으로 당신에 관해 무슨 말을 하고 다니는지 직접 들어본다면 좋을 텐데."

"그는 빈털터리 상태로 우리를 찾아왔죠. 그러다가 돈을 좀 벌게 되어 아주 기뻐했습니다, 오랜 친구."

"날 오랜 친구라고 부르지 마!"톰이 소리쳤다. 개츠비는 아무 말도 하지 않았다. "월터는 당신을 불법 도박 단속법으로 집어넣을 수도 있었어. 하지만 울프심이 겁을 주면서 입을 다물게 했지."

낯설긴 하지만 충분히 읽어낼 수 있는 표정이 또다시 개츠비의 얼굴에 나타났다.

"그 약국 사업은 푼돈에 지나지 않아." 톰이 느린 목소리로 계속 말했다. "당신은 지금도 분명 다른 사업을 하고 있을 텐데, 월터가 겁을 잔뜩 먹었는지 이야기해주려 하지 않는군."

나는 데이지를 쳐다보았다. 그녀는 겁먹은 채 개츠비와 남편을 응시하다가 다시 조던을 쳐다보았는데, 조던은 보이지 않는 매력적인 물건을 턱 위에 올려놓고 균형을 잡고 있는 것처럼 보였다. 이어 나는 개츠비 쪽으로 시선을 돌렸다가 그의 얼굴을 보고 깜짝 놀랐다. 그의 표정은 개츠비 저택의 정원에서 파티에 참석한 사람들이 그를 비난 혹은 경멸하면서 했던 말 그대로였다. 그는 '사람을 죽인 일이 있는 듯한' 표정을 짓고 있었다. 잠시였지만 그의 표정은 그런 황당한 말로 묘사할 수 있을 정도였다.

이내 그 표정은 사라졌고, 그는 열띤 목소리로 데이지에게 모든 것을 부정했다. 심지어 발설되지 않은 여러 비난에 대해서도 자신이 떳떳하다며 명예를 주장했다. 그러나 그 말이 쏟아져 나올 때마다 그녀는 점점 더 자기 안으로 움츠러들었고, 그는 마침내 변명을 그만두고 말았다. 이후에는 그 오후가 흘러가는 동안 죽어버린 꿈만이 홀로 분투했다. 그것은 더 이상 만질 수 없는 것을 붙잡으려 애썼고, 응접실 저쪽의 잃어버린 목소리를 향해서 비참하지만 절망하지 않고 계속 나아가고자 안간힘을 다하고 있었다.

그 목소리가 제발 가자고 애원했다.

"제발, 톰! 난 더는 견딜 수 없어요."

그녀의 겁먹은 두 눈은 그녀가 방에 들어오기 전에 갖고 있었던 어떤 결심과 용기가 완전히 사라져버렸음을 말해주었다.

"당신들 둘이 집으로 가도록 해, 데이지." 톰이 말했다. "개츠비 씨의 차를 타고 말이야."

그녀는 놀라서 톰을 쳐다보았다. 그러나 그는 짐짓 관대한 척하면서 경멸하는 어조로 말했다.

"어서 가. 그는 이제 당신을 괴롭히지 않을 거야. 주제넘은 사랑 타령이 끝났다는 걸 알았을 테니까."

그들은 아무런 말도 하지 않고 밖으로 홱 나갔다. 마치 우연히 들렀다가 갑자기 사라져버린 유령처럼 우리의 동정심에서도 멀어졌다.

잠시 뒤 톰은 자리에서 일어나더니 뚜껑도 따지 않은 위스키를 수건으로 다시 감쌌다.

"이거 필요해? 조던? 닉?"

나는 대답하지 않았다.

"닉?" 그가 다시 물었다.

"뭘?"

"이거 필요하냐고?"

"아니, 난 방금 오늘이 내 생일이라는 걸 기억해냈어."

나는 서른이 되었고, 내 앞에는 불길하고 위협적인 새로운 10년이 펼쳐져 있었다.

우리가 그의 쿠페에 들어가 롱아일랜드로 출발한 때는 오후 7시였다. 톰은 뭐가 그리 즐거운지 웃음을 터뜨리며 끊임없이 떠들었다. 그러나 그의 목소리는 보도를 걸어가는 외국인들의 말소리나 고가 철도의 소음처럼 조던과 내게서 멀리 떨어져 있었다. 인간의 동정심에는 한계가 있었고, 우리는 그들의 비극적 언쟁이 우리 뒤에 놓인 도시의 불빛처럼 사라져버렸음에 기뻐했다. 30대. 외로움을 약속하는 10년, 주위에 남아 있는 독신 남성의 명단이 사라져가고, 열광의 서류 가방이 얇아져가고, 머리카락이 서서히 빠져나가는 10년.

그러나 내 옆에는 조던이 있었다. 그녀는 데이지와는 다르게 똑똑한 여자이므로 잊어버린 꿈을 30대로 넘어가면서까지 질질 끌고 갈 것 같지는 않았다. 우리가 어두워진 다리를 건너갈 때 그녀는 내 양복 상의 어깨 부분에 창백한 얼굴을 나른하게 기대왔다. 서른이 되었다는 엄청난 충격이 나를 도닥여주는 그녀의 손길과 함께 사라졌다.

그렇게 우리는 서늘해지는 석양 속에서 죽음을 향해 달려갔다.

잿더미 옆에서 커피숍을 운영하는 그리스인 청년 마이클리스는 경찰 조사에서 주된 증인이었다. 그는 무더위가 기승을 부리는 동안 계속 잠을 자다가 오후 5시가 넘어서 깨어나 카센터로 갔다. 몸이 아픈 윌슨이 카센터 사무실에 앉아 있었다. 그는 정말로 아팠다. 얼굴은 그의 옅은 금발만큼이나 창백했고 온몸을 쉴 새 없이 떨었다. 마이클리스가 침대에 누우라고 권했지만, 윌슨은 거절했다. 그렇게 하면 해야 할 일을 다 끝내지 못한다는 이유였다. 마이클리스가 윌슨을 설득하는 동안 위층에서 요란하게 두드려대는 소리가 들려왔다.

"아내를 저기다 가두어놓았어." 윌슨이 차분하게 설명했다. "내일모레까지 저렇게 놔두었다가 이사를 할 거야."

마이클리스는 깜짝 놀랐다. 그들은 지난 4년 동안 이웃으로 지내왔는데 그가 아는 윌슨은 이렇게 행동할 만한 사람이 아니었다. 평상시에 그는 피곤에 지쳐 있었다. 일을 하지 않을 때면 문턱 앞 의자에 앉아 오가는 사람들이나 자동차들을 쳐다보았다. 누군가가 그에게 말을 걸면 대개 친절하지만 힘없는 웃음을 지어 보였다. 그는 아내가 시키는 대로 할 뿐, 자신의 주장을 펴는 남편이 아니었다.

그래서 마이클리스는 자연스럽게 무슨 일이 있었는지 알아내려 했다. 그러나 윌슨은 단 한마디도 하지 않았다. 그 대신 마이클리스를 호기심과 의심이 가득한 눈으로 바라보면서 아무 날 아무 시에 뭘 했느냐고 물어보기 시작했다. 마이클리스는 불쾌한 기분이 들 무렵에 노동자 몇 명이 그의 커피숍으로 가는 것을 보고 나중에 다시 와야겠다고 생각하며 일어섰다. 하지만 그는 다시 오지 않았다. 잊어버렸던 것이다. 그게 전부였다. 7시가 조금 넘어 커피숍 밖으로 나왔을 때 아까 윌슨과 나눈 대화가 생각났다. 그 순간 윌슨 부인이 카센터 아래층에서 커다란 목소리로 남편을 비난하는 소리가 들렸기 때문이다.

"때려라, 때려, 개새끼!" 그는 그녀가 악을 쓰는 듯한 소리를 들었다. "나를 땅바닥에 내팽개치고 때려라, 때려. 이 비겁한 개자식!"

잠시 뒤 그녀가 양손을 흔들고 고함을 지르면서 황혼 속으로 달려나갔다. 윌슨이 문턱에서 일어나기도 전에 그 일은 이미 끝나버렸다.

신문 보도에 따르면, '사망 사고를 일으킨 차'는 현장에서 멈추지 않고, 점점 짙어지는 어둠에서 빠져나와 잠시 비극적으로 망설이더니, 굽어지는 길을 향해 쏜살같이 달아났다. 마이클리스는 그 자동차의 색깔조차 확실히 알지 못해서 처음에는 경찰관에게 옅은 초록색이라고 말했다. 반대쪽에서 뉴욕으로 가던 한 차는 현장에서 100미터쯤 지나간 지점에서 멈추더니, 다시 사고 현장으로 후진했다. 머틀 윌슨이 즉사한 채 다리를 구부린 상태로 길바닥에 쓰러져 있었고, 그녀의 몸에서 흘러나온 걸쭉하고 시커먼 피가 흙과 뒤섞여 있었다.

그녀를 제일 먼저 목격한 사람은 마이클리스와 이 운전자였다. 그들이 아직도 땀에 젖어 축축한 블라우스를 찢어보니 왼쪽 가슴이 떨어져 나갔는데, 마치 헝겊 조각처럼 축 늘어져서 너덜거리고 있었다. 그 아래의 심장 고동을 들어볼 필요조차 없었다. 입은 크게 벌린 채 가장자리가 약간 찢겼는데, 그녀가 내부에 오랫동안 간직해온 엄청난 생명력을 포기하는 과정에서 약간 숨이 막힌 모양이었다.

현장에서 약간 떨어진 지점에 왔을 때 우리는 서너 대의 자동차와 많은 사람을 보았다.

"자동차 사고로군!" 톰이 말했다. "잘됐어. 윌슨에게 작은 일거리라도 들어올 테니까."

그는 차의 속도를 줄였으나, 멈출 생각은 없었다. 우리가 좀 더 가까이 다가가자 카센터 문 앞에 서서 숨죽인 사람들의 엄숙한 얼굴이 보였고, 그때 그가 반사적으로 브레이크를 밟았다.

"한번 둘러보자." 그가 의아해하는 목소리로 말했다. "그냥 한번 살펴보자고."

나는 카센터에서 흘러나오는 공허한 곡소리를 듣게 되었다. 우리가 쿠페 자동차에서 내려 카센터 문 쪽으로 다가가는 동안 그 소리는 "세상에!"라는 말로 줄어들더니 이윽고 신음 소리로 바뀌었다.

"무슨 심각한 문제가 있는 모양인데." 잔뜩 흥분한 톰이 말했다.

그는 살금살금 걸어가서 둥그렇게 늘어선 사람들의 머리 너머로 카센터 안을 들여다보았다. 흔들리는 철사 바구니에 둘러싸인 노란 전등이 그곳을 밝히고 있었다. 이어 그는 거친 소리를 내더니 힘센 두 팔로 사람들을 난폭하게 밀어내며 안으로 들어갔다.

둥그렇게 늘어선 사람들 사이에 생겼던 작은 틈새는 그들의 투덜대는 소리와 함께 다시 메워졌다. 한동안 나는 아무것도 볼 수 없었다. 그러다 새로운 사람들이 도착하면서 줄이 흐트러졌고 조던과 나도 갑자기 안으로 밀려들어 갔다.

머틀 윌슨의 시신은 원래 담요 한 장에 싸여 있었는데 이 무더운 여름밤에도 추위를 타는 것처럼 또 한 장의 담요에 덮여 담장 옆 작업대 위에 올라가 있었다. 톰은 우리에게 등을 돌린 채 그 시신을 내려다보며 미동도 하지 않았다. 그의 옆에는 오토바이를 타고 온 경찰관이 땀을 삘삘 흘리며 여러 번 수정을 거듭하면서 자신의 작은 수첩에 사건 관련자들의 이름을 적어 넣고 있었다. 처음에 나는 텅 빈 카센터를 통해 시끄럽게 메아리치는 저 높은 신음 소리가 어디에서 나는지 몰랐다. 이어 나는 사무실의 약간 높은 문턱에 서 있는 윌슨을 보았다. 그는 양손으로 문설주를 잡고 몸을 앞뒤로 흔들어대고 있었다. 어떤 사람이 나지막한 목소리로 그에게 말을 걸면서 가끔 그의 어깨에 손을 얹으려 했으나 윌슨은 듣지도 보지도 못했다. 그의 두 눈은 흔들리는 전구에서 시작해 담장 옆 납빛 작업대까지 천천히 쳐다봤고, 이어 다시 전구 쪽으로 홱 돌아가더니 끔찍한 비명 소리를 내질렀다.

"세상에! 세상에! 세상에 어떻게 이런 일이!"

곧 톰은 머리를 홱 처들고 번들거리는 눈빛으로 카센터 주위를 두리번거리더니 경찰관을 향해 두서없는 몇 마디를 던졌다.

"마-브…." 경찰관이 이름을 따라 말했다. "오…."

"아닙니다. '로'예요." "마브로…."

"내 말을 좀 들어요!" 톰이 사납게 중얼거렸다.

"로…." 경찰관이 말했다.

"그…"

"그…" 톰의 넓적한 손바닥이 어깨 위를 감싸자, 경찰관은 고개를 쳐들었다. "용건이 뭐요, 친구?"

"어떻게 된 겁니까!"

"자동차가 그녀를 쳤어요. 즉사했습니다."

"즉사라고요?" 톰이 앞을 응시하며 따라 말했다.

"그녀는 도로에 뛰어들었어요. 어떤 개자식이 사고를 낸 걸로도 모자라서 뺑소니를 친 겁니다."

"차는 두 대였습니다." 마이클리스가 말했다. "한 대는 오고 있었고, 다른 한 대는 가고 있었지요."

"어디로 간다는 거요?" 경찰관이 날카롭게 물었다.

"서로 반대로 가고 있었어요. 그리고 그녀는…" 그는 작업대 위의 담요를 가리키기 위해 손을 들었다가 중간쯤에서 멈추더니 다시 내렸다. "그녀는 도로 한가운데로 달려들었고, 뉴욕 쪽에서 시속 50 혹은 65킬로미터 속도로 달려오던 차가 그녀를 정면에서 치고 말았어요."

"이곳 이름이 뭡니까?" 경찰관이 물었다.

"이름은 따로 없습니다."

수척해 보이고 옷을 잘 입은 흑인이 가까이 다가섰다.

"그건 노란 차였어요." 그가 말했다. "노란 대형차. 새것이었죠."

"사고를 목격했나요?" 경찰관이 물었다.

"아니요. 하지만 길 아래쪽에서 그 차가 나를 스쳐 지나갔습니다. 시속 65킬로미터 이상이었어요. 아마도 80이나 90은 되었을 겁니다."

"이리 와서 당신 이름을 말해주시오. 자, 좀 비켜주세요. 저 사람 이름을 적어야겠소."

이런 대화가 사무실 문턱에서 몸을 흔들고 있던 윌슨의 귀에 일부 들어갔던 것 같다. 숨이 멎을 듯 신음 소리만 내던 그의 입에서 갑자기 새로운 말이 튀어나왔다.

"어떤 차였는지 말해줄 필요 없어요. 내가 알아요!"

나는 톰을 쳐다보고 있었는데, 그의 어깨 근육이 옷 아래에서 꿈틀거리는 것을 똑똑히 보았다. 그는 재빨리 윌슨에게 건너가 그의 앞에 서서 양 팔뚝을 굳게 붙잡았다.

"이봐, 정신 똑바로 차려야 해." 그가 거친 목소리로 위로했다.

윌슨이 톰을 쳐다보았다. 그는 안간힘을 써서 일어서려 했으나, 톰이 꽉 붙잡지 않았더라면 무릎을 꿇고 쓰러졌을 것이다.

"잘 들어." 톰이 그의 몸을 흔들면서 말했다. "나는 뉴욕 쪽에서 방금 여기 도착했어. 우리가 지금껏 얘기했던 쿠페를 당신에게 주려고 가져오던 길이었지. 당신이 오늘 오후에 보았던 그 노란 차는 원래 내 게 아니야. 알아들어? 난 그 차를 오후 내내 보지 못했다고."

가까이 있던 흑인과 나만 그의 말을 들을 수 있었다. 하지만 경찰관은 그 어조에서 뭔가를 낌새채고 험악한 눈빛으로 그를 쳐다보았다.

"무슨 일이요?" 그가 물었다.

"나는 이 사람의 친구입니다." 톰이 고개를 돌렸으나 양손은 윌슨의 어깨를 단단히 잡고 있었다. "이 친구가 사고 낸 차를 알고 있다는군요…. 노란색 차래요."

경찰관은 어렴풋하게나마 짐작 가는 바가 있는듯 톰을 수상한 눈빛으로 쳐다보았다.

"그럼 당신 차는 무슨 색입니까?"

"푸른색 쿠페입니다."

"우린 지금 막 뉴욕에서 오는 길입니다." 내가 말했다.

우리 바로 뒤에서 차를 몰고 오던 사람이 이 말을 확인해주었고 경찰관은 곧 다른 사람에게로 시선을 돌렸다.

"자, 이제 당신의 이름을 정확하게 알려주시오…."

톰은 윌슨을 인형처럼 번쩍 들어서 사무실 안으로 데려가더니 의자에 앉히고 밖으로 나왔다.

"누가 여기서 같이 좀 있어줘요!" 그가 위엄 있는 목소리로 소리쳤다. 가까이에 있던 두 사람이 서로 얼굴을 쳐다보다가 마지못해 사무실 안으로 들어가는 것을 톰은 지켜보았다. 이어 그는 사무실 문을 닫고 비좁은 계단을 내려왔는데 작업대 쪽은 쳐다보지도 않았다. 그는 내 옆을 스쳐 지나면서 속삭였다. "여기서 나가자."

톰은 남의 시선을 의식하면서 완강한 두 팔을 위협적으로 휘둘러 여전히 몰려드는 사람들 사이로 길을 냈고, 우리는 그의 뒤를 따라 그곳을 벗어나다가 왕진 가방을 들고 황급히 달려오는 의사를 지나쳤다. 의사는 30분 전에 혹시 모른다는 희망으로 급히 부른 사람이었다.

톰은 커브 길에 도달할 때까지 차를 천천히 몰았다. 이어 그는 가속기를 세게 밟았고 쿠페는 밤공기 속으로 쌩하니 달려갔다. 잠시 뒤 나는 쉰 목소리로 나지막하게 흐느끼는 소리를 들었고, 그의 뺨을 따라 눈물이 흘러내리는 것을 보았다.

"빌어먹을 비겁한 자식!" 그가 외쳤다. "차를 세우지도 않고 뺑소니를 치다니."

어둡고 살랑거리는 나무와 함께 뷰캐넌 부부의 집이 불쑥 나타났다. 톰은 현관 옆에 차를 멈추고 두 개의 창문이 덩굴 사이에서 밝게 빛나는 2층을 올려다보았다.

"데이지가 벌써 집에 와 있군." 그가 말했다. 우리가 차에서 내리는 동안 그는 나를 쳐다보면서 살짝 얼굴을 찌푸렸다.

"닉, 당신을 웨스트에그에 내려주었어야 하는 건데. 오늘 밤에는 할 수 있는 게 없을 테니까."

그는 아까와 달리 엄숙하고 단호하게 말했다. 우리는 달빛이 환하게 비치는 자갈길을 걸어 현관 앞으로 갔고, 그는 간단한 몇 마디로 상황을 마무리했다.

"택시를 불러줄게. 그걸 타고 가도록 해. 기다리는 동안 조던과 주방으로 들어가 사람들에게 먹을 걸 내오라고 부탁하는 게 좋겠어. 출출하다면 말이야." 그는 문을 열었다. "들어와."

"아니, 이제 가야지. 택시를 불러주면 고맙겠군. 나는 밖에서 기다릴게."

조던이 내 팔에 손을 얹었다.

"잠깐 들어오지 그래요, 닉?"

"아냐, 됐어."

나는 속이 조금 메스꺼워서 혼자 있고 싶었다. 그러나 조던은 아쉬운 듯 잠시 더 미적거렸다.

"9시 30분밖에 안 되었는데." 그녀가 말했다.

나는 전혀 들어가고 싶은 생각이 없었다. 오늘 하루에 있었던 일만으로도 그들 모두에게 진절머리가 났는데, '그들' 안에는 조던도 포함되었다. 그녀 역시 내 표정에서 그런 심정을 읽었던 게 틀림없다. 갑자기 몸을 돌려 현관 계단을 뛰어올라 집 안으로 들어가버렸으니까. 나는 잠시 주저앉아 얼굴을 두 손으로 감싸 쥐었다. 집 안에서는 전화기를 집어 택시를 부르는 집사의 목소리가 흘러나왔다. 나는 천천히 진입로를 걸어 내려왔다. 대문 앞에서 택시를 기다릴 생각이었다.

내가 20미터쯤 걸어서 내려왔을 때 내 이름을 부르는 소리가 들렸고 개츠비가 관목 숲 사이에서 튀어나왔다. 그 순간 나는 등골이 오싹해졌다. 그가 입고 있는 분홍색 양복이 달빛을 받아 유난히 빛나고 있었기 때문이다.

"여기서 뭘 하는 거요?" 내가 물었다.

"그냥 여기에 서 있었습니다, 오랜 친구."

그의 행동은 조금 야비해 보였다. 나는 잠시 동안이었지만 나는 그가 저 집을 털려는 건가 싶은 생각을 하기도 했다. 그가 서 있는 어두운 관목 숲 뒤에서 '울프심의 부하들'이 험상궂은 얼굴을 하고 불쑥 나타난다고 해도 그리 놀라운 일은 아닐 것 같았다.

"돌아오던 길에 사고가 난 걸 봤지요?" 그가 잠시 뒤에 물었다.

"네."

그는 망설이다가 물었다.

"그 여자는 죽었나요?"

"그래요."

"그럴 거라 생각했어요. 데이지에게도 그렇게 말했지요. 충격을 한 번에 받는 게 나으니까요. 그녀는 그걸 꽤 잘 견뎌냈습니다."

그는 데이지의 반응이 가장 중요한 문제인 것처럼 말했다.

"나는 뒷길로 웨스트에그까지 가야 했습니다." 그가 계속 말했다. "그리고 내 차고에 차를 놔두었지요. 우리를 본 사람은 없다고 생각하지만 그래도 확신할 수는 없습니다."

그쯤 되자 그가 너무 혐오스러워서, 그게 사실이 아니라고 말해줄 필요도 느끼지 못했다.

"그 여자는 누구였습니까?" 그가 물었다.

"그녀의 이름은 윌슨이었습니다. 남편이 카센터 주인이지요. 어쩌다 그런 일이 벌어졌습니까?"

"그러니까 난 운전대를 재빨리 돌리려 했지만…." 그가 말을 멈추었고, 나는 갑자기 진상을 깨달았다.

"데이지가 운전한 겁니까?"

"그렇습니다." 그가 잠시 후에 말했다. "하지만 물론 내가 운전했다고 말할 겁니다. 뉴욕에서 떠날 무렵 그녀가 너무 불안해하길래 운전을 하면 집중이 좀 될 거라고 말했습니다…. 그런데 맞은편에서 오는 차와 지나치려던 순간, 그 여자가 갑자기 우리 쪽으로 달려왔습니다. 눈 깜짝할 사이에 일어난 일이었죠. 그녀는 우리에게 할 말이 있는 것 같았어요. 우리를 자기가 아는 어떤 사람으로 착각한 모양입니다. 데이지는 달려드는 여자를 피하려고 다가오는 차 쪽으로 핸들을 꺾었다가 갑자기 겁을 먹고 다시 원위치로 돌렸어요. 내가 운전대를 잡는 순간, 충격을 느꼈습니다. 아마 그녀는 즉사했을 거예요."

"그 충격으로 온몸이…."

"말하지 마세요, 오랜 친구." 그는 얼굴을 찡그렸다. "아무튼 데이지는 속도를 줄이지 못하고 그 여자를 깔아뭉개고 말았어요. 나는 차를 멈추라고 했지만 데이지가 그러지 못했고, 결국 내가 비상 브레이크를 잡아당겼지요. 그랬더니 그녀가 내 무릎에 쓰러지더군요. 그다음부터는 내가 운전했습니다."

"데이지는 내일이면 괜찮아질 겁니다." 그가 곧이어 말했다. "나는 여기에 서서 톰이 오늘 오후에 있었던 불쾌한 일로 그녀를 괴롭히는지 지켜볼 생각입니다. 지금 그녀는 방에 틀어박혀 있는데 만약 그가 잔인한 짓을 하려고 하면 전등을 껐다 켜서 신호를 보내올 거예요."

"그는 데이지에게 손대지 않을 겁니다." 내가 말했다. "지금 그에게 데이지는 안중에도 없어요."

"나는 그를 믿지 않습니다, 오랜 친구."

"얼마나 오래 기다릴 겁니까?"

"필요하다면 밤을 새울 겁니다. 아무튼 그들이 잠들 때까지요."

문득 새로운 생각이 머릿속에 떠올랐다. 만약 톰이 데이지가 운전을 했다는 사실을 알면 어떻게 반응할까? 그는 그 사실에서도 어떤 연관성을 발견해낼 것이다. 그는 얼마든지 엉뚱한 생각을 해낼 수 있는 사람이니까. 나는 그 집을 쳐다보았다. 1층에는 불 켜진 창문이 두세 개보였고 위층의 데이지 방에서는 은은한 분홍빛이 흘러나오고 있었다.

"여기서 잠깐 기다리세요." 내가 말했다. "저 안에서 무슨 일이 벌어지고 있는지 살펴보고 올 테니까."

나는 잔디밭 가장자리를 따라 되돌아갔고 자갈길을 지나 베란다 계단을 살금살금 올라갔다. 응접실 커튼이 열려 있었으나 그 방은 비어 있었다. 우리가 세 달 전 6월 밤에 저녁 식사를 했던 현관을 가로질러 가, 식료품실인 듯한 곳에서 흘러나오는 자그마한 직사각형 불빛 근처까지 가보았다. 블라인드로 가려져 있었으나 창문 가장자리에 빈틈이 있었다.

데이지와 톰은 주방 식탁을 사이에 두고 마주 보며 앉아 있었고, 식탁에는 차가운 치킨을 담은 접시와 맥주 두 병이 놓여 있었다. 그는 식탁 맞은편에 앉은 그녀에게 무언가를 열심히 말하고 있었는데, 자신의 진심을 강조하려는 듯 한 손으로 그녀의 손을 감쌌다. 가끔 그녀도 그를 올려다보면서 동의하듯 고개를 끄덕였다.

그들은 행복해 보이지 않았고 둘 다 치킨이나 맥주에는 손도 대지 않았다. 그렇지만 둘 다 불행해 보이지도 않았다. 그 장면에는 분명 자연스럽고 친밀한 분위기가 떠돌고 있어서 누가 봐도 그들이 어떤 일을 공모하는 중이라고 말했을 것이다.

내가 현관에서 살금살금 벗어나려는 순간, 아까 부른 택시가 저택을 향해 어두운 길을 더듬으며 다가오는 소리를 들었다. 개츠비는 아까 내가 가리킨 진입로에서 나를 기다리고 있었다.

"저긴 조용하던가요?" 그가 초조하게 물었다.

"예, 모두 조용합니다." 나는 망설이다가 덧붙였다. "당신도 이제 집에 가서 잠을 좀 자두는 게 좋겠군요."

그는 고개를 흔들었다.

"데이지가 잠들 때까지 여기서 기다리겠습니다. 잘 가요, 오랜 친구."

그는 두 손을 상의 호주머니에 찔러 넣고 그 집 쪽으로 돌아섰다. 마치 나의 존재가 자기의 성스러운 철야 경비 업무에 방해가 된다는 듯한 태도였다. 그래서 나는 택시 쪽으로 걸어가면서 그가 달빛 속에 그렇게 서서 무無를 쳐다보도록 내버려두었다.

제8장

나는 밤새 잠을 잘 수 없었다. 해협에서는 무적* 소리가 쉴 새 없이 으르렁거렸고, 나는 기괴한 현실과 무섭고 야만적인 꿈을 오가며 정신이 반쯤 나간 상태로 뒤척였다. 새벽녘에 택시가 개츠비의 저택 진입로 위로 올라가는 소리가 들렸고, 나는 즉시 침대에서 빠져나와 옷을 입었다. 그에게 말하고 싶은 것, 경고해주고 싶은 것이 있었는데, 아침이 되면 너무 늦을 것 같았다.

잔디밭을 건너가보니 그의 집 현관문이 열려 있었다. 그는 홀 테이블에 기대어 서 있었는데, 낙담했거나 무척 졸린 듯했다.

"아무런 일도 없었습니다." 그가 힘없이 말했다. "나는 계속 기다렸는데 새벽 4시 무렵에 데이지가 창가로 오더니 잠깐 서 있다가 곧 전등을 꺼버렸습니다."

---

* 안개 낀 날 선박끼리 충돌하지 않도록 등대나 배에서 울리는 고동.

담배를 찾으려고 넓은 방들을 돌아다닌 그 밤처럼 그의 집이 커 보인 적도 없었다. 우리는 전등 스위치를 찾기 위해 커튼을 옆으로 젖히면서 몇 미터나 되는 듯한 어두운 벽을 더듬었다. 나는 요란한 소리를 내면서 유령 같은 피아노 건반 위로 넘어지기도 했다. 곳곳마다 먼지가 켜켜이 쌓여 있었고, 방들은 여러 날 환기를 하지 않아 매캐한 냄새를 풍겼다. 나는 낯선 테이블 위에서 담배 상자를 찾아냈는데 그 안에는 말라비틀어진 담배가 두 개비 들어 있었다. 우리는 응접실의 프랑스풍 창문을 활짝 열어젖히고 의자에 앉아 어둠 속으로 연기를 내뿜었다.

"당신은 멀리 떠나야 해요." 내가 말했다. "그들은 틀림없이 당신의 차를 추적해낼 거예요."

"지금 떠나라고요, 오랜 친구?"

"애틀랜틱시티에 일주일쯤 가 있어요. 아니면 몬트리올로 가거나."

그는 나의 제안을 받아들이려 하지 않았다. 개츠비는 데이지가 어떻게 나올지 분명하게 알 때까지는 그녀를 떠날 수 없었다. 그는 마지막 희망을 움켜쥐려 했고, 나는 차마 그에게 그걸 손에서 탁 놓아버리라고 말할 수가 없었다.

그날 밤 그는 어린 시절 댄 코디와 맺었던 기이한 인연을 말해주었다. 그 이야기를 해준 것은 '제이 개츠비'가 톰의 견고한 악의에 부딪혀 유리처럼 산산조각 남으로써 길고 은밀한 광상곡 연주가 끝나버렸기 때문이었다. 그는 이제 아무런 망설임 없이 모든 걸 털어놓을 생각인 듯했는데, 사실 그보다 데이지 이야기를 더 하고 싶어 했다.

데이지는 그가 난생처음 알게 된 '멋진' 여자였다. 그는 다양하게 신분을 세탁하면서 여러 여자를 만났지만, 언제나 그들과 자기 사이에 보이지 않는 철조망을 쳐두었다. 그는 그녀의 매력에 빠져서 감정을 주체할 수 없었다. 처음에는 테일러 부대의 다른 장교들과 함께 그녀의 집을 찾아갔고 나중에는 혼자서 갔다. 그 집에 갔을 때 그는 깜짝 놀랐는데, 그처럼 아름다운 집은 처음 봤기 때문이다. 하지만 그 집이 그처럼 강렬한 분위기를 내뿜은 것은 그 집에 데이지가 살고 있기 때문이었다. 아름다운 집에 사는 아름다운 여자는 부대에 막사가 있는 것만큼이나 자연스러웠다. 그 집에는 짙은 신비감이 깃들어 있었다. 가장 아름답고 시원한 침실이 있으면 복도마다 화려하고 즐거운 일이 벌어질 것만 같았다. 그 집에는 생생하게 약동하며 번쩍거리는 최신 자동차 냄새를 풍기는 로맨스가 있을 것 같았다. 곰팡내가 풀풀 나서 라벤더 보존제와 함께 처박아둔 로맨스 같은 건 찾아볼 수 없었다. 그 집에는 좀처럼 시들 줄 모르는 꽃으로 가득 찬 무도회가 있을 듯싶었다.

데이지가 많은 남자에게 구애를 받고 있다는 사실이 그를 흥분시켰다. 그럴수록 그녀가 더 가치 있어 보였다. 그는 집 구석구석에서 그런 남자들의 존재를 느꼈다. 아직도 살아서 펄떡거리는 감정의 그림자와 메아리가 집 안 공기를 가득 메우고 있었다.

하지만 그는 엄청난 우연으로 데이지의 집에 발을 들였다는 것을 잘 알았다. 제이 개츠비라는 이름으로 살아갈 미래가 아무리 영광스럽다 할지라도, 그는 현재 이렇다 할 실적이 없는 무일푼의 청년이었고, 그의 신분을 가려주고 있는 군복이라는 보이지 않는 망토가 언제 어깨에서 흘러내릴지 몰랐다. 그래서 자신의 기회를 최대한 이용했다. 그는 자신이 얻을 수 있는 것을 게걸스럽게 또 무자비하게 구했고, 마침내 10월의 어느 밤에 그녀를 차지했다. 그렇게 한 것은 그가 그녀에게 정식으로 구혼할 실질적인 권리가 없었기 때문이다.

그는 그런 자신을 경멸했을지도 모른다. 이런저런 거짓말로 그녀의 몸을 차지했으니까. 내 말은 그가 장차 벌게 될 수백만 달러를 앞세워 거래했다는 게 아니라, 의도적으로 데이지에게 그녀가 그와 사귀어도 안전하다는 느낌을 주었다는 뜻이다. 그는 자기가 그녀와 비슷한 계층의 출신이고, 그래서 앞으로도 그녀를 잘 보살필 수 있다고 그녀가 믿게 만들었다. 사실 그에게는 그런 배경이 없었다. 그는 자신을 뒷받침할 든든한 집안 환경도 없었고, 몰개성적인 미국 정부의 방침에 따라 전 세계 여기저기로 불려 다닐 신세에 지나지 않았다.

그러나 그는 자신을 경멸하지 않았다. 그리고 모든 일이 그가 상상한 대로 굴러가지도 않았다. 어쩌면 그는 처음에 마음껏 즐기다가 떠나버리려고 했을지도 모른다. 하지만 곧 자신이 성배*를 뒤쫓는 일에 깊이 뛰어들었다는 것을 알았다. 그는 데이지가 특별한 여자라는 걸 깨달았지만 '멋진' 여자가 어느 정도까지 특별해질 수 있는지는 알지 못했다. 데이지는 그녀의 부유한 집, 부유하고 풍족한 생활 속으로 사라졌고, 개츠비를 무無에 남겨두었다.** 그들의 결혼은 그의 마음속에서만 이루어졌을 뿐이다.

이틀 뒤 그들이 다시 만났을 때 다소 배신감을 느낀 것은 개츠비 쪽

---

* 그리스도가 최후의 만찬에 사용한 것으로 알려진 성스러운 컵으로서, 중세의 전설, 로맨스, 알레고리의 단골 주제다. 한 전설에 따르면, 아리마테아의 요셉이 그 성배를 잘 보관했다가 십자가에서 흘린 구세주의 피를 거기에 담았다고 한다. 그 후 요셉은 성배를 영국으로 가져왔는데 이내 사라지고 말았다. 그래서 원탁의 기사들은 이 성배를 찾는 것을 신성한 의무로 여겼다. 또 다른 전설에 따르면, 하늘에서 천사가 그 성배를 가져와 일단의 기사들에게 맡겼고, 그들은 성배를 산꼭대기에 놔두고 잘 보관했는데, 완벽하게 순수한 심성을 가지지 못한 자가 성배에 접근하면 그것은 저절로 사라져버린다고 한다. 여기서는 데이지가 성배에, 개츠비가 순수한 마음을 가지지 못한 기사에 비유되어 있다.

** 원문은 leaving Gatsby—nothing. '개츠비에게 아무것도 남겨두지 않다'라는 뜻도 되고 '개츠비가 무'라는 뜻도 된다. 제7장 끝에서 개츠비가 무를 쳐다본다는 말이 나오는데, 화자 닉은 데이지나 개츠비나 둘 다 그들의 사랑에 관한 한, 무nothing라고 암시하고 있다.

이었다. 그녀 집 현관은 별빛을 뿌리는 듯한 사치스러운 물건들로 밝게 빛났다. 그녀가 일어서서 그에게 달려오는 동안 고리버들 소파는 멋지게 삐걱거렸고, 개츠비는 그녀의 기이하면서도 사랑스러운 입에 키스했다. 그녀는 감기에 걸려서 목소리가 전보다 더 쉰 듯하면서도 매력적이었다. 개츠비는 부ᴬ가 가두어 보호해주는 그녀의 젊음과 신비를, 무수하게 많은 새 옷의 싱싱함을, 가난한 자들의 힘겨운 헐떡거림 위에 안전하고 오만하게 우뚝 솟아올라 은처럼 빛나는 데이지의 존재를 자각하게 되었다.

"내가 그녀를 사랑하고 있다는 것을 알고 얼마나 놀랐는지 제대로 설명할 수가 없군요, 오랜 친구. 나는 한동안 그녀가 나를 차버리면 좋겠다고 바라기까지 했어요. 하지만 그녀는 그러지 않았지요. 그녀 또한 나를 사랑했으니까. 내가 그녀와는 달리 많은 걸 알고 있었기 때문에 그녀는 내가 아주 박식하다고 생각했어요…. 아무튼 나는 그렇게 처음 품은 야망에서 멀리 벗어났고, 매 순간 사랑에 더 깊이 빠져들었어요. 그러다가 될 대로 되라는 심정이 되더군요. 그녀에게 앞으로 내가 어떤 일을 할 거라고 둘러대면 즐겁게 지낼 수 있는데 정직하게 행동하는 게 무슨 소용이겠느냐는 생각이었지요."

그가 해외로 파견되기 전날 오후에 그는 데이지를 껴안고 오랫동안 함께 앉아 있었다. 싸늘한 가을날이어서 방 안에 불을 피워놓은 탓인지 그녀의 두 뺨은 상기되어 있었다. 그녀가 이따금 몸을 움직일 때면, 그는 약간 팔을 풀어 그녀를 편안하게 해주면서 그녀의 반들거리는 검은 머리카락*에 키스했다. 그들은 다음 날부터 시작될 오랜 헤어짐을 위해 깊은 추억을 만들기라도 하려는 듯이, 그날 오후를 평온하게 보냈다. 그녀가 그의 어깨에 조용히 입술을 비벼댈 때, 그가 마치 데이지가 잠든 양 그녀의 손가락 끝을 가볍게 만질 때, 그때처럼 지난 한 달간의 사랑이 최고조에 오른 적은 없었고 그보다 더 심오하게 마음을 나눈 적도 없었다.

　그는 전쟁에 나가 혁혁한 공을 세웠다. 전선에 투입되기 전 대위 계급장을 달았던 그는 아르곤 전투가 끝난 후 소령으로 진급하여 사단 기관총 대대를 지휘했다. 휴전이 되자 귀국을 간절히 원했으나 행정 착오 혹은 지휘상 혼선 때문에 옥스퍼드로 가게 되었다. 데이지가 보낸 편지에서는 초조하고 절망적인 심정이 느껴졌다. 그녀는 그가 귀국하지 않는 이유를 이해하지 못했다. 그녀는 주변의 압박을 느끼고 있었다. 그녀는 그를 만나 그의 존재를 느끼고 싶다고, 또 자신이 지금 올바르게 행동하고 있는지 확인받고 싶다고 말했다.
　데이지는 젊었을뿐더러 그녀의 인위적인 세상은 난초 향기와 즐겁고 쾌활한 속물근성이라는 유쾌한 냄새를 풍기고 있었다. 오케스트라는 인생의 슬픔과 우여곡절을 새로운 가락에 담아 그해의 리듬을 연주했다. 색소폰은 밤새 〈빌 스트리트 블루스〉[**]의 희망 없는 가락을 읊조렸고, 황금과 순은 슬리퍼를 신은 100쌍의 남녀는 무도회장 위에서 반짝

---

[*]　제7장 앞부분 데이지의 딸 패미를 만날 때 패미가 엄마를 닮아 금발이라는 말이 나온다. 그래서 여기서 말하는 검은 머리카락, 즉 암갈색의 브루네트 머리는 앞부분의 서술과 일치하지 않는다. 한편 피츠제럴드의 아내 젤다는 금발이었고 그가 사랑했으나 버림받았던 첫 애인 지네브라는 브루네트 머리였다. 이런 불일치는 『위대한 개츠비』의 판매 실적이 좋았더라면 금방 바로잡을 수 있었겠지만 저조한 판매 실적에 실망한 피츠제럴드가 제대로 고치지 못하고 넘겨버렸다. 앞부분과 마찬가지로 데이지의 머리카락을 금발로 설정하는 것이 그녀의 황금 이미지와도 어울릴 것이다.
[**]　1917년에 W.C. 핸디가 작곡한 유명한 대중가요.

거리는 먼지를 일으키며 화려한 스텝을 밟았다. 어둑어둑한 다과 시간에는 방마다 낮고 달콤한 열기가 가슴을 고동치게 했고, 새로운 얼굴들이 슬픈 호른 소리에 날리는 장미 이파리들처럼 여기저기 표류했다.

계절이 바뀌자 데이지는 다시 이런 황혼의 세상 속을 돌아다니기 시작했다. 그녀는 갑자기 하루에 여섯 명의 남자와 여섯 번의 데이트를 했고, 구슬과 장식 레이스가 달린 이브닝드레스가 침대 옆 방바닥의 시든 난초들과 뒤섞이게 버려둔 채로 새벽녘에 가까스로 잠들었다. 그러는 내내 그녀의 마음속에서는 결단을 내리라는 아우성이 들려왔다. 그녀는 이제 자신의 생활을 굳건하게 정립하고 싶었고, 그 결정은 가까이에 있는 어떤 힘, 즉 사랑, 돈, 의심할 나위 없는 실용성 등에 달려 있었다.

봄이 무르익을 무렵 톰 뷰캐넌이라는 사람이 도착하면서 그 힘이라는 것이 구체화되었다. 그는 외모로 보나 지위로 보나 나무랄 데 없었고, 덕분에 데이지는 우쭐해졌다. 그녀는 마음속으로 갈등을 느꼈지만 동시에 위안도 느꼈다. 개츠비가 아직 옥스퍼드에 있을 때 그녀의 편지가 도착했다.

어느새 롱아일랜드에 새벽이 왔고 우리는 아래층으로 내려가 창문을 모두 열어젖혔다. 회색이었다가 다시 황금색으로 변한 새벽빛이 집을 가득 채웠다. 나무 그늘이 이슬 위에 드리웠고 유령 같은 새들이 푸른 잎사귀들 사이에서 노래를 부르기 시작했다. 바람은 거의 불어오지 않았으나 공기 중에 있는 느릿느릿하면서도 유쾌한 움직임이 시원하고 사랑스러운 새날을 예고했다.

"나는 그녀가 그를 사랑한 적이 있다고 생각하지 않아요." 개츠비가 창문에서 몸을 돌리며 나를 도전적으로 바라보았다. "오늘 오후에는 그녀가 매우 흥분한 상태였으니까요, 오랜 친구. 톰은 마치 내가 싸구려 사기꾼쯤이라도 되는 양 말하면서 그녀를 다그쳤어요. 그녀는 자기가 무슨 말을 하는지도 몰랐지요."

그는 우울한 표정으로 의자에 앉았다.

"물론 그녀는 한동안 그를 사랑했을 수도 있어요. 신혼 때라면요. 하지만 그때조차도 나를 더 사랑했겠지요. 알잖아요?"

갑자기 그는 이상한 말을 했다.

"아무튼." 그가 말했다. "그건 개인적인 문제였어요."

판단할 수 없는 문제에 지나치게 몰두한다고 의심하는 것 외에 이 말을 달리 해석할 수 있을까?

그는 톰과 데이지가 신혼여행 중일 때 프랑스에서 돌아왔고, 군대에서 받은 마지막 봉급을 들고 루이빌을 향해서 비참하면서도 물리칠 수 없는 여행을 떠났다. 그는 그곳에 일주일간 머물면서 11월 밤에 그녀와 함께 걸었던 거리를 걸어보기도 하고 그녀의 하얀 차를 타고 갔던 외진 곳들을 다시 방문하기도 했다. 데이지의 집은 언제나 다른 집보다 더 신비하고 쾌활하게 보였으므로, 그녀가 없었음에도 그가 느끼기에 그 도시 자체는 우울한 아름다움으로 가득했다.

그는 좀 더 열심히 찾아다녔더라면 그녀를 발견했을지도 모른다는 아쉬움을 뒤로하고 그 도시를 떠났다. 돈이 다 떨어진 그는 일반 열차를 탔다. 객차 안이 무더웠던 터라 그는 연결 통로로 나가 접이식 의자에 앉았다. 기차는 역을 벗어나 낯선 건물들의 뒷부분을 스쳐 지나가고 있었다. 이어 봄의 들판으로 들어섰고, 한 노란 전차가 사람을 가득 태운 채 잠시 동안 경주라도 하듯 나란히 들판을 가로질렀다. 그 승객들은 어느 거리에서 우연히 그녀의 파리하고 매력적인 얼굴을 보았을 수도 있으리라.

기찻길이 휘어지면서 기차도 태양에서 벗어났다. 낮게 가라앉은 태양은 사라져가는 도시에 축복을 내리듯 빛을 비추었다. 그녀가 그동안 쭉 살아왔던 도시, 그는 그 도시의 공기를 한 자락 움켜쥐기라도 할 것처럼, 그녀가 그에게 그토록 사랑스러운 곳으로 만들어준 도시의 한 조각을 낚아채기라도 할 것처럼, 절망적으로 팔을 쭉 내밀었다. 하지만 기차가 워낙 빠르게 지나가고 있어서 그의 흐린 두 눈으로는 그 광경을 제대로 붙잡을 수 없었다. 그는 자신이 그 도시에서 가장 싱그럽고 아름다운 부분을 영원히 잃어버렸다는 것을 알았다.

우리가 아침 식사를 마치고 현관으로 나갔을 때는 아침 9시였다. 밤중에 날씨가 크게 바뀌어서 가을의 기운이 완연했다. 개츠비가 전에 고용했던 하인 중 마지막으로 남은 정원사가 계단 앞으로 걸어왔다.

"오늘 수영장의 물을 빼려고 해요, 개츠비 씨. 나뭇잎이 곧 떨어질 텐데, 물을 빼지 않으면 배관에 문제를 일으킬 겁니다."

"오늘은 하지 마세요." 개츠비가 대답했다. 그는 변명하듯이 나를 돌아다보았다. "글쎄 말이에요, 오랜 친구, 올여름에 저 수영장을 단 한 번도 사용하지 못했다니까요."

나는 손목시계를 내려다보면서 일어섰다.

"기차가 출발하기 12분 전입니다."

나는 시내로 들어가고 싶지 않았다. 일을 제대로 할 만한 몸 상태가 아니었다. 하지만 그보다는 개츠비를 혼자 놔두고 싶지 않은 마음이 더 컸다. 결국 12분 후에 출발하는 기차를 놓쳤고, 그다음 것도 놓친 다음에야 가까스로 일어섰다.

"전화하겠습니다." 내가 마침내 말했다.

"그래요, 오랜 친구."

"정오쯤에 전화할게요."

우리는 천천히 계단을 내려갔다.

"데이지도 내게 전화를 할 겁니다." 그는 내가 그런 기대를 확증해주기라도 바라듯 초조하게 나를 쳐다보았다.

"아마 그러겠지요."

"자, 그럼 이만."

우리는 악수를 했고 나는 걸어 나왔다. 산울타리에 도착하기 전, 나는 할 말이 떠올라서 몸을 돌렸다.

"그들은 부패한 사람들이에요." 내 목소리가 잔디밭을 가로질렀다. "당신은 그들 모두를 합친 것보다 더 값진 사람이에요."

나는 지금도 그 말을 하길 잘했다고 생각한다. 나는 처음부터 끝까지 그를 못마땅하게 여겼으므로, 그것이 내가 그에게 해준 유일한 칭찬이었다. 그는 공손하게 고개를 끄덕였고, 모든 걸 이해하는 듯한 환한 미소가 그의 온 얼굴에 퍼져 나갔다. 마치 우리가 이 일에 대해서만큼은 적극적으로 공모하기라도 한 것처럼. 그가 입고 있는 멋진 핑크색 양복은 하얀 대리석 계단을 배경으로 밝은 점처럼 빛났고, 나는 석 달 전 그의 복고풍 저택을 처음 찾아왔던 그날 밤을 떠올렸다. 당시 잔디밭과 진입로에는 그를 가리켜 부패한 사람일 거라고 짐작하는 사람들이 가득했다. 그리고 그는 그 계단 위에 서서 결코 부패하지 않는 꿈을 가슴 깊숙이 감춘 채 그들을 향해 잘 가라며 손을 흔들었다.

나는 그의 환대에 감사를 표했다. 우리는 언제나 그에게 그 점을 감사했다. 내가 그랬고 다른 사람들도 마찬가지로.

"잘 있어요." 내가 소리쳤다. "아침 식사 고마워요, 개츠비."

도시로 출근한 나는 한동안 끝없이 밀려드는 주식의 주문 가격을 작성하다가 회전의자에 앉은 채 잠이 들었다. 그러다 정오 직전에 울리는 전화벨 소리 때문에 이마에 식은땀을 흘리며 번쩍 깨어났다. 조던 베이커였다. 그녀는 호텔, 클럽, 개인 주택을 돌아다니는 동선이 일정하지 않아서 늘 어중간한 시간에 전화를 걸어오곤 했다. 보통 그녀의 목소리는 초록 골프장에서 사무실 창문을 향해 날아오는 잔디 조각처럼 시원스럽고 생기가 넘쳤으나 그날 오전에는 거칠고 메말랐다.

"지금 막 데이지 집에서 나왔어요." 그녀가 말했다. "헴프스테드에 와 있는데 오후에는 사우샘프턴으로 내려갈 거예요."

데이지의 집에서 나온 것은 영리한 행동일 수도 있었지만, 그 말을 듣자 나는 긴장했으며, 그다음 말을 듣고는 온몸이 굳어졌다.

"당신, 지난밤에 나한테 너무했어요."

"그게 뭐 그리 중요한가요?"

잠시 침묵이 흐르더니 그녀가 이어서 말했다.

"어쨌거나… 난 당신을 만나고 싶어요."

"나도 당신을 만나고 싶어요."

"내가 사우샘프턴으로 가지 않는다면 오늘 오후에 시내로 들어올 수 있어요?"

"아니…. 오늘 오후에는 안 될 것 같아요."

"좋아요."

"오늘 오후에는 안 돼요. 여러 가지…."

우리는 잠시 이야기를 나누었고, 갑자기 이야기가 끊겼다. 우리 중

누가 먼저 황급히 전화를 끊었는지 모르겠지만, 나는 신경 쓰지 않았다. 설령 내가 앞으로 다시는 그녀와 만나는 일이 없다고 할지라도 그날만큼은 테이블에 앉아 마주 이야기를 나눌 수 없었다.

나는 몇 분 뒤에 개츠비의 집으로 전화를 걸었으나 상대는 계속 통화 중이었다. 나는 네 번이나 연결을 시도했다. 마침내 화가 난 전화 교환원이 디트로이트에서 걸려 온 장거리 전화 때문에 개츠비가 계속 통화 중이라고 말했다. 나는 기차 시간표를 꺼내 3시 50분 기차에 작게 동그라미를 쳤다. 이어 의자 등받이에 기대며 생각에 잠겼다. 정오 직후였다.

나는 그날 오전에 출근하면서 재의 계곡을 지날 때 일부러 객차의 반대편으로 건너가 앉았다. 그 현장에 사건을 궁금해하는 사람들이 종일 몰려들리라 생각했기 때문이다. 어린 남자아이들은 도로에서 검붉은 점들을 찾을 것이고, 한 수다스러운 남자는 지난밤 벌어진 사건을 되풀이해서 말하다가 마침내 그 사건이 자신에게도 점점 더 비현실적으로 느껴져 입을 다물 것이고, 머틀 윌슨의 비극적 사건도 결국엔 잊히리라. 이제 나는 여기서 이야기를 약간 뒤로 돌려 우리가 전날 밤 카센터를 떠난 뒤에 그곳에서 어떤 일이 벌어졌는지를 말하고 싶다.

그들은 여동생 캐서린의 소재를 파악하지 못해 애를 먹었다. 그녀는 그날 밤 술을 마시지 않는다는 평소의 원칙을 깨뜨린 게 틀림없었다. 현장에 도착했을 때 그녀는 술이 아직 덜 깬 상태였고, 구급차가 이미 플러싱으로 떠났다는 사실을 이해하지 못했다. 사람들이 그녀에게 그 사실을 납득시키자, 그녀는 도저히 용납할 수 없다는 듯 그 자리에서 기절해버렸다. 친절하거나 호기심 많은 어떤 사람이 그녀를 차에 태워 언니의 시신을 뒤쫓아갔다.

자정이 지나고 한참 뒤까지도 새로운 사람들이 계속 카센터에 몰려들었는데, 조지 윌슨은 아랑곳없다는 듯 사무실의 소파에 앉아 몸을 앞뒤로 흔들고 있었다. 한동안 사무실 문이 열려 있었던 터라 카센터 안으로 들어온 사람들은 누구나 호기심을 억누르지 못하고 그쪽을 쳐다보았다. 마침내 누군가가 그건 창피한 일이라면서 사무실 문을 닫아주었다. 마이클리스를 비롯한 사람들이 그와 함께 있어주었다. 처음에는 네다섯 명이었다가 나중에는 두세 명이 되었다. 한참 뒤에 마이클리스는 마지막으로 찾아온 낯선 사람에게 그곳에 15분만 머물러달라고 한 후에 자신의 커피숍으로 건너가서 커피를 한 주전자 끓여 왔다. 이후에도 그는 새벽이 올 때까지 윌슨과 단둘이 그곳을 지켰다.

　새벽 3시 무렵에는 횡설수설하던 윌슨이 달라졌다. 그는 좀 더 침착하게 노란 차에 관해서 말하기 시작했다. 그는 노란 차의 주인이 누구인지 알아낼 방법이 있다고 단언했다. 그러고는 두 달 전에 그의 아내가 얼굴에 멍이 들고 코가 부은 채로 도시에서 돌아왔다고 불쑥 말했다.

　하지만 그는 정작 그 말을 한 뒤 몸을 움츠리며 “세상에!”라며 다시 신음 소리를 내기 시작했다. 마이클리스가 그를 달래려고 애썼다.

　“조지, 결혼한 지 몇 년이나 되었어요? 여기 좀 와봐요. 여기 조용히 앉아서 내 질문에 답해봐요. 결혼한 지 얼마나 됐냐고요?”

　“12년.”

　“아이는 없나요? 자, 조지, 가만히 좀 있어봐요. 내가 이렇게 묻고 있잖아요. 아이는 없나요?”

　껍데기가 단단한 딱정벌레들이 자꾸만 흐린 전등에 날아와서 부딪쳤다. 마이클리스는 바깥 도로에서 차가 지나다니는 소리를 들을 때마다 몇 시간 전 뺑소니를 친 차가 떠올랐다. 그는 사무실 밖 카센터로 나가고 싶지 않았다. 시체가 놓여 있던 카센터 작업대에는 아직 얼룩이 남아 있어서, 그는 불편하지만 사무실 내부에서만 움직였고, 덕분에 아침이 오기 전에 사무실 안 물건을 모조리 파악할 수 있었다. 그는 이따금 윌슨 옆에 앉으면서 그를 진정시키려 애썼다.

"조지, 교회 다니나요? 오랫동안 안 갔더라도 괜찮아요. 교회에 전화해서 목사님을 불러 좋은 말씀 좀 해달라고 하면 어때요?"

"아무 교회도 안 나가."

"조지, 이런 때를 대비해서라도 교회에 다녀야 해요. 언젠가 한번은 교회에 가봤을 거예요. 혹시 교회에서 결혼하지 않았나요? 들어봐요, 조지, 내 말을 들어봐요. 교회에서 결혼하지 않았어요?"

"그건 오래전 이야기야."

그가 답하려 애쓰는 바람에 몸을 흔들던 리듬이 깨졌다. 그는 잠시 침묵했다. 이어 그의 피곤한 두 눈에 반쯤은 알고 있는 듯한, 반쯤은 놀라는 듯한 기색가 떠올랐다.

"저기 서랍을 한번 봐." 그가 책상을 가리키며 말했다.

"어떤 서랍이요?"

"저기. 그래, 그거."

마이클리스는 가장 가까이에 있는 서랍을 열었다. 서랍 안에는 작고 값비싼 개줄 밖에 없었다. 가죽에 은실을 꼬아 넣은 것으로 그 개줄은 새것처럼 보였다.

"이거요?" 그가 개줄을 들어 보이며 물었다.

윌슨이 쳐다보더니 고개를 끄덕였다.

"어제 오후에 그걸 발견했어. 아내는 그게 뭔지 그럴듯하게 둘러대려 했지만 난 그게 수상한 물건이란 걸 한눈에 알아보았어."

"당신 아내가 이 물건을 샀다는 얘긴가요?"

"마누라가 그걸 화장지에 싸서 침실 화장대 위에 놓아두었더라고."

마이클리스는 그 물건에서 이상한 점을 발견하지 못했고, 윌슨의 아내가 개줄을 사고 싶어 했을 만한 이유를 여러 가지 말해보았다. 하지만 윌슨은 이미 아내에게 똑같은 설명을 들은 듯했다. 그는 속삭이듯 "세상에!"라고 말했다. 그를 위로하려던 마이클리스의 노력은 허사가 되고 말았다.

"그자가 그녀를 죽인 거야." 윌슨이 말했다. 그의 입이 갑자기 떡 벌어졌다.

"누가 그랬다고요?"

"다 알아낼 방법이 있어."

"정신 좀 차려봐요, 조지." 그의 친구가 말했다. "너무 스트레스를 받아서 지금 무슨 말을 하고 있는지도 모르는 거예요. 아침이 올 때까지 조용히 앉아서 진정하는 게 좋겠어요."

"그가 그녀를 죽였어."

"그건 사고였어요, 조지."

윌슨은 고개를 가로저었다. 그는 두 눈을 가늘게 뜨더니 이윽고 입을 약간 벌리면서 진상을 잘 알고 있다는 듯이 "흐음!" 하는 유령 같은 소리를 냈다.

"난 알아." 그가 단정적으로 말했다. "난 남들을 잘 믿어주는 사람이고 그 누구에게도 해를 끼칠 생각은 없어. 하지만 꼭 알아야 할 게 있으면 알아내고 말지. 차에 탄 그 남자였어. 머틀이 달려 나가 그자에게 말을 걸려고 했는데 그자가 멈추어 서지 않은 거야."

마이클리스는 사건 현장을 직접 목격했지만, 그 사고에 특별한 의미가 있다고 생각하지는 않았다. 그는 윌슨 부인이 어떤 차를 멈춰 세우려고 했다기보다는 남편을 피해 달아나고 있었다고 생각했다.

"당신 부인이 왜 그랬다는 거죠?"

"음흉한 여자니까." 윌슨은 그걸로 대답이 충분하다는 듯이 말했다. "아, 아, 아⋯."

그는 다시 몸을 흔들기 시작했고 마이클리스는 선 채로 손안에 든 개줄을 비틀었다.

"어디, 내가 대신 전화를 걸어줄 친구는 없어요, 조지?"

하지만 헛된 희망이었다. 그는 윌슨에게 친구가 없다는 사실을 잘 알고 있었다. 부인 한 명도 감당 못 하던 사람이라 친구로 삼기에는 더더욱 부족했다. 그는 잠시 뒤 사무실 안 분위기가 바뀐 것을 감지하고 기뻐했다. 창문에 푸른색이 번지는 것을 보니 새벽이 멀지 않았던 것이다. 새벽 5시쯤에는 밖이 충분히 밝아서 전등을 꺼도 될 정도였다.

윌슨은 번들거리는 두 눈으로 쓰레기 더미를 쳐다보았다. 높은 하늘에서는 작은 회색 구름들이 환상적인 형체를 띠면서 희미한 새벽바람을 따라 이곳저곳으로 떠가고 있었다.

"난 아내에게 말했어." 그가 오랜 침묵 끝에 중얼거렸다. "나는 속일 수 있을지 몰라도 하느님은 속이지 못한다고 말이야. 나는 그녀를 창가로 데려가서⋯." 그는 힘들게 일어서서 창가로 걸어가 창문에 얼굴을 바짝 갖다 대며 기대어 섰다. "그리고 이렇게 말했어. '하느님은 당신이 하고 있는 것, 당신의 소행을 다 알고 계셔. 나는 속일 수 있을지 몰라도 하느님은 속이지 못해!'"

뒤에 서 있던 마이클리스는 그가 에클버그 박사의 두 눈을 쳐다보고 있다는 것을 알고 깜짝 놀랐다. 그 두 눈은 사라져가는 밤공기를 뚫고 나와 창백하고 거대한 모습으로 떠올랐다.

"하느님은 모든 것을 보고 계셔." 윌슨이 되풀이했다.

"저건 광고판이에요." 마이클리스가 그에게 말했다. 무슨 생각이 들어서인지, 마이클리스는 창문에서 고개를 돌려 사무실 안을 둘러보았다. 그러나 윌슨은 창유리에 얼굴을 바짝 갖다댄 채로 다가오는 새벽을 향해 고개를 끄덕이며 한참 동안 서 있었다.

6시가 되자 녹초가 된 마이클리스는 밖에서 차가 멈추는 소리를 듣고 무척 반가워했다. 지난밤 같이 있다가 다시 오겠다고 약속한 친구였기 때문이다. 마이클리스는 세 사람 몫의 아침 식사를 준비했으나 그와 새벽에 찾아온 친구 둘이서만 식사를 했다. 윌슨은 좀 진정되었고, 마이클리스는 잠을 자러 집에 돌아갔다. 그가 네 시간 뒤에 황급히 깨어 카센터로 돌아와 보니 윌슨은 사라지고 없었다.

윌슨은― 계속 걸어 다녔는데―나중에 포트 루스벨트와 개즈힐까지 갔던 것으로 밝혀졌다. 그는 개즈힐에서 샌드위치를 샀으나 먹지 않았고 커피도 한 잔 샀다. 그는 피곤해서 천천히 걸었고 정오 무렵에야 개즈힐에 도착했다. 여기까지는 그의 동선을 파악하는 데 어려움이 없었다. "행동거지가 미친 사람 같은" 남자를 보았다고 증언하는 아이들도 있었고, 그가 도로변에 서서 지나가는 차들을 이상한 눈빛으로 쳐다보았다고 증언하는 운전자들도 있었으니까. 하지만 그 후 세 시간 동안은 자취를 감췄다. 경찰은 윌슨이 마이클리스에게 "다 알아낼 방법이 있어"라고 했던 말을 근거로, 이 시간대에 그가 노란 차의 행방을 수소문하며 이 카센터에서 저 카센터로 돌아다녔을 것이라고 추정했다. 그렇지만 그를 목격했다고 신고한 카센터 직원은 없었다. 어쩌면 그에게는 원하는 정보를 좀 더 쉽고 확실하게 알아낼 방법이 있었는지도 모른다. 그는 오후 2시 30분 무렵에 웨스트에그에 와 있었고 거기서 누군가에게 개츠비의 집으로 가는 길을 물었다. 그 무렵에 그는 이미 개츠비의 이름을 알고 있었던 것이다.

오후 2시에 개츠비는 수영복을 입고 집사에게 지시를 내렸다. 만약 전화가 오면 수영장에 와서 전화 내용을 즉시 알려줄 것. 그는 저택 안의 차고에 들러 여름 내내 손님들을 즐겁게 해주었던 압축 공기 매트리스를 찾았다. 운전기사가 펌프로 매트리스에 공기를 넣는 작업을 도와주었다. 이어 그는 오픈카를 절대로 밖에 내놓아서는 안 된다고 운전기사에게 지시했다. 앞부분 오른쪽 펜더는 수리를 해야 했기 때문에 그건 좀 이상한 지시라고 운전기사는 생각했다.

개츠비는 매트리스를 어깨에 메고 수영장으로 출발했다. 그는 중간에 멈춰 서서 어깨 위의 매트리스를 약간 흔들어보았다. 운전기사는 도와드릴 일이 있느냐고 물었고 그는 고개를 가로젓더니 노랗게 물들기 시작하는 나무들 사이로 사라졌다.

전화는 오지 않았으나 집사는 낮잠도 포기한 채 오후 4시까지 전화를 기다렸다. 설령 전화가 왔더라도 전해줄 사람이 사라진 지 한참이나 지난 후였다. 개츠비 자신도 전화가 오리라고는 믿지 않았을 테고, 어쩌면 전화 따위는 더 이상 신경 쓰지 않았을지도 모른다고 나는 생각한다. 만약 그게 사실이라면, 자신이 그 오래된 세상을 이미 잃어버렸고, 단 하나의 꿈을 너무 오래 붙잡고 살아오다 보니 비싼 대가를 치른 것이라고 느꼈으리라. 그는 살벌한 잎사귀들 사이로 낯선 하늘을 올려다보았을 테고, 장미가 얼마나 흉측한지, 겨우 돋아난 풀을 내리쬐는 햇볕이 얼마나 잔인한지를 깨닫고 몸을 부르르 떨었으리라. 새로운 세상. 형체는 있으되 현실감은 없어서 불쌍한 유령들이 공기처럼 꿈들을 호흡하며 정처 없이 이리저리 떠돈다…. 마치 잿빛 판타지 같은 인물처럼. 나무들 사이로 형체 없이 미끄러지듯 다가오고 있는 인물처럼.

울프심이 돌봐주는 부하였던 운전기사는 몇 발의 총성을 들었지만, 나중에 그 소리를 별로 대단치 않게 여겼다고 말했다. 나는 기차역에 내리자마자 택시를 타고 개츠비의 저택으로 황급히 찾아갔고, 내가 초조한 걸음걸이로 계단을 올라가자, 비로소 집안사람들도 처음으로 놀랐다. 하지만 그들이 이미 사태를 파악하고 있었으리라고 나는 굳게 믿는다.* 운전기사, 집사, 정원사, 나 이렇게 네 명은 아무 말도 하지 않고 수영장으로 달려갔다.

수영장 한쪽 끝에서 유입되는 물이 반대쪽 배출구 쪽으로 흘러가는 동안 아주 희미한 흐름을 만들어냈다. 물결의 그림자라고도 할 수 없는 작은 파문들과 함께, 사람을 태운 매트리스**는 수영장 아래쪽으로 불규칙하게 움직이고 있었다. 수면에 잔물결도 일으키지 못하는 한 줄기 미풍이 기이한 짐을 실은 매트리스의 기이한 움직임을 살짝 흔들어놓았다. 수영장에 떨어진 낙엽 더미가 그것을 따라 천천히 돌면서, 마치

---

* 하인들이 개츠비의 피살 사실을 알고서도 아무런 조치도 취하지 않은 것에 대해 텍스트는 아무런 설명도 하지 않는다. 단지 화자 닉이 그들이 알고 있었을 것이라고 말함으로써 독자로 하여금 그 이유를 짐작하게 만든다. 하인들은 모두 울프심의 부하들이었으므로, 지하 세계에서 흔히 벌어지는 암살 사고라고 생각했고 경찰의 단속과 수사를 피하기 위해 상부의 지시가 내려올 때까지 아무 조치도 취하지 않고 기다렸다고 볼 수도 있다.
** 이 부분은 비현실적이라는 지적을 받고 있다. 개츠비를 죽인 총탄이 공기 매트리스에 구멍을 내지 않은 게 이상하다는 것이다. 개츠비는 피살 전에 매트리스 위에 누워 있었을 것이고, 여러 발의 총탄이 발사되었고 또 사람을 죽일 정도의 충격이라면 오히려 매트리스에 구멍이 나서 가라앉는 것이 더 현실적이라는 이야기다.

컴퍼스의 다리처럼 수면에 가느다란 붉은 동그라미를 그리고 있었다.

우리가 개츠비를 수영장에서 꺼내 집 쪽으로 출발했을 때, 정원사는 약간 떨어진 풀밭에서 윌슨의 시체를 발견했다. 그렇게 해서 끔찍한 참사가 종결되었다.

제9장

2년이 지난 이 시점에서 나는 그날 벌어진 나머지 일들을 회상한다. 그날 밤과 그다음 날에 경찰관, 사진가, 신문 기자들이 개츠비의 집 대문을 끝도 없이 드나들었다. 저택 정문에는 밧줄이 쳐져 있었고, 경찰관 한 명이 보초를 서면서 호기심 많은 사람들을 단속하고 있었다. 그러나 어린 소년들은 내 집 마당을 통해 그 안으로 들어갈 수 있다 보니 어느 때나 아이들 몇 명이 입을 떡 벌린 채 수영장 주변에 모여 있었다. 적극적인 행동거지로 보아 형사가 분명해 보이는 사람이 그날 오후 윌슨의 시신을 내려다보면서 "미친 사람"이라고 중얼거렸는데, 우연히도 그의 목소리에 권위가 실리면서 그 말이 다음 날 조간신문 보도의 주된 기조가 되었다.

대부분의 신문 보도는 악몽이나 다름없었다. 해괴하고, 간접 증거에만 치중했으며, 지나치게 열을 올린 데다가 사실조차 왜곡했다. 심문에서 마이클리스의 증언을 통해 죽은 윌슨이 아내의 부정을 의심했다는 사실이 밝혀졌을 때, 나는 신문 기사들이 곧 호색한을 비아냥거리는 논조로 바뀌리라 예상했다. 그러나 진실을 말할 법한 캐서린이 아무런 말도 하지 않았다. 그녀는 그 사건에서 배우 뺨칠 만한 연기를 보여주었다. 그녀는 똑바로 그린 눈썹 아래 단호한 눈빛으로 검시관을 쳐다보면서, 언니는 개츠비를 만난 적이 없고, 남편과 아주 행복하게 살고 있었으며, 그 어떤 비행도 저지른 적이 없노라고 말했다. 스스로 그렇게 믿고 있었던 그녀는 불륜을 운운하는 것은 도저히 참아줄 수 없다는 듯, 손수건에 눈물을 뿌렸다. 그래서 윌슨은 "슬픔 때문에 제정신이 아닌" 사람으로 치부되었고, 그 사건도 단순명료하게 종결되었다. 지금까지도 사람들은 그렇게만 알고 있다.

그러나 이 부분은 사실과 다를 뿐 아니라 이번 사건에서 비본질적인 부분이었다. 개츠비의 편에 서 있는 사람은 나 하나뿐이었다. 내가 그 참사 소식을 웨스트에그 마을에 전화로 알린 순간부터 개츠비에 대한 모든 추측과 현실적 질문이 내게 쏟아졌다. 처음에는 놀라고 당황했다. 집에 안치된 그의 시신이 움직이지도, 숨을 쉬지도, 말을 하지도 않는 동안 내가 사후 처리를 책임져야 한다는 생각이 들었다. 어떤 인간이라도 마지막 순간에는 인간적인 관심을 받을 권리가 있기 마련인데, 아무도 그의 일에 관심을 보이지 않았기 때문이다.

그의 시신이 발견되고 30분쯤 지나 나는 데이지에게 전화를 걸었다. 본능적인 반응에서 나온 행동이었고 전화를 걸기까지 아무런 망설임도 없었다. 그러나 그날 오후 그녀와 톰은 짐을 챙겨 어디론가 가버리고 없었다.

"주소도 안 남기고요?"

"네."

"언제 돌아온다는 말도 없고요?"

"없었습니다."

"혹시 어디에 갔는지 모르세요? 어떻게 연락을 취할 수 있을까요?"

"모릅니다. 말씀드릴 수 없어요."

나는 개츠비를 위해 누군가라도 데려오고 싶었다. 나는 그의 시신이 안치된 방으로 가서 그를 안심시켰다. "개츠비, 당신을 위해 사람들을 좀 데려올게요. 걱정하지 마요. 나만 믿으면 돼요. 당신을 위해 사람들을 좀 데려올게요…."

마이어 울프심의 이름은 전화번호부에 등재되어 있지 않았다. 집사는 내게 브로드웨이에 있는 그의 사무실 주소를 알려주었고 나는 전화안내원에게 번호를 물었다. 그러나 5시가 훨씬 넘어서야 번호를 알아낸 탓에 그때는 아무도 전화를 받지 않았다.

"한 번만 더 벨을 울려보시겠어요?"

"이미 세 번을 울렸습니다."

"아주 중요한 일입니다."

"죄송합니다. 아무도 없는 것 같아요."

나는 응접실로 돌아갔고, 갑자기 그 방을 가득 메운 사람들은 우연한 기회로 이곳에 들러 공적인 업무를 수행하게 된 방문객들이라는 생각이 스쳐갔다. 그렇지만 그들이 시트를 젖히고 무덤덤한 눈으로 개츠비를 내려다보는 동안 그의 항의가 내 머릿속에서 계속 울리고 있었다.

"이것 봐요, 오랜 친구. 나를 위해 아는 사람을 좀 데려와줘요. 좀 더 열심히 뛰어봐요. 나 혼자서 이걸 감당할 수는 없어요."

누군가가 나에게 질문을 던졌으나, 나는 그 방에서 나와 위층으로 올라가서 잠겨 있지 않은 그의 책상 서랍을 황급히 살펴보았다. 그는 부모님이 모두 돌아가셨다고 분명하게 말하지는 않았다. 하지만 거기에는 아무것도 없었다. 오로지 댄 코디의 사진, 망각된 폭력의 증거만이 벽에서 나를 내려다보고 있었다.

다음 날 아침 나는 집사에게 편지를 주고 뉴욕의 울프심에게 보냈다. 개츠비에 관련된 신상 정보를 요구하면서 다음 기차로 내려와달라고 강하게 재촉하는 편지였다. 그 편지를 쓸 때만 해도 괜한 짓을 한다는 생각이 들었는데, 이는 그가 신문을 보자마자 출발했을 것이라고 확신했기 때문이다. 마치 정오 전에 데이지가 내게 전화가 걸어올 것이라고 확신했던 것처럼. 하지만 울프심를 비롯한 그 누구도 오지 않았고 더 많은 경찰관, 사진사, 신문 기자들만 도착했을 뿐이다. 집사가 울프심의 회신 편지를 가져왔을 때 나는 반발심이 솟구쳤고, 내가 개츠비와 힘을 합쳐서 그들 모두와 맞서고 있는 듯한 유대감을 느꼈다.

친애하는 캐러웨이 씨.

이번 일은 내 인생에서 가장 끔찍한 충격이고 이게 과연 사실인지 믿어지지 않습니다. 미친 사람이 저지른 미친 짓은 우리 모두를 깊은 생각에 잠기게 합니다. 나는 지금 아주 중요한 일이 있고, 또 이런 일에 말려들고 싶지 않기 때문에 그곳에 내려가보지는 못할 것 같습니다. 내가 해드릴 일이 있다면 얼마 뒤에 에드가에게 편지로 알려주십시오. 이 사건 이야기를 들었을 때 난 내가 어디에 있는지도 모를 정도로 놀라서 거의 기절할 뻔했습니다.

당신의 친구, 마이어 울프심

그리고 그 밑에 황급히 추신을 적었다.

장례 절차에 대해 알려주십시오. 그의 가족에 대해서는 전혀 알지 못합니다.

그날 오후 전화벨이 울렸다. 교환원이 시카고에서 걸려온 장거리 전화라고 일러주었을 때 마침내 데이지가 전화를 걸어왔구나 하고 생각했다. 그러나 전화가 연결되자 감이 멀어서인지 어떤 남자의 목소리가 가늘고 힘없이 흘러나왔다.

"슬레이글입니다…."

"그런데요?" 낯선 이름이었다.

"깜짝 놀랄 소식이었죠? 내 전보 받았습니까?"

"전보 같은 건 없었습니다."

"파크가 어려움에 빠졌습니다." 그가 재빨리 말했다. "그가 카운터 위로 채권을 제출했을 때*, 사람들이 달려들어 그를 체포했습니다. 그들은 5분 전에 뉴욕에서 보낸, 관련 채권 번호들을 공지하는 회람을 받았습니다. 당신은 뭔가 알고 있었습니까? 이런 촌 동네에서는 그런 소식을 미리 알 수가 없어요…."

"여보세요!" 내가 재빨리 가로막았다. "이것 보세요. 저는 개츠비 씨가 아닙니다. 개츠비 씨는 죽었어요."

전화기 저편에서는 한동안 침묵이 이어지더니 탄식 소리가 흘러나왔

---

* 개츠비가 도난된 채권을 거래하는 장물아비였음을 암시하는 부분. 피츠제럴드는 1924년 후반에 이 소설을 수정하는 동안 신문에서 풀러-맥지 사건을 읽어 알게 되었다. 1922년 에드워드 풀러(피츠제럴드 부부가 살았던 그레이트넥[웨스트에그]의 주민)는 자신의 채권 중개 회사가 6백만 달러의 빚을 진 채 파산했다고 선언했다. 사장 풀러와 부사장 윌리엄 맥지는 열두 건의 사기 혐의로 기소되었고, 그들의 혐의 중에는 고객이 맡긴 돈으로 도박을 했다는 범죄도 포함되어 있었다.

다…. 이윽고 짧은 투덜거림과 함께 전화가 끊어졌다.

사흘째 되는 날 미네소타주의 한 마을에서 헨리 C. 개츠 씨가 보낸 전보가 도착했던 것 같다. 전보 발송인이 막 출발했으므로 그가 도착할 때까지 장례식을 연기해달라는 내용이었다.

그 사람은 개츠비의 아버지였다. 침울해 보이는 노인으로 아주 무기력하고 맥이 빠진 듯했으며, 따뜻한 9월인데도 긴 싸구려 코트를 입고 있었다. 격분한 그의 두 눈은 계속 반짝거렸고, 내가 그의 손에서 가방과 우산을 받아들자, 듬성듬성한 회색 턱수염을 쉴 새 없이 잡아당겨서 그의 외투를 벗기는 데 꽤나 애먹었다. 그는 쓰러지기 일보 직전이었다. 나는 그를 음악실로 데려가 앉히고, 사람을 보내 먹을 것을 좀 가져오게 했다. 그러나 그는 아무것도 입에 대지 않았고, 어찌나 손을 떠는지 쥐고 있던 컵에서 우유가 쏟아졌다.

"시카고 신문에서 관련 기사를 보았습니다." 그가 말했다. "시카고 신문에 다 났죠. 나는 곧바로 출발했습니다."

"연락을 드릴 방법이 없었습니다."

그의 두 눈은 아무것도 보지 않으면서, 방 안을 끊임없이 두리번거렸다.

"그자는 미친 사람이었습니다." 그가 말했다. "틀림없이 미친 사람이었을 겁니다."

"커피를 좀 드시겠어요?" 내가 물었다.

"아무것도 필요 없습니다. 난 괜찮습니다, 이름이…."

"캐러웨이입니다."

"그래요. 난 괜찮습니다. 지미를 어디에 두었습니까?"

나는 그를 아들이 누워 있는 응접실로 데려갔고, 그가 혼자 있도록 자리를 피해주었다. 어린아이 몇 명이 계단을 올라와 홀 쪽을 들여다보았다. 내가 도착한 사람이 누구인지 말해주자, 그들은 마지못해 사라졌다.

잠시 뒤, 개츠 씨가 응접실 문을 열고 밖으로 나왔다. 입은 약간 벌어져 있었고, 얼굴은 약간 상기되어 있었으며, 두 눈에서는 띄엄띄엄 눈물이 흘러내렸다. 그는 죽음 따윈 무서워하지 않을 만한 나이에 도달해 있었다. 그는 처음으로 집 내부를 둘러보았다. 높고 화려한 홀과 커다란 방에서 다른 커다란 방으로 이어지는 수많은 공간을 보자, 그의 슬픔은 두려움 섞인 자부심으로 바뀌기 시작했다. 나는 그를 도와 위층의 침실로 데려갔다. 그가 상의와 조끼를 벗는 동안, 그가 도착할 때까지 장례 절차를 연기해두었다고 말했다.

"당신이 어떻게 하려는 것인지 몰라서요, 개츠비 씨…."

"내 이름은 개츠입니다."

"아, 개츠 씨. 당신이 시신을 서부로 운구하고 싶어 할지도 모른다고 생각했습니다."

그는 고개를 저었다.

"지미는 언제나 동부를 더 좋아했지요. 그는 동부에 와서 높은 지위에 올라갔습니다. 당신은 우리 애 친구입니까?"

"친한 친구였습니다."

"앞날이 창창한 아이였지요. 아직은 애송이에 불과했지만, 여기에 상당한 능력을 갖추고 있었습니다."

그는 인상적인 몸짓으로 손가락을 들어 자신의 머리를 슬쩍 가리켰고 나는 고개를 끄덕였다.

"그가 계속 살아 있었더라면 위대한 사람이 되었을 겁니다. 제임스 J. 힐* 같은 사람이 되었을 거예요. 국가 부흥에 큰 힘이 되었을 겁니다."

"그건 사실입니다." 이렇게 대답하면서도 나는 마음이 편치 않았다.

그는 수 놓인 침대보를 더듬어 침대에서 벗겨내려다가 그만두고 뻣뻣하게 침대 위에 누웠다. 그러고는 곧바로 잠이 들었다.

그날 밤 겁을 먹은 한 사람이 전화를 걸어왔다. 그는 신분을 밝히기 전에 내 이름을 먼저 물었다.

"캐러웨이입니다." 내가 말했다.

"오…." 그는 안도의 한숨을 내쉬었다. "클립스프링어입니다."

나 또한 개츠비의 장례식에 와줄 조문객이 한 명 더 생겨서 마음이 놓였다. 나는 신문에 장례식 기사가 나가서 구경꾼들이 모여드는 것을 원하지 않았기 때문에, 몇 명에게만 직접 전화를 걸고 있었다. 그러나 그런 사람들을 찾기가 쉽지 않았다.

"장례식은 내일입니다." 내가 말했다. "오후 3시에 이 집에서 거행할 겁니다. 오겠다는 사람들에게 좀 알려주기 바랍니다."

"아, 그러지요." 그가 황급히 말했다. "물론 나는 그들을 볼 수 있을 것 같지 않지만 그래도 한번 알아는 보겠습니다."

그의 목소리를 듣고 나는 의심이 들었다.

"물론 당신은 오시겠지요?"

"노력은 하겠습니다. 제가 이렇게 전화를 건 것은…."

"잠깐만." 내가 끼어들었다. "오겠다고 먼저 약속해주시지요."

---

* 제임스 제롬 힐(1838-1916). 피츠제럴드의 고향 마을인 미네소타주 세인트폴에 살았던 철도 재벌이다.

"사실을 말씀드리자면, 저는 지금 몇몇 사람들과 그리니치에서 머무르고 있습니다. 이 사람들은 내일 내가 함께 있어주기를 바라지요. 사실 일종의 피크닉 같은 게 계획되어 있습니다. 물론 저는 빠져나오려고 최선을 다하겠습니다."

나도 모르게 "허!" 하고 비웃는 소리를 내뱉었고 그도 내 반응을 들었는지 조금 긴장된 어조로 말했다.

"제가 전화를 건 이유는 거기에 남겨둔 신발 한 켤레 때문입니다. 집사를 시켜서 그걸 보내줬으면 좋겠는데요. 테니스 신발인데, 없으니 영 불편합니다. 제 주소는 말이죠, B.F.…."

내가 전화를 끊어버리는 바람에 나머지 부분은 듣지 못했다.

그 후 나는 개츠비에게 너무나 미안한 마음이 들었다. 내가 전화를 걸었던 어떤 신사는 돌려 말하기는 했지만, 그가 그렇게 당해도 싸다는 식의 이야기를 했다. 하지만 그것도 그에게 전화를 건 내 잘못이었다. 그는 개츠비가 내준 술을 얻어 마시고 값싼 용기를 내어 개츠비를 신랄하게 조롱했던 자였기 때문이다.

장례식 날 오전, 나는 마이어 울프심을 만나기 위해 뉴욕으로 갔다. 직접 찾아가는 것 외에 달리 접촉할 방법이 없었기 때문이다. 내가 엘리베이터 보이의 도움을 받아 밀고 들어간 문에는 '스와스티카* 지주회사'라는 간판이 붙어 있었는데, 처음에는 그 안에 아무도 없는 것 같았다. 내가 "여보세요" 하고 크게 여러 번 소리치자, 칸막이 뒤에서 언쟁

---

* 스와스티카는 힌두교에서 부와 행운의 상징인데, 1930년대 중반에 나치가 이 문양을 채택했다. 이 소설은 1925년에 나왔으므로 나치와는 무관하다.

이 벌어지더니 곧 예쁘게 생긴 유대인 여자가 안쪽 문 앞에 나타나 적대의가 담긴 검정색 눈으로 나를 쏘아보았다.

"아무도 없어요." 그녀가 말했다. "울프심 씨는 시카고에 갔어요."

앞부분의 말은 분명 사실이 아니었다. 누군가가 저기 방 안에서 〈로자리〉*를 휘파람으로 아무렇게나 흥얼거렸기 시작했기 때문이다.

"캐러웨이라는 사람이 만나러 왔다고 말씀 좀 전해주세요."

"내가 그분을 시카고에서 모셔올 수는 없지 않겠어요?"

그 순간 문 저쪽에서 "스텔라!" 하고 부르는 소리가 들렸다. 울프심의 목소리가 틀림없었다.

"명함을 책상에 남겨두고 가세요." 그녀가 재빨리 말했다. "그분이 돌아오면 전해드리지요."

"하지만 울프심 씨는 저 안에 있잖아요."

그녀는 내 쪽으로 한 걸음 다가서더니 두 손으로 자신의 엉덩이를 거칠게 쓸어댔다.

"젊은이들은 아무 때나 여기를 힘으로 밀고 들어올 수 있다고 생각하는군요." 그녀가 비난했다. "그런 태도에 정말 넌더리가 나요. 내가 시카고에 갔다고 하면 시카고에 간 거예요."

나는 개츠비 이름을 말했다.

"아, 이런!" 그녀가 나를 다시 올려다보았다. "잠깐만…. 당신 이름이 뭐라고 했지요?"

그녀는 사라졌다. 잠시 뒤 마이어 울프심이 엄숙한 자세로 문턱에 서서 양손을 내게 내밀었다. 그는 나를 사무실 안으로 인도하면서 아주

---

* 에델베트 네빈이 작곡한 1898년의 노래.

공손한 목소리로 우리 모두 슬픈 때를 맞이했다고 말하고는 내게 시가를 권했다.

"그를 처음 만났을 때가 기억나는군요." 그가 말했다. "군에서 막 제대한 젊은 소령이었는데 전쟁 때 받은 훈장을 주렁주렁 달고 있었지요. 그는 생활이 너무 어려워서 군복을 계속 입고 다녔습니다. 다른 옷은 사 입을 형편이 안 되었던 거지요. 내가 그를 처음 본 것은 그가 43번가에 있는 와인브레너의 당구장에 나타났을 때였는데, 일자리를 찾고 있었지요. 이틀 동안 아무것도 먹지 못했다고 하더군요. '와서 나랑 같이 점심이나 먹지' 하고 내가 말했어요. 글쎄, 30분 만에 음식을 4달러어치나 먹어치우더라니까요."

"당신이 그가 사업을 시작하도록 도와주었습니까?" 내가 물었다.

"시작하도록 도와주었냐고? 내가 그를 만들었지요."

"아, 그렇군요."

"내가 그를 무無에서부터 키웠고 시궁창에서 꺼내주었습니다. 나는 그가 신사다운 청년임을 단번에 알아보았고 또 오그스퍼드 출신이라는 걸 말해주었을 때, 그를 잘 활용할 수 있겠다고 생각했죠. 나는 그를 재향군인회에 들어가게 했고 그는 그 모임에서 높은 자리에 올라갔습니다. 그 후 그는 올바니에 있는 내 고객을 위해 일하기 시작했습니다. 우리는 모든 일에서 아주 사이가 좋았지요…" 그는 뭉툭한 손가락 두 개를 들어 보였다. "언제나 함께 했으니까요."

나는 파트너 관계였던 그들이 1919년의 월드 시리즈 조작에도 관여했는지 궁금해졌다.

"그런데 그는 이제 죽었어요." 내가 잠시 뒤에 말했다. "당신은 그의 가장 친한 친구였지요. 그래서 오늘 오후에 있을 장례식에 오실 수 있는지 알아보러 왔습니다."

"그야 가고 싶긴 합니다."

"그럼 오세요."

그의 콧구멍 속 잔털이 가볍게 떨렸고 그가 고개를 젓는 동안 두 눈에는 눈물이 맺혔다.

"하지만 난 갈 수 없습니다…. 그런 일에 말려들고 싶지 않아요." 그가 말했다.

"말려들고 말고 할 게 없어요. 다 끝난 일입니다."

"사람이 죽는 사고가 발생하면 나는 무슨 수를 써서라도 그 일에 끼어들지 않으려 합니다. 젊을 때는 달랐지요. 내 친구가 죽으면 무슨 일이 있더라도 끝까지 그의 옆을 지켰습니다. 감상적이라고 생각할지 모르지만 진심이었습니다. 끝까지 지켰지요."

나는 그가 자기 나름의 이유로 오지 않으려고 단단히 결심했다는 것을 알아차리고 자리에서 일어섰다.

"당신은 대학을 졸업했습니까?" 그가 갑자기 물었다.

잠시 나는 그가 어떤 '사업 관계'를 제시하려는 게 아닐까 하는 생각이 들었으나, 그는 단지 고개를 끄덕이며 악수를 청했다.

"누구에게든 그가 죽은 다음이 아니라 살아 있을 때 우정을 보여주는 법을 배워야 해요. 죽은 다음에는 모든 것을 그냥 두자는 게 내 원칙입니다." 그가 말했다.

내가 그의 사무실에서 나왔을 때 하늘은 우중충해져 있었고 웨스트에그에 돌아왔을 때는 이슬비가 내렸다. 옷을 갈아입고 옆방으로 가보니 개츠 씨가 흥분한 듯 홀을 오르락내리락하고 있었다. 아들과 아들의 재산에 대한 그의 자부심은 계속 커져갔는데, 급기야 그는 내게 무언가를 보여주고 싶어 했다.

"지미가 내게 이 사진을 보내왔었습니다." 그는 떨리는 손가락으로 지갑을 꺼냈다. "이걸 한번 보세요."

그것은 개츠비 저택의 사진이었다. 사진은 네 모서리에 금이 가고 여러 사람의 손을 거치는 바람에 지저분해져 있었다. 그는 열을 올리면서 구석구석을 손가락으로 가리켰다. "이걸 좀 보세요!" 그는 내 눈에서 존경의 빛을 찾고 있었다. 그 사진을 남들에게 하도 많이 보여준 나머지 그게 실제 집보다 더 실제 같다고 생각하는 듯했다.

"지미가 내게 보내주었어요. 아주 예쁜 사진이죠. 아주 잘 나왔어요."

"그렇군요. 최근에 아드님을 만난 적이 있나요?"

"그 애는 2년 전에 나를 보러 와서 내가 지금 살고 있는 집을 사주었어요. 그 애가 가출할 때는 사이가 별로 좋지 않았는데 이제 보니 그 애가 가출을 할 만한 이유가 있었군요. 그 애는 자기 앞에 엄청난 미래가 펼쳐질 거라는 사실을 알고 있었던 거예요. 큰 성공을 거둔 후에는 내게 아주 잘해주었고요."

그는 그 사진을 치우기가 싫은 듯, 1분 정도 더 내 앞에서 천천히 흔들었다. 이어 지갑을 제자리에 돌려놓고 호주머니에서『호필롱 캐시디』*라는 제목의 너덜너덜한 책자를 꺼냈다.

"이걸 보세요. 그 애가 어렸을 때 가지고 있었던 책이에요. 그걸 보면 어떤 애였는지 알게 될 거요."

그는 책의 뒤표지를 펼쳐 내가 볼 수 있게 거꾸로 돌려 건네주었다. 책

---

* 클래런스 E. 멀포드의『호필롱 캐시디』(1910)는 카우보이 영웅인 호필롱 캐시디가 등장하는 모험 소설이었다.

의 마지막 면지에는 '계획표'이라는 단어가 적혀 있었고 날짜는 1906년 9월 12월이었다. 내용은 이러했다.

기상	오전 6:00
아령 들기와 암벽 오르기	오전 6:15-6:30
전기학 등 공부	오전 7:15-8:15
일	오전 8:30-오후 4:30
야구와 운동	오후 4:30-5:00
웅변 연습, 자세와 성취 방법	오후 5:00-6:00
발명에 필요한 공부	오후 7:00-9:00

결심

섀프터스나 [알아보기 어려움]에서 시간을 낭비하지 않는다.

담배를 피우지 않고 껌을 씹지 않는다.

이틀에 한 번씩 목욕한다.

매주 수양에 도움이 되는 책이나 잡지를 읽는다.

매주 5달러 3달러 저축한다.

부모님에게 더 잘한다.*

"우연히 이 책을 발견했습니다." 노인이 말했다. "이건 그 아이가 어떤 아이였는지 잘 보여줘요. 그렇지 않나요?"

---

* 개츠비의 스케줄은 벤저민 프랭클린의 『자서전』(1791) 제2부에 나오는 자기 계발 계획을 그대로 모방했다.

"정말 그렇군요."

"지미는 반드시 출세할 아이였어요. 그 아이는 언제나 이런 결심을 했지요. 마음을 수양하기 위해 뭘 했는지 이젠 알겠죠? 그 아이는 언제나 잘 해냈습니다. 한번은 나더러 돼지처럼 밥을 먹는다고 하길래 때려준 적도 있었지요."

그는 그 책을 덮어버리기 싫은지 각 항목을 큰 소리를 읽었고 나를 간절한 눈초리로 쳐다보았다. 내가 그 목록을 껴두었다가 장차 써먹기를 바라는 게 아닌가 하는 생각이 들 정도였다.

오후 3시 직전에 루터교 목사가 플러싱에서 도착했고 나는 혹시 다른 차들이 오지 않나 해서 창밖을 내다보았다. 그건 개츠비의 아버지도 마찬가지였다. 그러나 시간이 지나고 하인들이 안으로 들어와서 홀에서 대기하자 그는 초조한 듯 눈을 깜빡이며 다소 걱정되는 어조로 비가 온다고 말했다. 목사는 손목시계를 여러 번 내려다보았고 나는 그를 한쪽으로 데려가 30분만 더 기다려 달라고 사정했다. 하지만 소용없었다. 아무도 오지 않았으니까.

오후 5시 무렵에 가랑비를 맞으며 공동묘지에 도착한 장례 차량 세 대가 정문 옆에 멈추었다. 맨 앞에는 비에 젖어 번들거리는 새까만 영구차, 이어 개츠 씨와 목사, 내가 탄 리무진 그리고 잠시 뒤에 하인 네다섯 명과 웨스트에그의 우체부가 탄 개츠비의 스테이션 웨건이 따라왔다. 모두 흠뻑 젖어 있었다. 우리가 정문을 지나 공동묘지로 들어가자, 어떤 차가 멈춰 서더니 누군가가 젖은 땅을 밟으며 우리를 쫓아오는 소리가 났다. 나는 뒤를 돌아보았다. 그는 올빼미 안경을 쓴 중년 신사였다. 세 달 전 어느 날 밤에 개츠비 집의 서재에서 개츠비의 책들이 모두

진짜라며 경탄했던 그 사람이었다.

나는 그때 이후로 그를 본 적이 없었다. 나는 그가 장례식 소식을 어떻게 알았는지도 심지어 그의 이름도 몰랐다. 빗방울이 그의 두꺼운 안경을 내리쳤다. 그는 개츠비의 무덤 위에 쳐진 보호 천막이 걷혔을 때 무덤을 잘 보려고 안경을 벗어서 닦았다.

나는 잠시 개츠비 생각을 해보려 했으나 그는 이미 너무 멀어져 있었다. 내가 아무런 분노 없이 기억할 수 있는 것이라곤, 데이지가 조전은 물론 조화조차 보내오지 않았다는 사실이다. 나는 누군가가 "비가 내리니 망자에게 복이 있을지어다"라고 중얼거리는 소리를 희미하게 들었고, 올빼미 안경 신사는 씩씩한 목소리로 "아멘, 아멘" 하고 답했다.

우리는 힘겹게 빗속을 뚫고 차량으로 돌아왔다. 올빼미 안경 신사는 정문에서 내게 말했다.

"집은 찾아가보지 못했습니다."

"다른 사람들도 마찬가지였습니다."

"무슨 소리입니까?" 그가 놀랐다. "아니, 저런! 한때 수백 명씩 그 집에 몰려가지 않았습니까?"

그는 안경을 벗고 먼저 바깥쪽을, 다시 안쪽을 닦았다.

"불쌍한 놈." 그가 말했다.

나는 아직도 예비학교 시절, 나중에는 대학교 시절에 크리스마스 시즌을 맞이해서 서부로 귀향하던 날의 광경을 생생히 기억한다. 시카고보다 더 멀리 가는 학생들은 12월 어느 날 저녁 6시에 낡고 침침한 유니언 스테이션 기차역에서 몇몇 시카고 친구들과 모여 황급히 작별 인사를 나누었다. 시카고 친구들은 이미 즐거운 휴가 계획을 세워 놓고 있었다. 나는 여러 여학교에서 집으로 돌아가던 여학생들의 털 코트와 차가운 입김을 호호 불며 수다스럽게 늘어놓던 말, 머리 위로 흔들던 손들을 기억한다. 오랜 친구를 만났을 때 "넌 오드웨이 네 갈 거니? 허시 네는? 슐츠 네는?" 하면서 초대장을 서로 비교해보던 모습이며 장갑 낀 손으로 기다란 초록색 기차표를 꼭 쥐고 있던 모습도 뇌리에 선명히 남아 있다. 마지막으로 마침내 시카고-밀워키-세인트폴 노선의 노랗고 칙칙한 객차들이 마치 자기가 크리스마스 그 자체인 듯 쾌활한 모습으로 기차역 문 옆 철로에 서 있는 모습도 잊을 수 없다.

기차가 겨울밤 속으로 미끄러져 들어가면 진짜 눈, 고마운 눈이 옆으로 휘날리며 차창에서 반짝거렸고, 자그마한 위스콘신 기차역들의 흐린 등불이 스쳐 지나가면 날카로운 야생의 활기가 갑자기 공중으로 솟아오른다. 우리는 식당차에서 밥을 먹고 추운 연결 통로를 걸어오면서 그 공기를 들이마셨고, 낯선 한 시간 동안 우리 고장과 하나가 된 듯한, 말로는 묘사하기 어려운 감정을 분명히 느끼다가 자기도 모르게 그 분위기 속으로 한껏 녹아든다.

그것이 나의 중서부다. 밀밭이나 대평원 혹은 스웨덴 사람들이 정착한 이름없는 마을이 아니다. 내 어린 시절 기차를 타고 돌아가는 가슴 뛰는 여행, 서리 내린 어둠 속에서 켜진 은은한 램프와 썰매 방울, 불 켜진 창문에 내걸린 감탕나무 크리스마스트리가 눈 위에 비치면서 만드는 그림자, 이런 것들이 나의 중서부다. 나는 그런 고장의 일부다. 길고 긴 겨울날의 느낌을 다소 진지하게 여기며, 캐러웨이 집안에서 성장한 것을 나름 만족스럽게 여긴다. 내가 자란 도시의 사람들은 아직도 그 가문의 이름을 부른다. 나는 이제 지금껏 해온 이야기가 결국 서부의 이야기라는 것을 깨닫는다. 아무튼 톰, 개츠비, 데이지, 조던과 나는 서

부인이고 우리들은 동부의 생활에 적응하지 못했다는 일종의 결격 사유를 동일하게 갖고 있었는지도 모른다.

　동부가 나를 크게 흥분시킬 때조차, 심지어 동부가 오하이오강 너머의 지루하고 완만하고 부어터진 도시들보다 더 우월하다는 것을 의식할 때조차, 동부가 노약자들을 제외하고 모든 사람을 사정없이 몰아붙인다는 것을 알고 있을 때조차, 나는 동부가 무언가를 왜곡시키는 특징을 가졌다고 생각했다. 특히 웨스트에그는 여전히 나의 환상적인 꿈속에 크게 자리 잡고 있다. 나는 동부가 엘 그레코*가 묘사한 밤경치 그림이라고 생각한다. 그 그림 속에는 한때 유행했으나 지금은 기괴해진 수백 채의 가옥들이 음울하게 축 늘어진 하늘과 무광택 달빛 아래 웅크리고 있다. 그림 전면에는 신사복을 입은 엄숙한 남자 네 명이 들것을 들고 보도를 걸어가고 있다. 들것 위에는 하얀 이브닝드레스를 입은 여자가 술 취해서 누워 있다. 들것 밖으로 덜렁거리는 그녀의 손에서 보석들이 차갑게 반짝거린다. 남자들은 엄숙한 자세로 어떤 집 안에 들어간다. 그러나 엉뚱한 집이다. 하지만 아무도 여자의 이름을 모르고 신경 쓰지도 않는다.

　개츠비의 사망 이후 동부는 내게 꼭 그런 그림처럼 음산한 곳이 되어, 나의 시력으로는 도저히 감당할 수 없는 왜곡된 모습으로 나를 따라다녔다. 그래서 바스락거리는 낙엽을 태우는 푸른 연기가 공중에 퍼지고, 바람이 불어와 빨랫줄에 걸린 젖은 빨래를 뻣뻣하게 말릴 때, 나는 마침내 귀향하기로 마음을 먹었다.

---

* 엘 그레코(1541-1614)는 스페인 르네상스의 주역이었던 화가로 우울하면서도 표현력 높은 그림으로 유명하다.

떠나기 전에 해치워야 할 일이 하나 있었다. 그냥 내버려두는 게 나을지도 모르는, 어색하고 불쾌한 일이었다. 그러나 나는 명확하게 정리해두고 싶었다. 친절하지만 무심한 바다가 내 쓰레기를 그저 쓸어갈 것이라고 믿지도 않았다. 나는 조던 베이커를 만났고 우리에게 벌어진 일, 그 후 내게 벌어진 일을 말해주었다. 그녀는 커다란 의자에 드러눕듯이 앉아 잠자코 내 말을 들어주었다.

그녀는 골프 경기에 나갈 때 입는 옷을 입고 있었다. 그녀가 잡지 화보에 나오는 인물 같다고 생각했던 게 기억난다. 살짝 경쾌하게 턱을 치켜든 자세, 가을 낙엽 같은 머리 색깔, 무릎 위에 놓인 손가락 없는 장갑만큼이나 짙은 갈색의 얼굴. 내가 이야기를 끝마쳤을 때 그녀는 아무런 설명 없이 다른 남자와 약혼했다고 말해주었다. 그녀가 마음만 먹으면 쉽사리 결혼할 수 있는 남자들이 여러 명 있기는 했지만, 나는 그 말을 믿지 않았다. 그렇지만 일부러 놀란 척했다. 잠시 내가 실수하는 게 아닌가 하는 생각이 들었지만, 그 생각을 재빨리 털어내고 작별 인사를 하기 위해 일어섰다.

"아무튼 당신이 나를 차버린 거예요." 그녀가 갑자기 말했다. "전화로 나를 차버렸어요. 나는 이제 당신에게 아무런 관심도 없지만, 어쨌든 나로서는 새로운 경험이라 한동안 현기증 같은 걸 느꼈어요."

우리는 악수를 했다.

"아, 기억해요…?" 그녀가 덧붙였다. "우리가 자동차 운전에 대해서 주고받았던 말?"

"글쎄, 정확히는 기억하지 못하는데."

"당신이 나쁜 여성 운전자는 또 다른 나쁜 운전자를 만나기 전까지만 안전하다고 했지요. 그런데 알고 보니 내가 또 다른 나쁜 운전자를 만났던 것 아닌가요? 내가 너무 부주의해서 잘못된 추측을 했던 거예요. 나는 당신이 정직하고 반듯한 사람이라고 생각했어요. 그게 당신의 은밀한 자부심이라고 여겼지요."

"나는 서른이야." 내가 말했다. "당신보다 다섯 살이나 많은데, 스스로 거짓말을 하고서 그걸 명예롭게 여길 수는 없는 나이지."

그녀는 대답하지 않았다. 나는 화가 났고, 그녀에게 사랑을 느끼면서도 다른 한편으로는 엄청 서글픈 심정이 되어 돌아섰다.

10월의 끝 무렵 어느 날 오후에 나는 톰 뷰캐넌을 보았다. 그는 5번가에서 내 앞을 걸어가고 있었다. 활발하고 공격적인 걸음걸이였고, 양손은 어떤 간섭이든 배제하겠다는 듯이 약간 앞으로 내밀었으며, 머리는 그의 불안정한 두 눈에 적응하려는 듯이 좌우로 날카롭게 돌아가고 있었다. 내가 그를 추월하지 않으려고 걸음을 늦추는 순간, 그가 멈추어서서 얼굴을 찌푸리며 보석 가게 진열장을 들여다보기 시작했다. 그러다가 나를 보자 뒤돌아와 내게 손을 내밀었다.

"무슨 일인가, 닉? 나와 악수하기 싫다는 건가?"

"그래. 내가 자네를 어떻게 생각하는지 알잖나?"

"미쳤군, 닉." 그가 재빨리 말했다. "정말 미쳤어. 자네가 왜 그러는지 모르겠군."

"톰." 내가 물었다. "그날 오후 윌슨에게 무슨 말을 했어?"

그는 아무 대답도 하지 않고 나를 빤히 쳐다보았다. 나는 윌슨의 소재가 파악되지 않았던 몇 시간에 대한 내 추측이 옳았다는 걸 알았다. 나는 몸을 돌려 다른 데로 가려 걸음을 옮기자 그는 재빨리 쫓아오며 내 팔을 붙잡았다.

"나는 그에게 사실을 말했어." 그가 말했다. "우리가 막 떠날 준비를 하는데 그가 우리 집 문 앞까지 왔지. 내가 집에 없다는 전갈을 보냈는데 위층으로 쳐들어올 기세였어. 그는 완전히 정신이 나간 상태였고 그 차의 주인이 누구인지 말해주지 않으면 나를 죽이겠다고 했어. 그는 집 안에 들어온 순간부터 호주머니에 감춘 권총을 손으로 잡고 있었어…." 그는 도전적으로 말을 끊었다. "내가 말해준 게 뭐가 그렇게 문제인가? 그자는 당해도 싸. 그는 데이지의 눈에 먼지를 던졌던 것처럼 당신 눈에도 똑같은 짓을 했어. 그는 악당이지. 마치 강아지를 깔아뭉개듯 머틀을 쳐서 죽였고, 도망쳤으니까."

나는 아무런 말도 할 수 없었다. 그건 진실이 아니라는, 차마 입 밖에 낼 수 없는 사실 외에 무슨 말을 할 수 있을까?

"자네는 내가 고통을 느끼지 않는다고 생각할지 모르겠는데, 이걸 좀 봐. 내가 그 아파트를 처분하려고 갔더니 그 빌어먹을 개 비스킷이 찬장 위에 놓여 있는 것을 보고 그만 주저앉아 아이처럼 울었어. 정말이지 그건 끔찍한…."

나는 그를 용서할 수도, 좋아할 수도 없었지만, 그는 자신이 정당하게 행동했다고 여겼다. 모든 것이 부주의하고 하나같이 혼란스러웠다. 톰과 데이지, 그들은 경솔한 사람들이었다. 그들은 사물과 사람을 망쳐놓고 그들의 돈 속으로, 엄청난 무관심 속으로 혹은 그들을 단결시키는 어떤 것 속으로 숨어버렸다. 자신들이 일으킨 대혼란은 남들이 청소하도록 두고서 말이다….

나는 그와 악수했다. 악수를 하지 않는 게 더 어색할 것 같았다. 나는 갑자기 어린아이를 상대로 말을 하는 것 같은 느낌이 들었다. 이어 그는 진주 목걸이를 사기 위해 보석 가게 안으로 들어갔다. 어쩌면 한 쌍의 커프스 버튼을 사려고 했을지도 모른다. 그리하여 그는 나의 촌스러운 결벽증과 영원히 작별했다.

　내가 떠나올 때 개츠비의 집은 여전히 비어 있었다. 그 집 잔디는 내 집 잔디만큼이나 자라 있었다. 마을의 택시 기사 중 한 사람은 그 집 정문을 지날 때마다 반드시 잠시 멈추어 서서 안쪽을 가리킨 다음에 손님에게 택시 요금을 받았다. 아마도 교통사고가 났던 그날 밤에 데이지와 개츠비를 이스트에그까지 데려다준 사람이었을 텐데, 그날 일을 나름대로 멋지게 꾸며서 말해주었을 것이다. 나는 그 이야기를 듣고 싶지 않았기에 기차에서 내릴 때마다 그를 피했다.

　나는 토요일 저녁이면 늦게까지 뉴욕에 있다가 집에 돌아갔다. 개츠비 저택에서 벌어졌던 그 화려하고 눈부신 파티들이 너무나 생생해서 여전히 음악 소리와 정원에서 끊임없이 흘러나오는 희미한 웃음소리, 진입로를 오르내리는 차들의 소리가 들려오는 듯했기 때문이다. 어느 날 밤, 나는 어떤 차가 그 집 앞으로 다가가 현관 계단에 전조등을 비추는 것을 보았다. 하지만 누구인지 살펴보지는 않았다. 아마도 지구 반대편에 오래 가 있다가 돌아오는 바람에 개츠비 저택의 파티가 이미 끝났다는 것을 모르는 어떤 최후의 손님이었을 것이다.

　여행 가방을 다 싸놓고 내 차를 동네 야채상에게 팔아넘긴 마지막 날 밤, 나는 그 집으로 가서 그 거대하고 두서없는 실패작 저택을 다시 한번 올려다보았다. 하얀 계단에는 어떤 아이가 벽돌 조각으로 휘갈긴 욕설*이 달빛 속에서 밝게 보였다. 나는 내 구두 바닥으로 계단 대리석

* 욕설이 구체적으로 무엇인지는 독자의 상상에 맡겨져 있으나, 개츠비 하관식 때 조문 온 올

을 박박 긁어서 그 욕설을 지워버렸다. 그런 다음 해변으로 어슬렁거리며 내려가 모래밭 위에 두 다리를 쭉 펴고 앉았다.

이제 해변 대저택들은 대부분 문이 닫혀 있었고, 해협을 건너는 페리보트의 그림자 같은 희미한 빛을 제외하고는 어떤 불빛도 찾기 어려웠다. 달이 더 높이 떠오르자, 나는 과거 여기에 있던 섬, 한때 네덜란드 선원들의 눈앞에서 활짝 꽃피던 섬—신세계의 싱싱한 녹색 유방을 의식하게 되었다. 개츠비의 저택을 짓기 위해 잘려나간 나무들과 사라져버린 숲은 한때 마지막이자 가장 위대한 인간적 꿈을 향해 나지막하게 유혹의 언어를 속삭였을 것이다. 그리하여 잠시 매혹을 느낀 순간에 인간은 이 대륙 앞에서 숨을 멈추고 자신이 이해하지 못하고 욕망하지도 않았던 미학적 명상을 하게 되었을 것이고, 역사상 맨 마지막으로 경이로운 것을 상상하는 능력과 일치하는 어떤 것을 직접 대면했을 것이다.

나는 그렇게 앉아서 오래된 미지의 세계를 명상하면서, 개츠비가 데이지 저택 선착장에 켜진 초록색 등불을 처음 발견했을 때의 경이로움을 생각해보았다. 그는 이 푸른색 잔디밭에 도착하기 위해 먼 길을 걸어왔다. 그의 꿈은 너무나 가깝게 느껴져 붙잡지 않을 이유가 없었다. 그러나 그는 그 꿈이 이미 그의 뒤쪽에 가 있다는 것을 몰랐다. 도시의 경계를 넘어선 저 광대무변한 어둠 속의 어느 곳, 공화국의 검은 들판들이 어두운 밤하늘 아래에서 끝없이 펼쳐지는 곳, 그런 곳 어딘가에 숨어 있다는 것을 깨닫지 못했다.

개츠비는 초록의 등불, 우리 눈앞에서 한 해 한 해 흘러갈수록 뒤로

빼미 중년 신사가 내뱉은 '불쌍한 놈'the poor son-of-a-bitch이라고 보아야 앞뒤 문맥이 통한다.

물러나는 성적 환희의 미래[*]를 믿었다. 그것은 그렇게 우리를 피해 달아난다. 하지만 그건 중요하지 않다. 우리는 내일 더 빨리 달리면서 더 멀리 팔을 내뻗을 테니까…. 그러다 보면 어느 화창한 아침에….

그렇게 우리는 바다의 흐름을 거스르는 배처럼 끊임없이 과거로 밀려가면서 동시에 앞으로 나아간다.

---

* 원서 표기는 orgastic future. 이 표현의 원어는 orgastic인데 '오르가슴의'이라는 뜻이다. 피츠제럴드 사후에 친구인 에드먼드 윌슨이 『위대한 개츠비』를 다시 펴낼 때(1941) 이 단어 중 g와 a 사이에 i자를 하나 추가하여 orgiastic으로 잘못 고쳐놓았다. 이 잘못 교정된 단어는 '주신제酒神祭의'라는 뜻으로, 유방의 상징을 잘못 읽은 것이므로, 평론가 매슈 부르콜리가 최종적으로 orgastic으로 바로 잡았다. 꿈과 현실의 합치를 유방이라는 성적 대상으로 실현하고 있다. 「작품 해설」 중 '암시, 상징, 이미지'를 참고할 것.

해제

이종인

크고 아름다운 다이아몬드, 『위대한 개츠비』

미국의 여류 시인 에드나 빈센트 밀레이는 1921년 봄 파리에서 소설가 F. 스콧 피츠제럴드(1896-1940, 이하 '피츠제럴드')를 만난 후 이런 말을 했다. "F. 스콧 피츠제럴드를 만나면 어떤 어리석은 노파를 생각하게 된다. 어떤 사람이 그 노파에게 아주 크고 아름다운 다이아몬드를 하나 맡겨 놓았는데 노파는 만나는 사람마다 그 보석을 보여주었다. 그러면 사람들은 '아니, 이런 무식한 노파가 저런 고귀한 보석을 갖고 있다니' 하면서 굉장히 놀란다. 하지만 그녀는 그 다이아몬드에 대해 말하는 것 외에는 달리 잘하는 일이 없다."

피츠제럴드의 일생을 살펴보면 어리석은 노파라는 비유가 꽤 적절해 보인다. 그렇다면 아주 크고 아름다운 다이아몬드란 무엇을 가리키는 것일까? 바로 『위대한 개츠비』(이하 『개츠비』)다. 이 작품은 광란의 20년대The Roaring Twenties 혹은 재즈 시대The Jazz Age로 알려진 1920년대의 미국 사회를 묘사한 소설로서, 20세기 미국 문학의 걸작으로 평가받고 있으며, 더 나아가 세계 문학이라는 밤하늘을 빛내는 기라성 같은 작품 중에서도 당당히 한자리를 차지하는 우뚝한 별이 되었다. 이 소설에 매료된 사람들은 너무나 많다. 소설가 마이클 커닝엄은 할 수만 있다면 이 소설의 전문을 온몸에 문신으로 새기고 싶다고 했다. 또 다른 소설가 조너선 프랜즌은 미국의 우화라는 심오한 주제를 다룰 때 『개츠비』가 아이스크림을 먹는 것처럼 시원하고 재미있는 소설이라고 하면서 꼭 이런 작품을 하나 써보고 싶다고 말했다.

『개츠비』를 처음 읽는 독자들은 작품의 명성에 높은 기대감을 품었다가 읽기를 마치면 "흥! 겨우 이 정도야?" "뭐, 별거 아니네!" 하면서 실망하는 경우가 많다. 소설의 줄거리가 단순하고 전형적인 삼각관계를 다룬 러브스토리가 전부인 데다가, 주인공도 불법 밀수업자에 지나지 않는데 이런 소설이 뭐가 위대하냐고 의문을 표하는 것이다. 이 해제는 그 실망의 과정을 거쳐야 비로소 이 작품의 위대함을 발견하게 된다는 전제 아래 전개된다.

피츠제럴드의 생애

피츠제럴드의 생애는 초반의 성공, 후반의 실패 그리고 사후의 영광 이렇게 세 가지로 요약할 수 있다. 피츠제럴드는 1939년 할리우드에서 극도로 부진하던 시절에 딸 스코티에게 자신이 위대한 작가는 아니지만 예술적 성취를 위해 자신이 바친 희생에는 일종의 서사시적 장엄함이 있다고 말했는데, 그의 삶에는 분명 시시포스나 오르페우스 같은 서사적 영웅의 편린이 번득거린다.

그의 생애를 일별하면, 1920년대 초반은 첫 작품인 『낙원의 이쪽』을 비롯해 고급 잡지에 여러 편의 단편이 실리면서 신세대 작가로 혜성같이 떠올랐던 시대다. 1925년『개츠비』로 최정상에 오른 후, 내리막길에 접어들었고 1929년 재즈 시대가 끝나면서 피츠제럴드의 전성기도 마감되었다. 1930년대 들어서서는 아내 젤다의 정신병 발병과 자신의 과도한 음주벽으로 인생에 큰 금이 가기 시작했다. 생애 말기에는 안팎의 여러 어려움을 이겨내지 못하고, 1940년 애인 실라 그레이엄의 아파트에서 과도한 음주와 무리한 집필 생활로 인한 심장마비로 사망했다.

그는『낙원의 이쪽』등 초창기의 급속한 성공이 오히려 독이 되어 이후에는 명성을 회복하기 위한 고투의 세월을 보냈고, 44세로 사망할 때까지 계속 금전적 결핍과 문학적 명성의 하강으로 고통받는 생애를 보내야 했다. 1930년대에는 딸 스코티의 학비와 최고급 정신과 병원에서 젤다를 치료받게 하기 위한 병원비를 벌고 기존의 빚을 갚기 위해 끊임없이 상업적인 글을 써야 했다.『개츠비』를 능가하는 장편소설을 쓰고 싶은 강렬한 소망을 억압하고, 160편에 달하는 단편을 계속 써야 했으니 예술적 재능을 낭비한 것은 물론이고, 그 좌절감이 얼마나 깊었을지도 쉽게 상상해볼 수 있다.

작가는 1936년에 발표한 자전적 수필『무너져 내리다』에서 자신의 인생이 금이 가기 시작한 중대한 사건으로 성적 미달로 프린스턴대학교를 중퇴한 것과 가난 때문에 연애에 실패한 일을 들었다. 그때부터 '리치걸 앤드 푸어보이'rich girl and poor boy의 대비는 그의 문학에 기다란 그림자를 드리우는 주제가 되었다.『개츠비』도 따지고 보면, 이 주제의 변주라고 할 수 있다. 그러나 참으로 역설적이게도 문학이란 작가가 궁해야 비로소 서술 기법이 교묘해지고, 결과적으로 좋은 작품이 나온다. 그리하여 1920년대 초중반에 작가가 겪은 깊은 상실감이 최후 장편인『밤은 부드러워』를 만들어내는 계기가 되었다.

생애 후반에 몰락을 더욱 재촉한 것은 그의 알코올 중독과 아내 젤다의 정신병이었다. 부부는 자신의 힘든 상황이 서로 네 탓이라고 비난하며 무수한 언쟁을 벌였다. 피츠제럴드의 아버지 또한 불우한 인생을 보낸 나머지 술독에 빠져 살았는데 이 기질을 그가 그대로 물려받았다. 그는 인생에서 어려운 고비를 만날 때마다 술로 해결하려 했다. 그러나 술 자체보다는 그의 술주정이 특히 위험했다. 그는 술에 취하면 상대방을 불쾌하게 만드는 외설적인 언어를 사용하거나 전혀 예상할 수 없는 우스꽝스러운 몸짓을 하고 도로변에 갑자기 벌렁 드러눕는 등 이상한 행동을 했다. 남의 집에 초청받아 갔다가 술에 취하면 수프를 안주인의 등에 부어버리기도 하고 시중을 드는 하녀에게 입을 맞추기도 하고 개집에서 정신을 잃어버리기도 했다. 아내 젤다는 자신이 정신병에 걸린 원인 중 절반은 남편의 음주벽에서 온 것이라고 단언했다.

그러나 아내 젤다 또한 불안정한 여성이기는 마찬가지였다. 한때 앨라배마 사교계의 스타였던 젤다는 남의 주목을 받지 못하는 삶을 따분하게 여기는 1920년대의 전형적인 플래퍼flapper였고, 뭔가 유쾌한 자극이 있어야만 인생을 살 수 있다고 생각했다. 그리하여 소설 쓰기, 무용, 그림 그리기 등으로 끝없이 일을 벌이면서 만족을 느꼈다. 피츠제럴드의 괴상한 술버릇이 나올 때면 젤다는 일부러 한술 더 떠서 만취한 상태로 위험한 행동을 벌이곤 했다. 피츠제럴드가 무용가 이사도라 덩컨에게 은근한 눈짓을 건넸을 때는 돌계단 위로 몸을 던지며 항의하기도 했다. 그때 젤다는 남편에게 자기가 먼저 절벽에서 뛰어내릴 테니 뒤따라오라며 말도 안 되는 고집을 부렸다.

젤다의 그런 괴상한 행동에 피츠제럴드가 기여한 부분도 분명히 있었다. 가령 피츠제럴드는 『무너져 내리다』라는 수필에서 돈이 많은 사람들이 자신의 아내에게 초야권을 행사하지는 않을까 걱정하며 성적 강박증을 드러냈는데, 이런 심리 상태가 아내를 더욱 불안정하게 만들었을 것으로 짐작된다. 그는 아내 젤다뿐 아니라 생애 만년에 알게 된 내연녀 실라 그레이엄에게도 성적 의심을 품었다. 그는 술에 취하기만 하면 이 고마운 여인에게 과거의 성적 경력을 꼬치꼬치 캐물었다고 한다.

프랑스에 체류하던 시절, 젤다의 현명하지 못한 행동들이 피츠제럴드의 사기를 크게 꺾었다. 그녀는 남편이 열심히 『개츠비』의 원고를 다듬고 있을 때 따분함을 이기지 못하고 외간 남자와 바람을 피운 것이다. 이미 자신이 사랑했던 여자 지네브라 킹에게 배신당했던 피츠제럴드는 결혼한 아내가 똑같은 일을 벌이자 엄청난 충격을 받았다. 부부의 가정 파탄에 누구의 책임이 더 큰지는 명확하지 않다. 낸시 밀포드의 전기 『젤다』는 피츠제럴드가 젤다의 문학적 재능을 질투하고 위협함으로써 그녀의 정당한 자격과 권리를 침해했다고 주장한다. 특히 그의 알코올 중독이 젤다의 정신병을 크게 부추겼다고 기술했다. 정신과 의사들이 아내의 회복을 위해 반드시 금주를 해야 한다고 조언했음에도 그는 인생의 유일한 낙이며 창작에 영감을 주었던 술을 끊지 못했다. 피츠제럴드는 또 자신을 변호하기 위해 링컨 대통령의 고사를 거론했다. 백악관 주위의 사람들이 북군의 야전사령관 그랜트 장군의 승전을 질시하여 장군이 술꾼이라고 험담을 해대자, 링컨은 오히려 그랜트가 마시는 위스키의 브랜드가 무엇인지 알려주면 좋겠다고 말했다. 다른 장군들이 우물쭈물하는 사이 오로지 그랜트만이 과감하게 진격해 승리를 거두고 있으니, 그 위스키를 보내 그들도 그랜트처럼 잘 싸우도록 격려하고 싶다고 했던 이야기다.

피츠제럴드는 「다시 찾은 바빌론」이라는 단편에서 주인공 찰리 웨일

스의 입을 통해 이런 말을 한다. "그는 아버지가 딸에게 혹은 어머니가 아들에게 지나친 사랑을 베풂으로써 본의 아니게 피해를 입힌다고 생각했다. 아이는 훗날 자신의 배우자에게서 부모가 베풀었던 맹목적 사랑을 찾게 되고, 그것을 발견하지 못하면 사랑과 인생에 증오심을 품게 되는 것이다." 피츠제럴드나 젤다 둘 다 이런 경우였을 것이다. 특히 피츠제럴드의 어머니는 어린 두 딸을 잃은 뒤 피츠제럴드를 얻었기 때문에 지나칠 정도로 아들을 편애했다. 피츠제럴드 부부는 관계를 개선하기 위해 무척 노력했으나 진전이 없었고 피츠제럴드는 아내와의 이혼을 몇 번이나 심각하게 고려했으나 차마 그렇게 하지 못했다. 나중에는 싸움이 하나의 애정 표현이 될 정도로 기이한 부부 관계로 변질되었다.

1936년 피츠제럴드는 술에 취한 상태로 『뉴욕 포스트』 미셸 모크 기자의 인터뷰에 응했다가 재기 불가능한 술꾼이라는 오명이 전국적으로 널리 퍼졌다. 이에 수치심을 이기지 못하고 자살을 시도했다가 미수에 그치는 일도 있었다. 심장마비로 죽기 일곱 달 전인 1940년 5월에 피츠제럴드는 맥스웰 퍼킨스에게 아주 슬픈 편지를 썼다. 이 편지에서 할리우드의 시나리오 작업에 대해 말하다가 『개츠비』를 언급했는데, 마치 죽음을 예감한 사람 같은 어조였다. 그 부분을 인용하면 이러하다.

"책이 절판되지 않고 계속 나왔으면 좋겠습니다. 스코티가 친구들한테 아빠가 작가라고 말해놨는데 책을 구할 수 없다면 좀 난처하지 않겠습니까⋯. 25센트짜리 책으로라도 『개츠비』가 계속 사람들 눈에 띄기를 바랍니다. 그래도 안 된다면 이 책은 영 인기가 없는 거겠지요. 혹시 잘될 가능성이 있지는 않을까요? 25센트 시리즈에 넣어 보급판으로 다시 찍어내고, 서문은 내가 아니라 이 책을 좋아하는 다른 사람(제가 추천할 수 있습니다)이 쓰고요. 학생, 교수, 애독가들이 이 책을 좀 찾아주었

스콧 피츠제럴드와 젤다 피츠제럴드

으면 좋겠습니다. 그래도 안 된다면 억울하지만 어쩔 수 없는 일이지요. 이 책을 쓰느라 그렇게 많은 정성을 쏟았는데 말입니다. 지금도 내 인지가 붙은 책을 미국 소설 시장에서 찾아보기 어렵습니다. 나는 시시한 소설가인가 봅니다."

피츠제럴드는 자신의 삶이 실패작이라고 생각했지만 마지막까지 소설가의 긍지를 간직했고, 미완성 장편소설 『마지막 대군』을 쓰던 중 현역으로 사망했다. 그가 생전에 딸에게 보낸 편지는 자신의 인생이 비록 실패작이지만 소설가로서의 자부심을 끝까지 잃지 않았음을 보여준다. "인생은 본질적으로 속임수다. 인생에서는 패배가 필연적이다. 그렇지만 인생을 구제해주는 것은 행복과 쾌락이 아니라 갈등에서 얻어지는 아주 깊은 만족감이다." 그 만족감을 얻기 위해 소설을 쓰던 중에 죽었으니 소설가다운 끝 맺음이라고 생각된다(자세한 연도별 사건에 대해서는 「F. 스콧 피츠제럴드 연보」를 참고할 것).

『개츠비』의 집필 과정과 출판의 역사

피츠제럴드는 1922년 6월, 미네소타주 화이트 베어 레이크에서, 세 번째 장편소설의 주제와 플롯을 구상하기 시작했다. 그리하여 그다음 해 여름, 약 1만 8천 단어(원고지 약 300매)로 된 전지적 시점의 소설 초고를 완성했다. 하지만 이 원고를 대부분 폐기하고 일부만 남겨 「사면」이라는 소설로 1924년 6월에 잡지 『아메리칸 머큐리』에 발표했는데, 이는 개츠비의 어린 시절을 다룬 내용이었다. 그 후 10년이 흐른 1934년에 피츠제럴드는 이 「사면」에 대해 이런 말을 했다. "「사면」은 개츠비의 어린 시절을 묘사한 소설인데, 유소년 시절 개츠비를 신비롭게 남겨두고 싶어 삭제했다." 「사면」의 주인공 루돌프 밀러는 무능력한 아버지에게 반감을 느끼고 슈워츠 신부에게 "나는 내 부모의 아들이 아니라 다른 힘센 사람의 아들이라고 생각하는" 경향이 있다고 말했다.

루돌프 밀러의 아버지는 제임스 홀트라는 철도 재벌을 존경하는데 『개츠비』 제9장에서도 개츠비의 아버지가 아들을 두고 장차 제임스 홀트처럼 유명하게 되었을 것이라며 아쉬워하는 부분이 나온다. 루돌프 밀러의 고백 성사를 받아주는 슈워츠 신부는 놀이공원의 화려한 반짝임을 언급하면서 어두운 곳에서 그 놀이공원을 보면 모든 것이 아름답게 보이나 그건 그저 겉모습일 뿐이라고 지적한다. 그러면서 놀이공원에 가까이 다가가면 삶의 열기와 땀과 번민을 느끼게 될 것이라고 루돌프 밀러에게 주의를 준다. 그러면서 신부는 매혹적인 금발의 스웨덴 여성에 대해 말한다. 즉 놀이공원의 반짝임이 금발의 화려함에 상응한다. 이 놀이공원의 반짝임은 『개츠비』 제4장에 마지막 부분, 닉과 베이커의 연애 장면에 나오는 놀이공원과 상응하고, 금발의 화려함은 데이지의 피상적 아름다움에 조응한다.

피츠제럴드는 1924년 여름에 다시 세 번째 장편소설을 쓰기 위해 유럽으로 건너가 새롭게 구상을 가다듬었고 이때 맥스웰 퍼킨스에게 "아주 예술적인 성취"를 이룰 작품을 쓰고 있다고 말했다. 피츠제럴드는 프랑스에서 그 장편소설의 초고를 완성해 문장을 가다듬기 시작했다. 같은 해 10월 27일에 피츠제럴드는 소설 집필을 완료한 뒤 출판사로 원고를 발송했다. 이때 발송된 원고의 제목이 '위대한 개츠비'였다.

1924년 11월에 편집자 맥스웰 퍼킨스는 작품이 아주 좋다고 칭찬하면서도 개츠비의 과거를 너무 신비주의로 일관하지 말고, 개츠비가 큰 돈을 벌게 된 구체적 과정을 간략히 추가했으면 좋겠다고 조언했다. 그리하여 피츠제럴드는 원고를 수정해 다시 보냈는데 이때 제목도 '웨스트에그의 트리말키오'로 바꾸었다. 트리말키오는 고대 로마의 소설가 페트로니우스의 『사티리콘』에 나오는 주인공 이름이다. 『사티리콘』에서는 「트리말키오의 만찬」이라는 부분이 가장 유명하다. 이 만찬은 개츠비의 저택에서 벌어지는 토요일 만찬에 영감을 주었다. 그리고 트리말키오가 만찬 중에 손님들에게 말해주는 두 가지 에피소드는 『개츠비』의 주제와도 관련이 된다(「작품 해설」 중 '작품의 주제'를 참고할 것).

그러나 출판사는 '웨스트에그의 트리말키오'라는 제목을 거부했다. 1924년 12월 말에 최종 교정본(갤리) 2부가 피츠제럴드에게 우편으로 발송되었고 제목도 다시 '위대한 개츠비'로 바뀌었다. 1925년 2월까지 피츠제럴드는 이탈리아의 로마와 카프리에서 갤리(식자된 최종 교정본)를 수정하여 퍼킨스에게 다시 보냈는데 여전히 '위대한 개츠비'라는 제목에 불만을 품고 '웨스트에그의 트리말키오', '황금 모자를 쓴 개츠비', '높이 뛰어오르는 애인' 등의 다른 제목을 제시했다. 1924년 12월 1일 피츠제럴드는 로마에서 퍼킨스에게 전보를 보내 개츠비와 트리말키오 중에 아직 마음을 정하지 못했다고 말했다. 그는 아무래도 개츠비보다는 트리말키오가 낫겠다면서 이렇게 말했다.

"나는 이 소설의 제목을 트리말키오로 정해야 한다고 생각합니다. 개츠비는 싱클레어 루이스의 『배빗』과 너무 비슷한 인상을 줍니다. 게다가 그 앞에 '위대한'이라는 형용사를 붙이는 것은 더욱 근거가 박약하다고 봅니다. 이 책에서는 개츠비의 위대함, 심지어 위대함의 부재를 모순적인 의미로서도 강조한 바가 없기 때문입니다."

1924년 12월 16일에 퍼킨스는 피츠제럴드에게 전보를 보내 피츠제럴드와 친한 동료 소설가 링 라드너가 트리말키오는 아무도 제대로 발음할 수 없고 뭘 하는 사람인지 모르기 때문에 제목으로는 부적합하다는 의견을 냈다고 알렸다. 젤다 또한 책의 매출을 올릴 만한 좋은 제목이 아니라고 주장했다. 그러자 1925년 3월 19일 피츠제럴드는 또다시 전보를 보내 '적, 백, 청 아래에서'라는 제목은 어떻겠느냐는 대안을 제시했다. 퍼킨스는 같은 날 전보로 회신을 보내 이미 4월 10일 발간으로 광고와 사전 판매가 되었기 때문에 책 제목을 바꿀 수 없다고 회신했다.

이렇게 하여 『개츠비』는 1925년 4월 10일 양장본 초판 20,870부, 권당 2달러로 시중에 발매되었다. 피츠제럴드는 인세로 한 부당 15센트를 받아 총 6,261달러를 벌었다. 8월에는 2쇄로 3천 부를 찍었는데 일부는 15년 후 피츠제럴드가 사망할 당시에도 여전히 출판사의 창고에 재고로 남아 있었다. 비교적 성공을 거둔 첫 번째와 두 번째 장편소설의 발매 첫해 판매량을 합친 부수인 8만 부 정도의 판매를 기대했던 피츠제럴드로서는 실망스러운 결과였다. 앞의 두 책을 발간한 영국의 출판사 콜린스는 『개츠비』의 출간을 포기했고 샤토 앤 윈더스가 1926년에 책을 발간했으나 판매 실적은 역시 미미했다. 시대를 앞서간 소설이 었기 때문에 사람들이 그 진가를 알아보지 못했던 것이다.

피츠제럴드는 책이 잘 팔리지 않자, 아무래도 제목을 잘못 달았다고 생각했고 또 당시 남녀의 로맨스를 다룬 책들이 잘 팔렸는데 개츠비와 데이지 사이의 대화가 너무 없고 감정을 잘 묘사하지 않은 것이 패착이 었다고 스스로 진단했다.

하지만 1945년 10월에 『개츠비』가 진중문고 862번으로 편입되면서 판매 실적이 확 뛰었다. 그해 독일과 일본이 항복한 후에 『개츠비』 15만 5천 부, 단편집 『리츠 칼튼 호텔만큼 큰 다이아몬드와 그 밖의 이야기』 특별판(진중문고 1043번) 9만 부가 인쇄, 배급되었다. 진중문고 『개츠비』 는 책이 7회전 되도록 만들어졌으니 100만 명에 가까운 병사들이 이 책을 읽었다는 이야기가 된다. 참전한 용사가 귀국해 예전 애인을 되찾 으려고 애쓰다가 죽었다는 스토리가 병사들의 마음에 애절하게 호소했 다. 이 독자들이 제대 후 다시 대학으로 돌아가 본격적으로 이 작품을 연구하기 시작했다. 이후 피츠제럴드의 인기도 꾸준히 높아졌다. 『개츠 비』는 60년 동안 미국 고등학교 '문학' 시간의 필독서로 선정되었고, 미 국인이라고 하면 이 작품을 모르는 사람이 없을 정도가 되었다. 높은 지명도 덕분에 총 다섯 번이나 영화화되었고 그때마다 책도 계속 팔려 나갔다. 지금도 미국에서만 한 해 30만 부가 팔린다.

집필 당시의 시대적 배경

피츠제럴드가 문학적 명성을 확립한 1920년대를 가리켜 재즈 시대 혹은 광란의 20년대라고 하며, 피츠제럴드를 가리켜 재즈 시대의 예언

자라고 한다. 실제로 그는 「재즈 시대의 메아리」라는 수필을 쓰기도 했다. 재즈 시대의 대표적 특징은 '기계 시대'라는 것이다. 전기, 전화, 자동차, 카메라, 유성 영화 등이 등장해 사람들의 삶을 더욱 풍성하게 만들었던 새로운 시대였다. 그리하여 당시 사람들은 즐거운 파티와 여가, 해외여행 등을 즐겼다. 그런 만큼 『개츠비』에서도 자동차 이야기가 많이 나온다. 등장인물인 조던 베이커의 이름도 두 자동차 회사 이름에서 따온 것이다. 또 자동차 운전과 사고는 이 소설에서 핵심 사건이 된다. 화려한 파티 장면이 여러 번 나오고 중요한 사건들이 마치 영화의 한 장면처럼 묘사된다. 주인공이 피살된 현장의 묘사가 특히 그러하다.

그러나 이 소풍 같은 시기는 제1차 세계 대전이 종전된 1919년부터 월스트리트의 금융가가 붕괴한 1929년까지 10년 동안 지속되다가 끝나버렸다. 1930년부터는 대공황이라는 우울한 시대가 들이닥쳤다. 이러한 시대적 배경 때문에 재즈 시대를 증언한 피츠제럴드의 작품도 자연스럽게 인기를 잃어버리고, 그 자리를 대신해 시대의 참상을 고발한 존 스타인벡의 『분노의 포도』(1939) 같은 작품들이 인기를 얻었다.

재즈 시대를 이해하려면 먼저 도금 시대The Gilded Age라는 말을 이해할 필요가 있다. 도금 시대란 황금 시대(사람들이 법률 없이도 자발적으로 신의와 권리를 숭상했던, 역설적으로 황금의 존재를 몰랐던 시대)의 모조품으로 겉으로는 번쩍거리나 속으로는 도덕성이 결핍된 물질적 사회라는 뜻이다. 도금 시대는 미국 역사에서 1870년에서 1900년까지 30년 동안을 통칭하는 용어다. 이 말은 마크 트웨인의 소설 『도금 시대』(1874)에서 가져온 것인데, 황당무계한 투기와 불안정한 가치가 판을 치는, 냉정하고 무자비한 개인주의 세상을 가리키는 말이다. 이 시대에는 돈을 먼저 잡는 사람이 임자였고 부를 획득하는 과정에서 양심이나 도덕은 그리 중요하지 않았다. 간단히 말해 그 시대는 상업주의와 물질주의를 숭배하는 시대였고, "탐욕은 좋은 것이다greed is good"라는 슬로건을 내세웠다.

탐욕이 좋은 것이라는 사상은 원래 18세기에 영국에서 생겨났다. 탐욕이 사회적 노력과 창의성을 격려한다는 것이다. 이 논리는 이렇게 전개된다. 탐욕을 자유롭게 풀어놓음으로써, 사회는 시민들의 무한한 야망, 엄청난 에너지, 활발한 발명 정신을 권장할 수 있다. 탐욕 자체는 혐오스럽고 반사회적인 것처럼 보이지만, 적절히 활용하면 공동선에 도달할 수 있다. 각 개인이 자기 이익을 추구하다 보면, 마치 보이지 않는 손이 작용한 것처럼 사회 전체의 공동 이익이 촉진된다는 것이다. 이 논리는 이후 자유주의의 탄생을 가져왔다.

이러한 사상을 배경으로 한 도금 시대가 시작되면서 사회적으로 유한계급이 생겨났다. 이 계급은 생산에 종사하는 일은 비천하게 여기고, 자신들이 충분한 부의 축적으로 노동에서 완전히 면제되었음을 보여주려 했다. 그 결과, 과시적 소비, 대리적 여가, 금전적 경쟁 등으로 부를 과시했다. 유한계급의 생활 형태는 재즈 시대에도 반복되었고 이는 소설 속 톰 뷰캐넌과 데이지의 생활에서도 그대로 드러난다. 가령 『개츠비』 제1장에서 하얀 드레스를 입고 공중에 떠 있는 듯한 소파에 절반쯤 드러눕듯이 묘사된 데이지와 조던의 모습은 과시적 행태를 여실히 보여준다. 『개츠비』에서 유한계급의 과시적 소비는 중요한 포인트로, 속은 텅빈 황금 가면 혹은 돈 냄새를 강하게 풍기는 일종의 제스처가 된다. 부자들의 거대한 저택, 호화 요트, 엄청나게 큰 자동차, 번쩍거리는 황금, 그들이 거느린 여자 등 이 모든 것이 과시적 소비 심리에서 나온 것이다.

한편, 도금 시대가 오기 40년쯤 전인 1830년대 초반에 프랑스 귀족 알렉시스 드 토크빌은 프랑스 정부의 권면으로 아메리카 대륙을 여행했다. 그의 임무는 미국의 감옥 제도를 알아보는 것이었다. 그 당시 미국은 건국한 지 반세기 정도밖에 안 된 신생 민주국가였고, 많은 유럽 국가가 미국을 하나의 과감한 실험장으로 보고 있었다. 당시 왕정이 굳건히 확립된 유럽에서는 헌법과 참여정부를 통치 수단으로 삼아 자유와 평등을 확보하려는 신생 국가 미국이 과연 성공할지를 두고 회의적인 시각이 많았다. 토크빌은 미국을 널리 여행하면서, 미국인의 일상적 거래 상황을 관찰했고 신생 국가를 구성하는 다양한 공동체와 제도를 살펴보았다. 무엇보다 그는 강인한 개척자들의 후예들이 개인적 자유를 높이 신봉한다는 사실에 주목했다. 또 미국인이 공동의 목표를 위해 공적으로든 사적으로든 단결을 잘할 뿐 아니라, 다양한 민간 단체가 개인주의를 견제하는 역할을 한다는 것도 발견했다. 이 프랑스 탐구자는 개인주의(토크빌이 만들어낸 말)의 위험을 잘 인식하고 있었으므로, 신생 국가 미국의 새로운 제도에 감동을 받았다. 미국인은 자신의 독립적 지위를 철저하게 보호하려 했으나, 여러 민간 단체를 결성하여 개인의 이기적 욕망을 억제하고, 집단의 문제를 풀어나갔다.

토크빌은 미국의 개인주의와 공동체주의가 잘 어우러져 앞으로 미국이 크게 발전하리라 예측했다. 그러나 토크빌의 예측은 절반만 들어맞았다. 그가 우호적인 진단을 내린 지 40년도 지나지 않아 그 개인주의가 도금 시대를 만들어냈기 때문이다. 이 시기에 미국의 경제는 비약적으로 발전했다. 1860년 세계 4위 공업국에서 1900년 세계 1위로 뛰어올라, 산업혁명 이후 100여 년간 영국이 차지했던 위치를 미국이 획득하게 되었다. 먼저 미국의 서부가 개발되기 시작되면서 철도 부설과 함께 철도 재벌이 생겨났다. 1867년 뉴욕 센트럴 철도에서 시작해 1894년 펜실베이니아 철도에 이르기까지 무수한 철도가 몇 개의 재벌 회사로

통합되었다. 이어 석유, 설탕, 강철, 동, 연초 등의 각 사업 분야에서 재벌들이 생겨났다. 남북 전쟁 이전 백만장자들은 겨우 손가락으로 꼽을 정도였지만 1892년에는 4천 명을 넘어섰다. 대부분의 재벌은 공업, 철도, 상업, 유통업 등에서 나왔다. 또한 대부분이 맨주먹에서 시작해 불과 2-30년 동안에 커다란 부를 쌓아 올린 신흥재벌이었다. 맨주먹 부자는 아메리칸드림의 가장 구체적인 결과물이기도 했다.

아메리칸드림은 『개츠비』에서 중요한 주제로 다루어진다. 아메리칸드림은 건국의 아버지들이 신세계로 건너올 때 가졌던 새로운 세계의 건설이라는 꿈으로부터 시작되었다. 이 꿈이 『개츠비』의 결말 부분에 언급된다. 이 아메리칸드림은 아메리칸 아담과 연결되는데, 신대륙인 미국이 지상낙원을 회복할 수 있는 가능성의 땅이라는 뜻이다. 이 신화에서 미국은 인류의 새로운 낙원 혹은 새로운 에덴동산으로 여겨진다. 그리하여 아메리칸 아담은 새 역사의 출발에 발맞춰 영웅적인 순진함과 엄청난 잠재력을 갖춘 진정한 미국인으로 정의된다. 그러나 돈을 너무 중시하면서 원래의 모습을 잃기 시작한다. 이런 아메리칸드림의 부패와 회복이라는 주제가 『개츠비』에서 아주 은밀한 방식으로 다루어지고 있다.

돈을 숭상하던 도금 시대에 대한 반발로 뒤이어 진보 시대가 찾아온다. 이 진보 시대는 대체로 1900-1915년의 시기를 가리킨다. 나중에 뉴딜 정책을 수행해 링컨 다음으로 위대한 대통령이라는 명성을 얻은 프랭클린 루스벨트 대통령도 이 진보 시대가 키워낸 지도자였다. 그러나 유럽에서 발발한 제1차 세계 대전에 미국이 참전하면서, 그 전쟁에서 싸우다가 돌아온 미국의 젊은 청년들은 그동안의 고생과 인내를 보상받고 싶어 했고 그리하여 즐거움에 탐닉하는 생활 양상을 보이기 시작했다. 바로 이 시기가 1919년에서 1929년까지의 10년인데, 소설

『개츠비』집필 당시의 시대적 배경을 잘 보여주는
삽화가 조지프 크리스천 레이엔데커의 그림

『개츠비』의 시대적 배경이기도 하다.

피츠제럴드와 헤밍웨이

어니스트 헤밍웨이(Ernest Miller Hemingway, 1899-1961)가 쓴 글은
피츠제럴드를 이해하는 데 큰 도움이 된다. 두 작가의 관계는 크게 세
시기로 나뉘어 커다란 변화를 겪는다.

첫 번째 시기는 1925년 파리의 '딩고 바'라는 술집에서 처음 만났을
때부터 1926년 말까지다. 이 시기에 피츠제럴드는 헤밍웨이를 출판사
스크리브너의 맥스웰 퍼킨스에게 소개해 그 출판사의 전속 작가가 되
게 해주었다.

두 번째 시기는 1927년부터 1936년까지인데 이때부터 두 사람의 관계가 시들해진다. 이 무렵 헤밍웨이는 명성을 떨치기 시작했으나 피츠제럴드는 끝장난 술꾼이라는 이미지가 덧씌워져 추락하기 시작했다. 헤밍웨이는 피츠제럴드의 자기 연민, 재능 낭비, 아내 젤다에게 휘둘리는 것을 못마땅하게 여겼다. 특히 1936년 8월 『에스콰이어』에 발표한 단편소설 「킬

젊은 시절의 어니스트 헤밍웨이

리만자로의 눈」에서 피츠제럴드의 실명을 거론했다.

"줄리언(스콧)은 부자에게 낭만적 경외감을 갖고 있었고, 한때 '아주 큰 부자는 당신이나 나와는 다른 사람들이다'라는 문장으로 시작하는 단편소설을 쓰려고 했다." 이 글은 피츠제럴드가 부자를 동경하다가 자멸한 불쌍한 작가라는 뜻이었다. 피츠제럴드는 공개적으로 자신을 모욕한 사실에 분개해 맥스웰 퍼킨스를 통해 자신의 실명을 작품 속에 노출한 것에 격렬하게 항의했다. 그래서 결국 줄리언이라는 현재의 이름으로 바뀌었다.

세 번째 시기는 1937년부터 피츠제럴드가 사망하는 1940년까지인데 이 무렵 두 사람의 우정은 사실상 끝이 났다. 퍼킨스를 통해 서로 소식을 듣기는 했지만 직접 만나지는 않았다. 그러나 피츠제럴드는 편지와 비망록에서 헤밍웨이를 자주 언급했고 『무너져 내리다』라는 수필에서는 이렇게 말하기까지 했다. "나와 동년배인 그(헤밍웨이)는 한동안 나의 예술적 양심이었다. 그의 문체는 전염성이 강하지만 그를 흉내 내본

적은 없다. 왜냐하면 그가 첫 책을 출간하기도 전에 이미 나만의 문체가 형성되어 있었기 때문이다. 그러나 일이 잘 풀리지 않을 때는 그렇게 하고 싶은 유혹을 강하게 느끼기도 했다."

피츠제럴드가 죽은 후에도 헤밍웨이는 20년을 더 살았는데 계속 그를 비판했다. 1941년에 유고작이 발표되고 대표작이 진중문고에 들어가 인기를 얻기 시작하자 비판의 강도는 더해갔다. 피츠제럴드의 유고작 『마지막 대군』에 대해서는 이야기를 풀어나가는 기교는 여전하지만, 나머지는 봐줄 만한 것이 없다며 혹평했다.

헤밍웨이는 유고작 『파리는 날마다 축제』에서 총 20장 중 17, 18, 19장의 세 장을 할애해 피츠제럴드를 논평했다. 이 유고작은 1920년대의 파리 생활을 회고한 것인데 1957년부터 쓰기 시작해 헤밍웨이가 죽기 1년 전인 1960년 봄에 완성되었다. 1928년 3월 헤밍웨이는 여행 가방 두 개를 잃어버렸는데 1956년 11월 파리의 리츠 호텔 지하 창고에서 발견되었다. 그 가방에는 젊은 시절에 쓴 원고들이 들어 있었고, 이것을 바탕으로 이 유고작을 쓰게 되었다는 것이다. 하지만 이것은 헤밍웨이의 낭만적 주장일 뿐 입증된 사실은 아니다. 이 회고록에서 헤밍웨이는 시종 자신이 가난한 작가라고 말하고 있는데, 실제로 헤밍웨이 부부는 가난하지도 않았다. 아내 해들리는 할아버지와 어머니가 남긴 신탁 재산에서 나오는 연 3천 달러(2022년 시세로 4만 5천 달러)의 이자 소득이 있었고, 결혼하기 얼마 전 작고한 삼촌으로부터 1만 달러(2022년 시세 15만 달러)의 축의금을 받아놓고 있었다. 이 돈 덕분에 부부는 파리에서 생활하기로 결심했다. 이 때문에 『파리는 날마다 축제』는 객관적 사실의 증언이라기보다 헤밍웨이의 주관적 생각이 많이 섞인 소설에 가까운 회고록이다.

이러한 전제를 깔고 읽더라도 헤밍웨이의 회고록은 피츠제럴드를 이해하는 데 도움이 된다. 먼저 17장에서 헤밍웨이는 이렇게 말한다.

　"그의 재능은 한때 나비의 날개 위에 꽃가루가 만들어놓은 무늬처럼 자연스러웠다. 그는 나비처럼 날개에 있는 무늬를 의식하지 못했고, 곧 그것이 상처 입고 사라져버리리라는 것도 알지 못했다. 훗날 그는 자신의 상처 입은 날개와 그 생김새를 깨닫고 그것을 깊이 생각했지만, 더 이상 날 수는 없었다. 나는 것을 사랑했던 마음가짐은 사라져버렸고, 예전의 비행이 얼마나 자연스러웠는지만 기억할 뿐이었다."

　피츠제럴드가 알코올 중독과 아내 젤다의 정신병 때문에 타고난 재능이 모두 마모되어 생애 후반에는 아무것도 하지 못했고, 특히 1925년에 헤밍웨이가 이미 젤다의 정신이 이상하다는 것을 알아차린 데 반해, 피츠제럴드는 나중에야 그것을 본격적으로 알아차렸다는 식으로 이 인용문의 뒤에서 지적했다. 겉으로는 좋게 말하는 척했지만, 실은 신랄하게 비판하고 있는 것이었다.

　헤밍웨이는 피츠제럴드의 아주 내밀한 이야기도 털어놓고 있는데, 그것이 사실인지는 역시 알 수 없다. 그 에피소드는 이러하다. 피츠제럴드가 헤밍웨이를 찾아와 성적 고민을 털어놓았는데, 젤다가 피츠제럴드를 향해 당신의 남성적 기관이 왜소해 여자를 행복하게 해주지 못한다고 말했다는 것이다. 그러나 이에 대해 피츠제럴드와 함께 사우나에 간 적이 있었던 『에스콰이어』의 아널드 깅리치는 그런 비난을 들을 정도는 아니라고 증언했고 피츠제럴드와 내연관계였던 실라 그레이엄도 그에게 전혀 문제가 없었다고 회고했다.

　헤밍웨이의 회고는 분명 피츠제럴드에 대한 악감정이 작용한 것으로 보인다. 그러나 젤다의 외도와 비정상적인 언행이 작가 피츠제럴드에게 엄청난 악영향을 주었다는 점은 분명하다. 젤다와 헤밍웨이는 처음 만났을 때부터 사이가 좋지 못했는데, 여기에 한 가지 언급되지 않은 것은 젤다가 정신이 이상한 상태에서도 일관되게 남편과 헤밍웨이가 서로 동성애 관계였다고 비난했다는 점이다. 이는 사실이 아니었다. 피츠제럴드가 병원에 입원한 젤다의 주치의에게 보낸 편지에서 그 이야기는 사실이 아니라고 명시적으로 선언했다. 실은 젤다 자신이 교습을 다니던 프랑스의 발레 여교사 에르고바에게 깊은 애정을 느끼면서 스스로 혹시 레즈비언이 아닐까 걱정했다. 자기의 성적 경향을 남편에게 억지로 뒤집어씌우려 한 것이다. 다른 사람의 성적 경향을 의심하는 행위는 정신분열증 환자의 증상 중 하나이며 지나친 음주 습관이 발기부전의 원인이라는 것도 잘 알려져 있다.

헤밍웨이는 이렇게 피츠제럴드를 악평하고 있으나 사실 그는 헤밍웨이와 비교해도 조금도 손색이 없는 작가였다. 헤밍웨이의 작품 중 『노인과 바다』 등의 단편소설을 제외한 장편소설들은 대체로 산만한 것들이 많다. 반면에 『개츠비』는 헤밍웨이의 어떤 장편소설과 비교해도 뒤지지 않는 탁월한 소설이다. 『개츠비』는 한 장면이라도 빼버리면 작품 전체가 무너질 정도로 탄탄한 구조로 되어 있다.

그래서 동시대 작가인 존 오하라는 스타인벡에게 보낸 편지에서 피츠제럴드는 우리 모두를 합친 것보다 더 훌륭한 작가라고 말했다. 『몰타의 매』의 작가 대실 해밋은 피츠제럴드를 가리켜 본인이 얼마나 훌륭한 작가인지를 모르는 우리 시대 최고의 작가라고 평가했다. 이런 평가 속에서 『개츠비』는 이제 20세기 전반기의 미국 문학을 대표하는 작품으로 확고히 정립되었다.

* * *

이상으로 작가의 생애와 작품을 둘러싼 배경을 모두 살펴보았다. 다음 글 「작품 해설」에서는 『개츠비』의 내부 구조를 더 면밀히 살펴볼 것이다. 마지막으로 역자의 개인적 소감을 하나 말씀드리고 싶다. 내가 『개츠비』를 원서로 처음 읽은 것은 제대 후 복학한 해(1976) 가을, 김우창 교수의 〈영미소설 강독〉 시간이었다. 소설을 읽기 전에 미아 패로우와 로버트 레드포드가 각각 데이지와 개츠비로 나온 영화(1974)도 보았으므로 이 작품의 강의를 아주 인상 깊게 들었다. 그 강의 덕분에 『개츠비』는 나의 대학 시절, 문학 공부를 대표하는 작품이 되었다. 그 후 10년 단위로 한 번씩 읽어와 번역에 착수하기도 전에 이미 여섯 번을 읽은 상태였다. 그런데 이번에 미리 원문의 의미 파악을 위해 한 번, 번역하면서 한 번 그리고 번역을 마치고 나서 번역문을 검토하면서 한 번, 이렇게 세 번을 읽는 바람에 지금까지 총 아홉 번을 읽었다.

아홉 번째의 소감은 불과 29세의 피츠제럴드가 어떻게 이리도 아름답고 심오한 작품을 쓸 수 있느냐는 것이었다. 피츠제럴드는 영국 낭만파 시인 존 키츠의 시를 좋아해 딸 스코티에게 보낸 편지에서 "키츠의 시를 읽을 때마다 눈에서 눈물이 솟구친다"라고 말했다. 키츠의 시는 사랑의 아름다움과 변화 많은 세상 속에서 항구적인 아름다움을 동경하면서 '아름다움은 진리요 진리는 곧 아름다움이다'라고 노래한 것들이 많다. 『개츠비』속에서 데이지를 향한 개츠비의 지극한 사랑도 이 키츠의 시가 가진 주제를 구현한 것이다. 독자들도 이 책을 재독, 삼독하면서 이 소설의 아름다움을 음미해보시기를 권한다.

작품 해설

제이 개츠비의 낭만적 허구와 서사적 진실

이종인

일찍이 없던 독창적 소설

피츠제럴드는 1924년 봄에 스크리브너 출판사의 편집자 맥스웰 퍼킨스에게 보낸 편지에서 "아주 독창적이고 지금껏 미국에서 나온 적이 없는 소설을 쓰고 있다"라고 자부했다. 피츠제럴드는 그런 호언장담에 걸맞게 의식의 흐름이라는 모더니즘 소설의 주된 기법을 동원하지 않고도 모더니즘의 문학 정신에 충실한 작품을 써냈다. 이 해설은 소설의 여러 기법과 주제를 살펴본다.

진일보한 모더니즘 기법

『위대한 개츠비』(이하 『개츠비』)의 모더니즘 기법을 알아보기 전에 먼저 모더니즘의 문학 사상에 대해 간략하게 알아보자. 19세기에 소설이라고 하면 러시아의 톨스토이와 도스토옙스키, 영국의 찰스 디킨스, 프랑스의 오노레 드 발자크 등의 리얼리즘 소설이 보편적이었다. 전형적인 19세기 소설가들은 자신이 신의 입장이 되어 작품 내 모든 등장인물의 모든 것을 알고 있는 관점을 취한다. 디킨스나 발자크, 톨스토이는 등장인물에 관한 한, 깨고 나면 잊어버리는 새벽녘의 어렴풋한 꿈부터 잠들기 전까지의 온갖 기억과 생각과 행동을 속속들이 다 알고 있었다. 다시 말해 세상은 소설가가 그려내는 모습 그대로 존재했고, 소설가 개인의 자아와 세상은 완벽하게 일치했다.

그러나 1890년대에 들어와 헨리 제임스나 로버트 스티븐슨은 같은 작가들은 소설가가 모든 것을 알기란 불가능하며, 소설 속 화자는 자신이 직접 목격하고 체험하고 상상한 것 외에는 알 수 없고 그나마 그 인식조차도 불완전할 때가 많다는 입장이었다. 그리하여 소설가의 자아와 세상이 불일치하고, 따라서 작가는 외부의 객관 세상 못지않게 자아의 심리적 리얼리티에 집중한다. 이 때문에 제임스는 화자의 관점을 무엇보다 중시하고, 내면적 심리의 드라마를 강조했다. 이처럼 내면적 리얼리티를 중시하기 때문에 헨리 제임스 소설의 세계는 사회적 리얼리즘이라는 폭넓은 세상으로부터 크게 벗어난다. 이러한 제임스 소설들은 후일 '의식의 흐름'이라는 문학적 기법의 탄생을 예고한다.

모더니즘을 예고한 또 다른 작가 스티븐슨의 관점도 이와 비슷하다. 그는 소설이란 생생한 현실 속의 사건을 보고하는 것이 아니라, 독자에게 그 사건의 전형을 제시하면 충분하다고 보았다. 인생이란 무한하고 비논리적이고 돌발적이며 예측할 수 없기 때문에 그것을 그대로 옮겨서는 소설이 되지 않는다고 생각했다. 그중에서 대표적인 어떤 것(전형)을 짚어 제시하면 나머지를 다 전달한 것과 같은 효과가 난다는 이야기다.

스티븐슨은 이렇게 묻는다. '리얼'이란 무엇인가? 들판의 풀들이 자라는 소리와 솔밭을 달려가는 다람쥐의 심장 뛰는 소리를 들을 수 있는

가? 스티븐슨은 '리얼'이라고 하는 것이 실은 '리얼이라고 생각하는 것'에 불과하다고 본다. 소설가가 '리얼'을 상대로 경쟁하려 들면, 가령 들판의 풀이 자라는 소리와 솔밭을 달려가는 다람쥐의 심장 뛰는 소리까지도 전달하려고 하면, 결국 산속에서 방향을 잃고 죽어버릴 것이라고 말했다. 그러므로 소설은 사건의 '리얼'을 그대로 묘사하기보다는 하나의 전형을 제시한다는 것이다.

이처럼 화자가 모든 것을 알지 못하고 오로지 화자 자신이 보거나 상상한 것, 그것도 내면적 진실에 더 집중하는 것이 모더니즘 기법의 전형적 방식이다. 제임스 조이스나 마르셀 프루스트도 헨리 제임스에게서 시작된 모더니즘의 사상에 입각해 '의식의 흐름' 기법을 더욱 발전시켰다. 이렇게 볼 때 외부의 현실보다는 개인의 내부 혹은 화자의 분열된 자아를 집중적으로 탐구하는 프란츠 카프카도 모더니즘 계열의 작가다. 1920년대에 들어와서는 제임스 조이스의 『율리시즈』(1922)와 T.S.엘리엇의 장시 『황무지』(1922)가 영미문학계 모더니즘의 효시가 되었다. 마르셀 프루스트의 『잃어버린 시간을 찾아서』(1925)도 이 무렵 완간되었다. 피츠제럴드는 엘리엇의 시를 좋아했고, 특히 『황무지』에 나오는 비현실적 도시unreal city 이미지에 영감을 얻어 『개츠비』의 뉴욕시 묘사에 활용하고 있다.

모더니즘의 대표적인 시인 엘리엇은 피츠제럴드의 『개츠비』를 세 번 읽고 "헨리 제임스 이후 진일보한 미국 소설"이라고 평가했다. 피츠제럴드가 진일보했다는 이야기는 모더니즘 기법을 더욱 발전시켰다는 뜻인데, 실제로 작품 속에서 그런 기법이 분명하게 드러난다.

보이지 않는 구조: 암시, 상징, 이미지

모더니즘 소설은 겉으로 드러난 구조보다 보이지 않는 구조를 더 중시한다. 소설의 구조라고 하면 일반적으로 스토리의 플롯, 즉 기승전결을 가리킨다. 대체로 기승전결은 결론을 향해 일사불란하게 달림으로써 역삼각형의 구조를 취한다. 그러나 『개츠비』는 이런 외형적 구조보다는 암시, 상징, 이미지 같은 장치가 작품의 구조에 더 크게 기여하면서 많은 의미를 만들어낸다.

먼저 암시의 기법을 알아보자. 당초 초고에서 피츠제럴드는 개츠비의 과거를 제8장에 몰아서 써넣었으나, 맥스웰 퍼킨스의 조언에 따라 주인공의 과거를 제4장과 제6장, 제8장에 분산시켰다. 이런 식으로 조금씩 개츠비의 과거를 암시함으로써 독자로 하여금 주인공에 대한 흥미를 계속 유지하면서 닉의 결론에 설득되도록 유도한다.

또 다른 암시의 사례는, 머틀 윌슨을 사망하게 한 교통사고 직후 데이지와 톰 뷰캐넌이 그들 저택의 주방 식탁에서 나누었을 법한 대화 장면이다. 화자 닉은 부자들의 비도덕적 행태를 독자들이 추측하도록 교묘히 암시하고 있다. 머틀 윌슨의 자동차 사고 당시 상황의 묘사도 그녀가 자동차로 뛰어드는 상황, 사고 차량의 내부 상황과 사고 직후에 데이지 부부의 사고 상황에 대한 인식 등이 암시되어 있어서 독자가 사고의 전체적 상황을 조립해야 한다. 특히 데이지가 자신의 범행을 남편 톰에게 말했는지, 그에 대한 톰의 반응이 무엇이었는지는 생략되어 있다. 그러나 제9장에서 톰이 닉을 만났을 때, 이 사고의 범인이 개츠비라고 말하는 점으로 보아, 부부가 서로 공모해 거짓말을 하기로 담합했을 가능성이 높다.

또한 닉이 조던과 헤어지는 장면에서(제9장), 조던은 자신을 안전하게 지켜주는 남자는 정직하고 반듯한 사람이어야 하는데, 닉은 그런 사람이 아니었다고 비난한다. 조던의 진심은 닉이 불의와 결탁하여 그들(부자들) 편을 들어주어야 비로소 정직한 사람이 된다는 뜻이다. 닉이 생각하는 정직함은 조던이 생각하는 정직함과는 다르기 때문에 그는 자신이 생각하는 정직은 그런 것이 아니라고 단호하게 말하면서 그녀와 헤어진다. 이처럼 헤어지는 남녀의 심리 또한 희미하게 암시되어 있을 뿐이다.

그중에서도 가장 뛰어난 상징은 제2장 '재의 계곡'에 세워진 안과 의사의 광고판이다. 이 안과 의사는 광고판 속에 그냥 서 있기만 하지 않고, 지상의 유사한 존재와 호응하고 있는데 바로 올빼미 안경을 쓴 중년 신사다.

또 다른 상징은 자동차인데, 중요한 장면에서는 언제나 자동차가 등장한다. 조던 베이커의 이름은 두 자동차 회사의 이름을 합성한 것이다. 올빼미 안경을 쓴 중년 신사도 자동차 사고를 당하는데, 그 사고에 대한 논평도 소설에 등장한다. 그리고 소설은 자동차 사고로 결정적 파국을 맞이한다. 톰이 개츠비가 싫어하는데도 억지로 개츠비의 차를 타고 시내로 나가는 장면도 범상치 않다. 이 자동차는 흥청망청하다 파국을 맞게 되는 재즈 시대의 상징이다.

상징의 또 다른 사례로는 유방을 들 수 있다. 교통사고로 찢긴 채 덜렁거리는 머틀 윌슨의 유방과, 싱싱한 유방 같은 땅을 서로 대비시킨 것은 타락한 아메리칸드림과 본래의 아메리칸드림을 대비시킨 것이다. 스크리브너의 편집자 맥스웰 퍼킨스는 찢긴 채 덜렁거리는 유방의 묘사가 너무 선정적이라 빼버리자고 주장했지만 소설가가 이 부분을 반드시 넣어야 한다고 고집했다. 이 유방의 상징이 있기 때문에 소설 말미에 나오는 '성적 환희의 미래orgatict future'라는 표현이 비로소 박력을 얻는다. 성적 환희는 곧 꿈과 현실의 합일을 가리키는 것으로, 지저분한 현실 속에서도 본래의 아름다운 아메리칸드림이 온전하게 유지되는 상태를 유방과의 합일로 표현했다.

　이어서 이미지의 기법을 살펴보면 가장 대표적으로 제1장에 나오는, 비좁은 만 건너편 집 보트 계류장에 내걸린 초록색 등불을 들 수 있다. 그 외에 청각적·후각적 이미지로는 데이지의 목소리가 있다. 개츠비는 "그녀의 목소리에는 돈 냄새가 가득하지요"라고 말한다. 돈 냄새라는 후각적 이미지는 황금을 연상시키고, 그 황금은 이어 금발이라는 시각적 이미지를 환기시키며, 그 다음에는 금발에 어울리는 푸른색 눈동자를 연상시킨다. 이어 데이지의 빨간 입술, 라일락처럼 하얀 피부, 하얀 모슬린 드레스를 연이어 소환하면서 데이지라는 여자 자체가 하나의 황금빛 이미지로 변신한다. 이런 이미지는 그냥 가만히 있는 것이 아니라, 말하고, 몸짓하고, 미소 짓는다. 그러나 데이지는 몸짓(제스처)만 할 뿐 정서를 가지고 있지는 않다. 그녀의 말, 행동, 표정, 몸짓, 어조, 숨결, 눈빛, 눈썹의 꿈틀거림, 금발의 미세한 움직임은 모두 제스처에 불과하고 그녀의 일상생활, 가령 대리적 노동, 하얀 드레스, 공중에 떠 있는 듯한 소파, 그녀가 사는 마구간 딸린 거대한 저택 등도 모두 과시적 소비에 지나지 않는다.

　이러한 황금의 이미지가 "그녀의 목소리에는 돈 냄새"라는 문장으로 잘 요약된다. 제6장에서 황금의 신을 가리켜 "광대무변하고 천박하고 겉만 번드레한 아름다움"이라는 묘사가 나오는데, 이 묘사가 바로 데이지의 아름다움을 가리킨다. 그 아름다움은 겉으로만 보이는 제스처 혹은 과시적인 소비이기 때문에 그 본질은 곧 무無, nothing다. 이것은 제7장 끝부분에서 개츠비가 데이지를 쳐다보는 것이 곧 무를 쳐다보는 것이라고 서술되어 있는 데서 확인된다. "그녀의 목소리에는 돈 냄새…"라는 표현은 제7장에서 나오는데, 화자 닉은 개츠비의 이런 언급을 미리 제시함으로써 곧 이어지는 개츠비와 톰 뷰캐넌의 대결에서 그 돈의 힘 때문에 개츠비가 톰에게 패배하리라는 것을 예고한다.

인물들의 상호 대비

이 소설의 등장인물은 애정·계급·젠더·인종이라는 관점에 따라 다르게 해석된다.

애정의 관점에서 보자면 개츠비-데이지-톰의 삼각관계는 톰-머틀-윌슨의 삼각관계와 상보 관계이고, 개츠비-데이지의 사랑은 다시 닉-조던의 사랑으로 보충 설명된다. 데이지와 조던은 부잣집 딸로 태어나 부잣집 마나님이 되었거나 되려고 한다. 따라서 데이지는 조던이 앞으로 나아갈 길을 예고하는 여자다. 닉은 데이지의 사례를 볼 때 조던과의 사랑이 제스처 차원에서는 가능할지 몰라도 실제적 차원에서는 불가능하다는 판단을 내린다. 닉은 현실적인 사람이어서, 조던과의 사랑이 결국 톰 부부의 결혼 생활과 판박이가 될 것임을 알아보고 그녀와의 사랑을 포기한다. 그리하여 닉은 자신이 현실적인 남자임을 보여주고, 자연스럽게 닉과 개츠비의 현실적·낭만적 모습이 서로 비교된다.

애정이라는 관점은 다시 계급의 문제로 발전한다. 먼저 개츠비와 머틀을 비교해보자. 두 사람 모두 가난한 계급에서 출발했으나 상위 계층으로 탈출하려고 애쓰고 있다. 개츠비는 부정한 수단으로 돈을 벌어 부자 계급으로 들어가려 하는 반면, 머틀은 데이지를 밀어내고 톰 뷰캐넌의 아내가 되어 부자 계급에 들어가려 한다. 머틀은 신분 상승을 꿈꾸며 "인간은 한평생 사는 게 아니다"라는 말로 불륜 행위를 정당화한다. 불법적인 행위로 신분 상승을 하려는 점에서 두 사람은 공통점을 지닌다. 단지 머틀은 그 행동이 구체적 육체성을 갖춘 인물인 반면에, 개츠비는 허구적·낭만적 꿈만 가득한 공상적 인물이라는 점만 다르다.

빈부의 관점에서 보자면 톰 뷰캐넌과 데이지는 원래 부자인 반면에 카센터의 윌슨과 개츠비는 신분 상승을 꾀하는 빈자 계급이다. 데이지와 개츠비의 연애는 빈부 차이 때문에 성립되지 못한다. 설령 동일한 계급 사이의 사랑일지라도 닉과 조던의 관계에서 보듯이 실질은 없고 제스처만 있는 관계 또한 성립되지 않는다.

데이지는 남편이 바람피우고 다니는 줄 알면서도, 남편의 돈과 아이때문에 남편과 정면으로 대결하지 못하고 결국 예속의 생활에 동의하는 여자다. 그런데 돈이라면 개츠비도 얼마든지 가지고 있고 또 사랑의 문제만 해도 개츠비가 톰보다 더 자기를 사랑하는 줄 알면서도 데이지는 개츠비에게 돌아갈 것 같은 태도를 보이다가 중도에 포기한다. 개츠비의 돈이 가짜라는 것을 알았기 때문이다. 남편 톰과 개츠비의 대결(제7장)에서 개츠비가 불법 밀수업자라는 것을 알게 되는 순간, 다시 말해 그 돈이 항구적으로 위력을 발휘하지 못한다는 것을 알게 되는 순간, 그녀의 태도는 완전히 달라진다. 자동차 사고 이후에는 자신의 죄를 남에게 뒤집어씌울 만한 돈과 권력을 가진 사람이 누구인지 파악하고서, 개츠비에 대한 사랑을 완전히 거두고 남편 톰과 함께 해외여행을 떠난다. 이러한 데이지의 태도는 힘들고 어려운 일은 가난한 사람들에게 떠넘기고, 한가하면서 생색낼 수 있는 일은 자기들이 해야 한다는 부자 계급의 전형적인 태도다.

예로부터 "여자는 권력의 통화"라는 말이 있다. 그래서 베르길리우스는 "두크스 페미나 팍티(여자가 사건의 원인)"라고 했다. 이 책에서 데이지는 권력의 통화 역할을 한다. 현대 사회에서는 돈이 곧 권력이다. 투표로 선출된 권력은 임기가 있어서 그 임기 동안에만 힘을 발휘하지만, 돈은 세습이 가능하고 돈이 돈을 벌어들이는 것이 자본주의 사회의 구조이므로 부자는 시간이 흘러갈수록 더욱 권력이 커진다. 그래서 경위야 어떻든 이제 데이지는 부자의 아내로서 "광대무변하고 천박하고 겉만 번드레한 아름다움"을 보여줄 뿐이다. 그녀는 목소리에 돈 냄새가 가득한 여자, 황금 눈을 가진 여자, 왕의 딸인 여자, 투탕카멘의 황금가면 같은 여자다.

『개츠비』의 초창기 버전인 『트리말키오』에서는 데이지가 좀 더 자기의사를 뚜렷하게 표시하는 과단성 있는 여자로 나온다. 가령 개츠비에게 톰 뷰캐넌과 이혼하고 당신에게 다시 돌아오겠다고 단정적으로 말한다. 그러나 『개츠비』에서는 용기 있고 돈보다 사랑을 더 중시하는 데이지의 모습이 크게 후퇴하여, 우유부단한 여자, 기회주의적인 여자, 제스처만 있고 감정은 없는 여자로 바뀌었다.

마지막으로 빈부의 문제는 결국 흑백 간의 인종 문제인 것처럼 다루어진다. 제7장의 호텔 장면은 이를 잘 보여준다. 톰 뷰캐넌은 개츠비 같은 가난한 사람과 결혼하는 것은 흑인과 백인 사이의 결혼이나 다름없다고 말하고 있다. 또한 닉이 개츠비의 차를 타고 퀸스버러 다리를 건너가는 장면에서도 흑백 차별이 암시되고 있다.

등장인물의 응시하기

무엇을 응시한다는 것은 그것을 간절히 바라거나 동경한다는 뜻이다. 이 '응시하기'의 대표적 이미지는 표지 디자이너인 프랜시스 쿠가트가 제작한 그림 〈천상의 두 눈〉을 들 수 있다. 이 표지 그림은 『개츠비』 초판본 표지에 사용되었는데, 피츠제럴드는 1924년 8월 25일에 맥스웰 퍼킨스에게 이런 편지를 보냈다. "제발 당신이 나를 위해 확보해둔 그 표지 그림을 다른 사람에게 보여주지 마십시오. 나는 그 그림을 소설에 이미 써먹었습니다." 평론가이자 피츠제럴드 전기의 작가인 아더 미즈너는 쿠가트의 그림을 소설 속에 활용한 부분이 제2장에 나오는 에클버그 박사의 입간판이라고 주장했다. 문제의 표지 그림은 페리스 휠(공중을 빙빙 돌아가는 놀이공원의 대관람차)이 있고 화려한 불이 켜진 도시의 놀이공원과 그 주위의 어두워진 다세대 주택 위, 공중에 떠 있는 여자의 얼굴을 그려놓은 그림이다. 이 그림의 여자는 코가 없고 두 눈의 눈동자는 여자의 나체 그림을 바라보고 있으며 눈에서는 초록색 눈물을 흘러내린다.

아더 미즈너의 주장을 뒷받침하는 또 다른 근거로는 헤밍웨이의 유고 회고록 『파리는 날마다 축제』에서 제17장 피츠제럴드에 관해 쓴 부분을 들 수 있다.

"리옹 여행을 마치고 하루 이틀 뒤쯤 피츠제럴드는 최근에 발간된 그의 책 『개츠비』를 가지고 왔다. 그 책의 표지는 아주 조잡하고 번들거렸다. 나는 그 거칠고 우아하지 않고 매끈거리기만 하는 표지를 보고 당황했던 기억이 난다. 그것은 마치 싸구려 공상 과학 소설의 표지처럼 보였다. 피츠제럴드는 나에게 그 표지를 보고 너무 실망하지 말라고 하

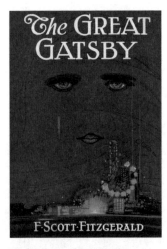
『위대한 개츠비』의 초판본 표지

면서 그것이 롱아일랜드의 고속도로 위에 세워진 입간판과 관련이 있으며, 그 입간판이 스토리에서 중요한 역할을 한다고 말했다."

헤밍웨이가 전하는 피츠제럴드의 발언은 그 표지가 피츠제럴드의 집필에 결정적 영향을 주었다는 아더 미즈너의 주장을 뒷받침한다. 이 표지 그림은 이후 높은 평가를 받아 『개츠비』 초판본 중 표지 커버가 있는 것은 중고시장에서 15만 달러에 팔린 반면, 커버가 없는 것은 750달러밖에 못 받았다. 그런데 메리 조 테이트라는 평론가는 이 표지 그림이 제4장 마지막 부분에 나오는 '얼굴이 신체에서 분리된 여자'의 분위기와 유사하다고 지적했다.

이 표지의 이런 중요성을 감안할 때 우리는 '응시하기'가 소설에서 중요한 역할을 하는 것을 알 수 있다. 중요한 응시 장면을 열거하면 다음과 같다.

제1장에서 개츠비가 초록 등불을 응시하고 그런 개츠비를 닉이 응시한다.

제2장에서 에클버그 박사의 입간판이 응시하는 장면과, 닉이 머틀의 아파트에 놀러간 부분에서 외부의 어떤 관찰자가 불 켜진 아파트의 창문들을 응시하고, 닉 자신 또한 그렇게 응시하는 관찰자라고 말하는 장면이 나온다.

제4장에서 건물의 처마와 밝은 간판을 따라 표류하는 여인의 얼굴이

나온다.

제5장에서 개츠비의 무수한 셔츠를 응시하는 데이지의 황금 눈빛이 등장한다.

제7장에서 개츠비의 노란 차를 응시하는 카센터 여주인 머틀의 눈빛이 등장하고 하느님이 에클버그 박사처럼 세상 모든 것을 내려다보고 있다는 카센터 주인 윌슨의 언급이 나온다.

제9장에서 밤하늘의 별을 응시하는 닉이 등장한다.

특히 에클버그 박사의 두 눈은 입간판 속에 그냥 가만히 서 있는 것이 아니라 올빼미 안경을 쓴 중년 신사와 호응하면서 작품 속에 여러 번 등장한다. 이 신사는 제3장 개츠비 저택의 서재 장면에서 그 서가에 꽂힌 책들이 전부 '진짜'라며 놀라워하는 모습으로 처음 등장하고, 곧바로 같은 장에서 자동차 바퀴가 빠져 달아난 사고 장면에 등장해 앞으로의 전개에서 자동차 사고가 중요한 역할을 한다는 것을 예고하고 있다. 제5장에서는 개츠비의 집을 찾아간 데이지가 나오는 장면에서 슬쩍 언급된다. 이어 제8장에서 아내의 부정을 의심하는 윌슨이 에클버그 박사의 입간판을 가리키며 인간은 속일 수 있을지 몰라도 하느님은 속이지 못한다고 하며, 에클버그 박사, 올빼미 안경, 하느님의 응시가 서로 연결되어 있는 듯한 인상을 준다. 이 올빼미 안경 신사는 제9장 개츠비의 하관식에 나타나서 개츠비를 가리켜 "불쌍한 놈"이라고 말하고는 사라진다.

'닉 캐러웨이'라는 화자

이 책의 화자인 캐러웨이Carraway의 이름은 암시하는 바가 많다. 캐러웨이를 파자破字하면 Carried away가 된다. 즉 개츠비에게 매혹된 자

혹은 개츠비에게 열광하는 자라는 뜻이다. 따라서 우리는 그가 개츠비에게 매혹되어 그 일대기를 기록하기로 마음먹게 된 과정을 유심히 살펴보아야 한다.

또 다른 파자는 Carre + way이다. 프랑스어의 Carrefour라는 단어가 연상되는 분석이다. 프랑스어-한국어 사전을 찾아보면 이런 뜻풀이가 나와 있다. "네거리, 십자로, 비유적인 의미에서 사상과 문명 따위의 교류, 교차, 교차점, 대화와 토론의 광장."

이 두 가지 파자가 화자 닉의 역할을 잘 설명한다. 그는 이 소설에서 인종, 계급, 젠더, 빈부, 제스처와 이모션(emotion: 정서), 꿈과 현실, 상징과 실제 등을 교차시키는 네거리 같은 역할을 한다. 그는 네거리에서서 무수한 차량의 흐름을 잘 단속함으로써 소통을 원활하게 해주는 교통경찰 같은 존재다. 비유적으로 말하자면, 이 작품 속 자동차들은 비현실적인 도시인 뉴욕에서 출발해 흑백의 분리 지점인 퀸스버러의 다리(제4장)를 건너, 현대의 황무지인 재의 계곡을 지나, 웨스트에그와 이스트에그로 나누어진 빈부의 구역으로 흘러 들어간다. 그리하여 이 소설의 보이지 않는 서술 구조, 가령 암시나 상징, 이미지 등은 닉 캐러웨이의 훌륭한 역할, 다시 말해 그의 멋진 서술 방식에 의해 비로소 구체화된다.

이 소설을 읽는 동안에, 우리는 외부에서 내부로, 다시 외부에서 내부를 바라보는 닉의 관점을 통해 개츠비의 과거를 알게 된다. 그러나 개츠비가 무슨 일을 했는지 정확히 알지는 못하고 어렴풋이 짐작할 뿐이다. 이런 신비한 분위기가 어느 정도 유지되다가 맨 마지막에서 닉이 개츠비의 아버지를 만나는 장면에서, 그의 과거가 아주 보잘것없었다는 사실이 드러난다. 그러나 닉은 이미 개츠비가 가진 집안의 배경을 그리 중요하지 않게 받아들인다. 개츠비가 멋진 인물이라는 근거를 집안 배경에서 찾지 않기 때문이다. 닉은 소설의 제일 처음에서 개츠비가 멋진 인물이라 말하고, 소설의 맨 마지막에서 다시 그 이유를 설명함으로써 자신이 개츠비에게 설득된 과정을 완결한다. 따라서 우리는 이 소설을 읽는 동안 무엇이 개츠비를 멋지게 만드는가, 어떻게 그가 위대한 인물로 전환되는가 하는 화두를 늘 염두에 두고 있어야 한다.

닉이라는 화자는 허먼 멜빌의 장편소설 『모비딕』의 이슈메일과 동일한 전달자 역할을 담당한다. 이슈메일이 바다의 고래잡이 여행에서 살아 돌아와 남겨놓은 기록 덕분에 우리는 모비딕과 에이허브 선장의 존재를 알게 되었다. 마찬가지로 제이 개츠비라는 인물은 닉 캐러웨이가 이야기하는 관점과 서술 구조에 의해 비로소 평범한 인물에서 위대한 인물로 전환된다. 개츠비가 소설의 주인공이기는 하지만, 닉 캐러웨이가 그 위대함의 배경과 이유를 설명하는 임무를 맡고 있는 것이다. 이렇게 볼 때, 개츠비는 에이허브 선장의 현대적 리바이벌이다. 에이허브 선장의 추구 대상이 모비딕이라면 개츠비의 추구 대상은 데이지다. 두 사람은 사라진 행복의 꿈을 되찾으려는 시도와, 복수하려는 불같은 마음 그리고 장엄한 실패를 공유하고 있다.

그렇지만 이 소설을 처음 읽을 때 우리는 닉의 서술을 일단 의심하게 된다. 개츠비는 금주법 시대(1920-1933)에 캐나다에서 술을 몰래 들여오는 밀주업자(부트레거)로 불법 사업을 하고 있고, 그 외에도 훔친 채권을 거래하거나 소소한 불법 행위에 가담했을 것이라는 점이 암시되어 있다. 자기의 집안 내력을 거짓으로 꾸며내고, 6개월 단기 프로그램을 다녀놓고 옥스퍼드를 졸업한 것처럼 말한다. 또 자기가 사랑하는 여자의 잘못을 대신 뒤집어쓰려고 하다가 엉뚱한 사람이 쏜 총에 맞아 죽는다. 그리고 아무도 오지 않는 개츠비의 장례식에 유일하게 외부 인사로 조문 온 올빼미 안경 신사는 그를 가리켜 불쌍하다고 말한다. 독자는 '어떻게 이런 사람을 가리켜 위대하다고 말하는 것일까'라며 의문을 품을 수밖에 없다.

하지만 이 소설을 세심하게 재독해보면 화자 닉의 은밀한 서술 방식을 눈여겨보게 되고 닉처럼 개츠비라는 사람을 평가할 수도 있다는 점을 납득하게 된다. 여기서 닉의 서술 방식을 알아보기 위해, 잠시 독자가 닉 캐러웨이가 되었다고 상상해보자. 이때 독자가 알고 있는 개츠비 이야기를 남들에게 어떻게 납득시키겠는가. 먼저 자신이 개츠비의 이야기에 설득당한 과정을 설명하려 할 것이다. 그 설득의 과정이 곧 이 소설 속에서 이야기의 구조가 형성되는 과정이다. 닉은 끝에 가서 개츠비의 집안 환경이 완전히 다 드러날 때까지 조금씩 조금씩 개츠비의 과거를 드러내는 서술 방식을 유지한다. 소설 속 사건은 1922년에 벌어졌는데, 닉이 이 이야기를 들려주는 시점은 1924년이다. 그 2년 동안 닉에게 깊은 명상과 반성이 있었고, 그것이 이야기 속에 녹아 있음을 짐작할 수 있다. 따라서 개츠비는 닉의 개츠비이지, 닉과 무관한 개츠비는 될 수 없다. 다시 말해 화자 닉(혹은 독자)이 믿어주지 않고 매혹당하지 않으면 개츠비는 그저 개츠비일 뿐, 위대한 인물이 되지 못한다.

일찍이 헨리 제임스와 조지프 콘래드는 소설 속 화자와 주인공의 상호 분리를 모범적으로 수행해 후배 작가들에게 영향을 주었는데, 피츠제럴드 또한 『개츠비』에서 이런 분리를 잘 실천하고 있다. 제임스는 소설의 중심부에 놓인 지적이면서도 동정적인 화자야말로 소설의 가장 값나가는 요소─소설의 윤곽, 서스펜스, 강도─를 확보해주는 장치라고 말했다. 콘래드 또한 이와 비슷한 발언을 했다. 소설 『나시서스호의 검둥이』의 서문에서 "소설은 어떤 장소와 시간의 도덕적·정서적 분위기를 창조하는 것"이라면서 들판에서 일하는 농부의 비유를 사용했다. "때때로 우리는 도로의 나무 그늘에 앉아 먼 들판에서 일하는 농부의 동작을 관찰하면서 그 농부의 심리를 상상한다…. 그가 들판에서 행하는 여러 동작의 의도를 알게 되면, 그런 행위에 대한 우리의 흥미는 더욱 커진다. 그러면서 우리는 그 풍경의 평온함을 흐트러뜨리는 농부의 행위를 묵인해주고 싶어진다. 이어 어떤 형제 같은 마음이 들어 그 농부의 실패마저도 용서하고 싶어진다. 우리는 그의 목적을 이해했고, 아무튼 그 농부는 있는 힘을 다해 노력했다." 피츠제럴드는 1934년 모던 라이브러리에서 『개츠비』를 다시 펴내면서 이 콘래드의 서문을 인용하며 화자에 대한 콘래드의 생각을 본받고 있다고 말했다. 이것을 『개츠비』에 적용하면 들판의 농부는 개츠비이고, 시원한 나무 그늘에 앉아서 관찰하는 사람은 닉 캐러웨이이며, 우리 독자는 닉의 관찰 소감을 들어주는 사람이 된다.

여기서 화자 닉이 들려주는 이야기가 소설이 아니라 라디오 드라마라고 상상하면 그의 서술 기법을 더 분명하게 이해할 수 있다. 라디오 드라마에서 성우는 중요한 부분에서 목소리에 힘을 주고, 중요하지 않은 부분은 빨리 읽어버리고, 감정을 넣어야 할 부분에서는 아주 슬프게 혹은 아주 기쁘게 말한다. 닉은 개츠비가 했던 말을 다시 들려주고 있으므로, 이 드라마의 성우, 즉 이야기를 해주는 목소리가 된다. 따라서 그 목소리를 유심히 들으면 소설에서 중요한 부분이 어디인지를 파악할 수 있다. 가령 닉과 조던의 사랑 이야기는 그저 그 두 사람의 이야기가 아니라, 개츠비와 데이지의 사랑 이야기와 평행 관계를 이루면서 그 사랑을 해설해주는 보조 텍스트가 된다.

우리는 닉이 현실적인 사람이라는 것을 안다. 그것은 닉이 조던 베이커를 대하는 태도에서 잘 드러난다. 닉은 조던을 사랑하지만 그녀가 제스처뿐인 여자임을 알고 그 사랑을 포기한다. 그들이 헤어지는 장면에서 조던이 닉을 향해 당신은 정직하지 않은 사람이라고 말하자, 닉은 근거 없는 비난이라며 이렇게 말한다. "나는 서른이야. 당신보다 다섯 살이나 많은데, 스스로 거짓말을 하고서 그걸 명예롭게 여길 수는 없는 나이지."

반면에 개츠비는 데이지의 본질을 잘 알고 이렇게 말한다. "그녀의 목소리에는 돈 냄새가 가득하지요." 그러나 개츠비는 자신의 꿈을 더 소중히 여기는 낭만적 열정 때문에 그 사랑을 포기하지 않는다. 보통 사람들이라면 현실적 제약에 가로막혀 그 사랑을 포기하는 경우 많지만, 개츠비는 그리스 신화의 주인공처럼 자신의 사랑을 운명으로 여기며 그것을 끝까지 고수한다. 사람들은 그 낭만적 사랑이 성공하기를 바라게 되는데 이런 집단적 소망이 개츠비의 개인적 신화를 보편적 신화로 끌어올리는 원동력이 된다.

신화란 무엇인가? 그것은 통상적으로 세 가지로 정의된다. 첫째, 종교적 특성이다. 가령 사물의 본성과 우주의 구조에 대한 유기적 설명을 가리키는데 여기에는 어떤 사회나 민족의 집단적 소망도 포함된다. 둘째, 대단히 어려운 과업이다. 가령 삶과 죽음을 넘나든다든지, 어려운 모험을 많이 했다든지, 아주 특별한 사랑을 했다는 영웅의 이야기다. 셋째, 종교도 영웅도 아닌 일반 사람들을 위한 재미있는 이야기다. 이런 신화의 본질을 생각해볼 때 개츠비의 개인적 신화는 보편적 신화의 특성을 두루 갖추고 있음을 알 수 있다. 그리고 개인적 신화가 보편적 신화로 확장된다는 데 바로 개츠비의 위대함이 있는 것이다.

『개츠비』는 표면적인 차원에서 인생에 실패한 스토리, 꿈과 현실을 혼동한 스토리 혹은 세상에서 얻기를 바라는 것과 실제 얻게 되는 것을 구분하지 못한 어리석은 인생 스토리다. 이렇게 소설을 읽는다면 개츠비의 장례식에 참석한 올빼미 안경의 "불쌍한 놈"이라는 논평은 그럴듯하게 들린다. 그러나 화자 닉은 아주 교묘한 서술 방식으로 그것을 부정한다. 불쌍한 놈의 원어는 The poor son-of-a-bitch(불쌍한 개자식)인데, 이 욕설은 소설의 끝부분에서 동네 소년이 개츠비 저택의 하얀 계단에 벽돌 조각으로 휘갈겨놓은 낙서, 달빛 아래 환하게 보이는 그 욕설과 같은 것이다. 그런데 닉은 구두 바닥으로 그 욕설을 박박 비벼서 모두 지워버린다. 닉의 이런 서술은 너무나 은밀해서 무심히 읽으면 그냥 넘겨버리게 된다.

이 은밀한 행위는 무엇을 의미하는가? 닉이 보기에 개츠비는 불쌍한 놈이 아니라, 미국인이 갖고 있는 원형적 꿈을 끊임없이 상기시키는 위대한 인물이라는 것이다. 닉은 해변으로 나가 밤하늘을 쳐다보면서 꿈을 찾아 신대륙으로 건너온 건국의 아버지들을 생각한다. 그리고 개츠비의 꿈이 재즈 시대에 들어와 왜곡되기는 했지만, 아메리칸드림의 순수한 원형임을 다시 한번 확인한다. 닉은 좀처럼 이루기 어려운 그 꿈의 실현을 가리켜 "성적 미래의 환희"(제9장)라고 서술한다. 이런 사실들로 미루어 짐작해볼 때 꿈을 향해 끊임없이 달려가는 개츠비는 그리스 신화에 등장하는 시시포스와 오르페우스를 닮았다. 시시포스가 산 꼭대기를 향해 안착의 희망 없는 바위를 계속 굴리듯, 개츠비는 작은만 건너편의 초록색 등불을 응시하며 그 등불을 향해 무한히 다가간다. 그러나 산정에 도달하면 굴러떨어지는 시시포스의 바위처럼 그 꿈은 가까이 다가갈수록 뒤로 물러선다. 오르페우스는 뮤즈 칼리오페의 아들인데 뱀(시간의 상징)에 물려 죽은 아내 유리디케를 되찾아오기 위해 명부冥府로 내려가 아름다운 노래로 신들을 감동시켜, 아내를 지상으로 데려가도 좋다는 허락을 받았으나, 귀환 도중에 절대로 뒤를 돌아보면 안 된다는 신들의 당부에도 불구하고, 이승에 거의 다 올라온 지점에서, 아내가 잘 따라오는지 걱정이 되어 뒤돌아보다가 다시 아내를 명부에 빼앗긴 인물이다. 오르페우스가 뒤돌아보다가 거의 다 데리고 온 유리디케를 빼앗겼듯이, 개츠비는 데이지를 거의 되찾아 오려던 순간에 뒤돌아보다가(톰 뷰캐넌과의 대결에서 눈을 깜빡거림으로써) 그만 데이지를 잃어버렸다.

제6장에서 데이지의 남편 톰 뷰캐넌은 "대체 이 개츠비란 사람은 누구야?"라는 질문을 던지고 이어 제7장에서는 "난데없이 나타난 무명 인사Mr. Nobody from Nowhere"라고 비난한다. 그러나 무명 인사 개츠비는 그 개인적 신화로 인해 미스터 섬바디Mr. Somebody로 변모한다. '위대한 개츠비'라는 제목은 제1장 시작 부분에 나오는 말, "개츠비에게는 정말로 멋진 구석이 있었다"에서 따온 것이다. 정말 멋진 것의 원어는 something gorgeous인데, 곧 미스터 섬바디를 가리킨다. 개츠비의 개인적 신화는 제1장에서 먼저 제시되고 마지막 제9장에서 보편적 신화로 다시 확인된다. 개츠비 이야기가 점점 발전해 이런 보편적 모습을 갖게 되는 것은 모두 화자 닉의 서술 방식 덕분이다.

작품의 주제

60년 동안 미국 고등학교에서는 '문학' 과정에서 이 소설을 대략 네 가지 주제에 집중해 가르쳤다.

첫째, 아메리칸드림이 부패하여 겉만 번드레하고 천박한 것으로 바뀌어버렸다.

둘째, 집단의 압력은 너무나 강해서 한 인간으로 하여금 그 압력에 순응하게 만든다.

셋째, 인간은 사회 속에서 자신만의 진실과 개인주의를 끊임없이 추구한다.

넷째, 인간은 평범한 일상생활을 뛰어넘는 어떤 것에 낭만적 동경을 가지고 있다.

네 가지 주제를 다시 한 줄로 요약하면 개인의 자유는 사회의 압력 속에서도 일상생활을 뛰어넘는 영원한 꿈을 추구한다는 것이다. 따라서 우리가 날마다 꾸는 꿈은 아메리칸드림으로 그치는 것이 아니라 전 세계적으로 통하는 보편적 꿈이 된다. 이 꿈과 관련해 '트리말키오'라는 인물은 중요한 시사점을 던진다.

우리는 피츠제럴드가 책 제목으로 '트리말키오'를 고집했다는 사실을 이미 살펴보았다. 왜 그랬을까? 트리말키오는 개츠비처럼 가난한 노예였다가 주인을 잘 모심으로써 큰돈을 벌어 자유의 몸이 되었고, 그 돈으로 날마다 파티를 여는 사람이다. 그리고 파티 중에는 자신이 보았던 기이한 에피소드들을 즐겨 말해준다. 이렇게 볼 때 트리말키오는 여러 면에서 개츠비의 원형이다. 그런데 페트로니우스의 『트리말키오』를 정독해보면 거기에는 아주 인상적인 에피소드가 두 개 나온다. 하나는 영원한 젊음이고, 다른 하나는 깨어지지 않는 유리의 이미지, 즉 불가능한 꿈의 동경이다.

첫 번째 에피소드는 시빌의 사례다. 시빌은 그리스-로마 세계에서 여자 예언자를 가리키는 말이다. 가장 유명한 시빌은 로마에서 조금 떨어진 쿠마이라는 곳에 살았다. 전승에 의하면 시빌은 로마의 마지막 왕인 타르퀴니우스 오만왕에게 예언집 아홉 권을 고가에 팔겠다고 했다. 왕이 매입을 거부하자, 그녀는 세 권을 불태워버리고 나머지 여섯 권에 같은 값을 불렀다. 왕이 또다시 거절하자 시빌은 세 권을 더 태웠고 마침내 오만왕은 남은 세 권을 원래의 고가로 사들였다고 한다.

쿠마이의 시빌에 대해서는 이런 유명한 이야기가 전해진다. 아폴로 신이 시빌에게 만약 그녀가 아폴로를 애인으로 삼는 데 동의하면 원하는 것을 뭐든지 주겠다고 했다. 그녀는 해변의 모래알 개수만큼 오랜 햇수를 살게 해달라고 소원을 말했다. 하지만 영원한 젊음을 동시에 달라는 요구는 하지 않았다. 오래 살면 살수록 그녀는 점점 여위어져 박쥐같이 변해갔다. 트리말키오는 쿠마이를 여행하다가 쿠마이 동굴의 천장에 걸어놓은 병에 박쥐처럼 매달린 시빌을 직접 보았다고 자신이 베푼 연회 중에 손님들에게 말해주었다. 그 동굴 근처의 아이들이 동굴로 찾아가 박쥐같이 쪼그라든 시빌에게 소원이 무엇이냐고 물으면 이렇게 대답했다는 것이다. "난 빨리 죽고 싶어."

트리말키오가 들려준 두 번째 에피소드는 이런 것이다. 한 구리 세공인이 유리로 황금이나 순은보다 더 단단한 술잔을 만들고 이런 진귀한 물품이라면 당연히 카이사르에게 바쳐야 한다고 생각했다. 그리하여 황제에게 알현을 신청하고 허락을 받았다. 그는 그 물건을 들고 가면 엄청난 보상을 받을 것이라고 기대했다. 그러나 결과는 그가 예상했던 것과 정반대였다. 카이사르는 세공인에게 그런 물품을 만드는 사람이 당신 말고 또 있느냐고 물었다. 아무도 없다고 대답하자 황제는 그 세공인을 처형하라고 지시했다. 황제는 그런 조치를 이렇게 설명했다. "만약 이런 물건을 만드는 기술이 알려진다면, 황금이나 순은은 진흙보다 가치가 없어지게 될 것이다."

영원한 젊음을 동경했던 시빌이나 깨어지지 않는 유리의 비유를 개츠비에게 적용해보면 어떻게 될까? 청춘의 꿈이란 그것이 청춘이기 때문에 가능한 것이고, 유리(꿈)는 깨어지기 때문에 진귀한 것이다. 다시 말해 보통 사람들은 꿈이 소중하다는 것을 알지만, 일상생활의 제약에 함몰되어 청춘의 꿈보다는 황금과 물질을 더 귀중하게 여기면서 살아간다. 그렇지만 역설적이게도 개츠비가 깨어지지 않는 유리 혹은 영원한 젊음을 동경하는 시빌 같은 존재이기 때문에 우리는 개츠비에게 감동하고 또 그가 멋지다고(위대하다고) 생각하게 된다.

영원한 젊음과 깨어지지 않는 유리는 현실에서는 찾아보기 어렵다. 이런 환상적·초현실적 사상과 사물은 소설 속에서만 가까스로 필연성을 가진다. 다시 말해 허구적 소설의 세계를 떠나면 거기에 묘사된 사건이나 인물이 과연 미국의 뉴욕이나 대한민국의 서울이라는 구체적 현실에서 그대로 발견될 수 있을까 하는 의문이 든다. 우리는 여기서 예술 작품으로서의 삶을 발견하게 된다. 그것은 공중에 피어 있는 꽃과 같다. 그것이 아주 진귀한 것임을 알기에 우리는 평소의 꿈이 희미해지려 할 때면 『개츠비』로 되돌아와 거기서 부패하지 않는 꿈에 대한 동경을 다시 발견한다.

F. 스콧 피츠제럴드 연보

1896년(출생)

F. 스콧 피츠제럴드는 9월 24일 미네소타주 세인트폴에서 출생했다. 미국 국가를 작곡한 조상의 이름을 그대로 따서 이름을 지었다. 부모는 1890년 2월에 결혼했는데 아버지 에드워드 피츠제럴드는 서른일곱 살, 어머니 몰리 맥퀼란은 서른 살이었다. 위로 누나 둘이 태어났으나 모두 갓난아기 때 죽었다. 자라는 과정에서 어머니에게는 당혹감을, 아버지에게는 수치심과 자부심을 번갈아 느꼈다. 어린 두 딸을 먼저 보낸 충격으로 아들에게 과하게 애정을 쏟는 어머니를 보면서 작가가 되기로 결심했다.

1898년(2세)

가족이 뉴욕주 버팔로로 이사. 아버지는 여기서 프락터 앤 갬블이라는 회사의 영업사원으로 일했다.

1901년(5세)

1월에 가족이 뉴욕주 시라큐스로 이사. 5월에 유일한 여동생인 아나벨이 태어났다.

1903년(7세)

가족이 다시 뉴욕주 버팔로로 이사.

1908년(12세)

55세의 아버지가 회사 영업직에서 해고되었다. 30년 뒤인 1938년에 피츠제럴드는 해고당하고 돌아온 아버지를 맞이한 그 어두운 밤을 이렇게 묘사했다.

"아버지는 그날 저녁 집으로 왔다. 완전히 망가진 늙은 남자의 모습이었다. 그의 인생에는 가장 중요한 동기도, 때 묻지 않은 목적도 남아 있지 않았다. 남은 인생 내내 아버지는 실패한 사람으로 살았다." 아버지는 1931년 1월 말에 돌아가셨으니 22년을 그렇게 산 셈이었다. 이 실패의 유산은 아들에게 그대로 물려져, 피츠제럴드 자신도 세상을 떠날 무렵에는 자신을 실패작으로 여겼다.

7월에 피츠제럴드 가족은 세인트폴로 돌아갔다. 이때부터 피츠제럴드의 부모는 큰 잡화상을 운영했던 처가에 의지해 살았다. 아버지는 출근할 사무실이 주어지긴 했지만, 실권은 없었다.

아버지는 체격은 왜소했으나 미남이었으며 메릴랜드 구가 출신으로 돈을 버는 데는 영 재주가 없었고 술을 지나치게 많이 마셨다. 그는 이 아버지로부터 음주 기질도 물려받았다.

9월에 피츠제럴드는 세인트폴 아카데미에 입학했다. 그가 처음 쓴 이야기인 「레이먼드 담보물의 신비」라는 글이 『세인트폴 아카데미』 교지에 실렸다. 1910년과 1911년에 이 교지에 세 편의 스토리를 더 발표했다.

1911년(15세)
9월에 어머니가 부유한 친척들의 돈을 끌어다 아들을 뉴저지주 해켄섹에 있는 가톨릭 계통의 예비학교인 뉴먼 스쿨에 입학시켰다. 예비학교는 부유층 자제들을 상대로 하는 고교 과정으로서, 중산층이기는 하나 큰 부잣집은 아니었던 피츠제럴드는 이때 이미 자신이 부잣집 아이가 아니라는 사실을 예민하게 의식했다. 1938년에 피츠제럴드는 자신의 문학 대리인인 해롤드 오버의 아내 앤 오버에게 보낸 편지에서 자신의 소년 시절을 이렇게 회고했다.

"나는 부유한 동네의 가난한 소년이었고, 부유한 소년들이 다니는 예비학교의 가난한 학생이었으며 프린스턴에서 부유한 사람들이 모인 클럽의 가난한 회원이었다. 나는 부자들이 부자라는 사실에 화가 나곤 했다. 이것이 내 모든 삶과 작품에 영향을 미쳤다."

뉴먼 학교에서 시고니 페이 신부를 만나 문학적으로 많은 격려를 받았다.

1912년(16세)
최초의 희곡 「J에서 온 게으른 소년」을 발표했다. 이후 3년에 걸쳐 해마다 희곡을 한편씩 썼다. 뉴먼 학교의 교지에 단편을 세 편 발표했다.

1913년(17세)
봄에 뉴먼 학교 졸업하고 9월에 1917년 학번으로 프린스턴대학교에 입학했다(미국은 입학 연도로 학번을 정하지 않고, 졸업 예상 연도로 학번을 정한다). 후일 저명한 평론가가 되어 피츠제럴드에게 많은 문학적 도움을 준 에드먼드 윌슨을 만났다. 윌슨도 소설을 쓰고 싶어 했으나 자신에게는 피츠제럴드 같은 재능이 없다고 판단하여 일찍이 평론으로 방향을 전환했다. 입학 즉시 대학 내 문학 서클과 연극 서클에 가입했다. 『나소 리터러리 매거진』과 『프린스턴 타이거』에 시, 소설, 희곡 등을 발표했다. 트라이앵글 클럽 쇼를 위해 책과 가사를 썼다.

1914년(18세)
크리스마스 휴가를 위해 귀향했을 때, 지네브라 킹이라는 여성을 만나 사랑에 빠졌다. 당시 지네브라는 16세의 짙은 갈색 머리의 미녀였고, 일리노이주 레이크 포레스트에 사는 부유한 집안의 딸이었다.

1915년(19세)
트라이앵글 클럽을 위해 글을 쓰고 과외 활동에 몰두하다가 라틴어와 화학에서 F 학점을 받았고 가을에 재시험을 보았지만 낙제했다. 가을학기가 끝나면서 말라리아인지 결핵인지 불분명한 병으로 건강이 나빠져 12월에 프린스턴을 자퇴했다.

1916년(20세)
9월에 1918년 학번으로 프린스턴에 재입학했으나 학업에 어려움을 느끼고 결국 영구 중퇴했다. 대학을 마치지 못한 일은 그가 평생 고통을 느끼는 정신적 상흔이 되었다.

이 해에 지네브라 킹과 자주 편지를 교환하고 틈틈이 만나기도 했으나, 8월에 킹이 피츠제럴드가 가난한 학생이라는 이유로 절교를 선언하고 떠나가버렸다. 그해 여름 피츠제럴드가 지네브라 집안의 레이크 포레스트 별장에 방문했을 때 그녀의 아버지가 그에게 다 들리도록 큰 목소리로 이렇게 말했다고 한다. "가난한 소년은 부유한 소녀와 결혼할 생각일랑 말아야 해." 이 충격적인 사건은 '리치걸 푸어보이rich girl, poor boy'라는 피츠제럴드 문학의 핵심 에피소드가 되었다.

지네브라 킹은 후일 『위대한 개츠비』에 나오는 데이지의 모델이 되었다. 그뿐 아니라 킹은 자신의 친구 이디스 커밍스를 피츠제럴드에게 소개했는데, 커밍스는 유명 골프선수였고 『위대한 개츠비』에 나오는 골프 선수 조던 베이커의 모델이 되었다.

1917년(21세)
10월 26일 피츠제럴드는 미 육군에 보병 사관 후보로 들어갔다. 11월 20일 캔자스주 포트 레번워스로 가서 훈련을 받았다. 이곳에서 근무하는 동안 해외에 파견되면 언제

죽을지 모른다는 강박증을 가지고 『낭만적 자기중심주의자』라는 장편소설의 초고를 쓰기 시작했다.

1918년(22세)

2월에 켄터키주 루이빌에 있는 테일러 부대로 전보되었다. 『낭만적 자기중심주의자』를 탈고하여 출판사 스크리브너에 보냈다. 4월에 조지아주의 고든 부대로 이동했고, 6월에는 앨라배마주 몽고메리 외곽에 있는 셰리던 부대에 배치되었다. 7월에 몽고메리 컨트리클럽의 한 무도회에서 블론드 미녀인 젤다 세이어를 만났다. 그녀는 앨라배마주 대법원 판사인 앤소니 세이어의 딸이었다. 8월에 스크리브너가 『낭만적 자기중심주의자』의 원고를 거부하자 수정 후 다시 제출했다. 그러나 수정된 원고도 10월에 다시 거절되었다. 11월에 피츠제럴드는 뉴욕주 롱아일랜드의 밀스 부대로 전보되어 해외 배치를 기다렸다. 하지만 그가 해외로 파견되기 전에 제1차 세계 대전이 끝나버렸다.

1919년(23세)

2월에 군에서 제대했고, 젤다와 결혼을 약속했다. 그는 뉴욕으로 가서 배런 콜리어 광고대행 회사의 직원으로 일했다. 봄에 몽고메리로 젤다를 만나러 갔으나 6월에 그녀는 그의 장래가 불안하다는 이유로 약혼을 파기했다. 그는 여름에 광고 대행 회사를 그만두고 세인트폴의 고향 집으로 돌아가 두 번이나 거절당한 장편소설을 다시 수정했다. 9월 16일 스크리브너의 맥스웰 퍼킨스가 『낙원의 이쪽』으로 제목이 바뀐 그 장편소설을 받아들였다. 이 승낙에는 약간의 에피소드가 있다. 9월에 열린 스크리브너 편집국 회의에서 퍼킨스는 이 소설의 출판을 강력하게 밀어붙였다. 편집국이 만장일치로 반대했지만, 퍼킨스는 편집국원들이 뜻을 굽히지 않는다면 자기가 회사를 그만두겠다고 으름장을 놓아 간신히 출간을 성사시켰다. 퍼킨스의 수락 통지를 받은 피츠제럴드는 부모님의 집에서 밖으로 뛰쳐나가 지나가는 차들을 향해 그 편지를 흔들어대며 기쁨을 표시했다. 그 편지는 젤다를 다시 얻을 수 있는 티켓이었다.

피츠제럴드는 퍼킨스로부터 전에 잡지사에서 거절당한 여러 편의 단편소설도 출간해주겠다는 소식을 받았다. 그해 겨울부터 피츠제럴드는 높은 고료를 받고 고급 잡지에 단편소설을 쓰는 작가로 널리 알려졌다. 특히 『새터데이 이브닝 포스트』에 글을 많이 써서 '포스트 작가'로 알려지게 되었다.

1920년(24세)

1월과 3월 사이에 잡지 『스마트 세트』는 그의 단편소설 세 편과 희곡 한 편을 게재했고, 『새터데이 이브닝 포스트』는 단편소설 두 편을 발표해주었다. 이러한 성공 덕분에

1월에 젤다와 다시 약혼했다. 3월 26일에 『낙원의 이쪽』이 출간되었고, 4월 3일에 뉴욕의 성 패트릭 대성당에서 젤다와 결혼했다. 이 장편소설은 열정적으로 몸을 비벼 대는 파티에서 놀고 퍼마시는 뜨거운 청춘 남녀를 묘사한 재즈 시대의 플래퍼(신여성)와 철학자를 다룬 청춘소설이었다. 5월에서 9월까지 부부는 코네티컷주 웨스트포트의 임대 가옥에서 살았다. 9월에 첫 단편소설집인 『플래퍼와 철학자』가 발간되었다. 10월에 부부는 뉴욕시로 이사했다.

1921년(25세)
5월에서 7월까지 부부는 영국, 프랑스, 이탈리아를 방문했다. 8월에 세인트폴로 귀향했고 10월 26일에 외동딸 프랜시스 스콧(스코티)가 태어났다.

1922년(26세)
3월에 두 번째 장편소설 『아름답지만 저주받은 사람들』이 출간되었다. 이 소설은 1920년대의 뉴욕 생활과 이미 흔들리기 시작한 피츠제럴드 부부의 결혼 생활을 밑바탕으로 삼고 있다. 그러나 첫 장편소설에 비해 별로 진전이 없는 작품이라는 평가를 받았다. 9월에 두 번째 단편소설집 『재즈 시대의 이야기들』을 출간했다. 10월에 부부는 뉴욕주 롱아일랜드에 있는 그레이트넥의 임대 가옥으로 이사했다. 그레이트넥은 『위대한 개츠비』에서 웨스트에그라는 이름으로 등장한다.

1923년(27세)
4월에 피츠제럴드의 희곡 『야채』가 출간되었다. 11월에 뉴저지주 애틀랜틱 시티에서 시범 공연되었으나 흥행에 실패했다. 이 희곡은 대통령이 되기를 바라지만 우체부로도 성공하지 못한 평범한 사내의 이야기다. 미국적인 거대한 야망이 주제였는데, 이 주제는 나중에 『위대한 개츠비』에서 진지하게 다루어진다. 피츠제럴드는 이 희곡으로 돈을 벌려고 했으나 실패하자 다시 상업적인 단편소설을 쓰기 시작했다. 그레이트넥과 뉴욕에서의 생활 때문에 장편소설 집필에 진전을 보지 못했고, 이 때 음주량이 크게 늘었다.

피츠제럴드는 알코올 중독 기질이 있었으나 글을 쓸 때는 술을 전혀 마시지 않았다. 젤다 또한 정기적으로 만취했으나 알코올 중독은 아니었다. 그러나 두 사람의 음주 습관으로 인해 부부 싸움이 자주 벌어졌다. 피츠제럴드는 술꾼이라는 이유로 무책임한 작가라는 잘못된 소문이 퍼졌으나 사실 자신의 글을 몇 번씩 수정하는 아주 꼼꼼한 작가였다.

1924년(28세)

4월에 부부는 프랑스에서 출발하여 리비에라 해안의 생 라파엘에 정착했다. 이렇게 해외여행을 떠난 것은 안정적 환경에서 소설 집필에 집중하기 위해서였다. 여름과 가을에 피츠제럴드는 『위대한 개츠비』의 초고를 썼다. 그동안 젤다는 프랑스 해군의 조종사인 에두아르 조장을 사랑하게 되었다. 두 사람이 내연관계였는지는 불확실하고 나중에 해군 제독까지 올라간 조장도 그런 관계를 철저히 부정했다. 심각한 사건이었지만, 훗날 부부의 회상이 점점 각색되어 무엇이 진실인지 알 수 없게 되었다.

젤다는 자신이 쓴 『나를 위하여 마지막 왈츠를』이라는 장편소설에서 이 사건을 이렇게 요약했다. 젤다는 해군 조종사와 연애는 했으나 동침하지는 않았다. 젤다가 남편을 떠나겠다고 하자 조종사가 만류했다. 피츠제럴드는 조종사와 일대일로 대결하려 했으나, 조종사는 자신이 그보다 훨씬 힘이 세다고 하면서 그 결투를 거부했다. 피츠제럴드는 그 사건이 벌어진 후에 부부 사이에 심각한 금이 갔다고 회상했다.

피츠제럴드의 친구 어니스트 헤밍웨이는 『파리는 날마다 축제』에서 그 일을 이렇게 회상했다. "피츠제럴드는 약 1년 전에 리비에라의 상 라파엘에서 그들 부부에게 일어난 비극적인 사건에 대해 내게 말해주었다. 젤다와 어떤 프랑스 해군 조종사와의 연애 관계에 관해 내가 최초로 들은 이야기는 정말 슬픈 이야기였다. 나는 그 이야기를 사실이라고 믿었다. 그 후에 피츠제럴드는 같은 이야기의 여러 다른 버전을 들려주었다. 그 버전은 들려줄 때마다 이야기는 점점 더 각색되었지만 어떤 버전도 처음 들었던 것처럼 슬프지는 않았다."

초겨울에 부부는 이탈리아로 넘어갔고 이곳에서 피츠제럴드는 스크리브너에서 넘겨받은 『위대한 개츠비』의 타이핑 원고를 수정했다.

1925년(29세)

4월 10일 『위대한 개츠비』가 출간되었다. 4월 말에 부부는 파리에 아파트를 임차했고 5월에 딩고 바에서 어니스트 헤밍웨이를 만났다. 당시 헤밍웨이는 무명작가였으나 피츠제럴드가 그의 문학적 재능을 높이 평가하면서 헤밍웨이를 스크리브너의 맥스웰 퍼킨스에게 소개했고, 스크리브너는 20세기의 유명한 두 미국 작가를 확보하게 되었다.

1926년(30세)

2월에 세 번째 단편소설집인 『저 모든 슬픈 청년들』을 출간했다. 3월에 부부는 리비에라로 다시 돌아가 12월까지 머무르다가 미국으로 귀국했다. 이 무렵 젤다의 행동은 점점 더 괴상해지기 시작했다. 헤밍웨이는 『파리는 날마다 축제』에서 젤다가 "앨 존슨이 예수 그리스도보다 더 위대하다"라는 말을 했다며 이미 그때 정신 이상의 징후가 농후

했다고 적었다. 앨 존슨은 1920년대의 유명한 미국 배우였다.

1927년(31세)

1월에 피츠제럴드는 할리우드로 가서 유나이티드 아티스트 영화사를 위해 각본을 썼으나 영화로 만들어지지는 않았다. 이곳에서 작가는 18세의 여배우 로이스 모란을 만나 짧게 연애했다. 3월에 부부는 델라웨어주 윌밍턴 근처 대형 임대 가옥인 엘러스라이로 이사했다. 젤다는 발레 레슨을 받기 시작했다. 젤다는 이미 이때 자살 충동 등 정신병의 여러 증세를 보이고 있었다.

1928년(32세)

부부는 4월에 유럽으로 가서 파리에 정착했다. 젤다는 그곳에서 계속 발레 레슨을 받았다. 9월에 엘러스라이로 돌아왔다.

1929년(33세)

부부는 3월에 유럽으로 다시 건너가서 이탈리아와 리비에라를 방문했고 10월에 파리에 아파트를 얻었다. 젤다가 너무 지나치게 발레 연습에 몰두하여 건강을 해쳤고, 발레 교사 에고로바에 대한 지나친 애정은 부부의 사이를 더욱 소원해지게 만들었다. 젤다는 자신이 동성애자가 아닐까 의심하면서 스스로를 괴롭혔고 동시에 남편에게 그것을 투사하여 피츠제럴드가 헤밍웨이와 동성애 관계라고 비난하기 시작했다.

이 무렵 피츠제럴드는 『새터데이 이브닝 포스트』에 단편을 하나 쓸 때마다 원고료로 4,000달러를 그렇지만 그의 재력에 대한 소문은 크게 과장되었다. 장편소설로는 큰돈을 벌어들이지 못했고, 주된 수입은 160편에 달하는 잡지 단편소설에서 나온 것이었다. 1920년대에 연수입은 2만 5천 달러 정도였다. 교사 연봉이 1,300달러였으므로 상당한 돈이기는 했지만 큰 재산은 아니었다. 피츠제럴드 부부는 버는 것보다 더 빠른 속도로 돈을 썼고 빚이 쌓여갔다. 돈의 영향에 대해 그처럼 아름다운 작품을 쓴 소설가가 정작 자신의 돈은 잘 관리하지 못했다.

1930년(34세)

2월에 북아프리카 여행을 갔다가 파리로 돌아왔다. 4월 말 젤다는 최초로 심각한 정신병 증세를 보여 파리 외곽에 있는 말메종 병원에 입원했다. 젤다의 증세는 나중에 조현병 혹은 양극성 장애(조울증)로 발전했다. 완전히 실성한 사람처럼 정신의 끈을 놓은 상태는 아니었고, 극심한 현실 인식의 부족, 엉뚱한 행동, 부주의한 말, 횡설수설 등의 특징을 보였다. 젤다의 정신병 기질은 집안의 내력이었다. 외할머니가 우울증으로 자살했고 큰 언니 마조리도 결혼 후에 신경쇠약으로 고생했고, 7세 연상의 오빠 안토니는 정신병원에 입원한 후에 병실에서 투신자살했다. 안토니는 자신의 실업자 생활을 비관했고 자신이 어머니를 살해하는 무서운 꿈을 꾸기 시작했다. 그래서 정신과 의사에게 그런 짓을 피하기 위해서라도 자기 자신을 죽여야 한다고 말했다.

한 달 뒤 그녀는 스위스의 발몽 병원, 이어 6월에는 역시 스위스에 있는 프랑쟁 병원으로 옮겨갔다. 이 병원에 입원할 당시 젤다는 이런 말을 중얼거렸다.

"이건 끔찍해. 너무 무서워. 난 도대체 어떻게 될까. 난 일을 해야 해. 그런데 더 이상 일을 하지 못할 것 같아. 난 죽어야 해. 그래도 난 일을 해야 해. 난 절대 완치되지 않을 거야. 난 여길 떠나야 해. 난 마담(발레 교사)을 만나러 가야 해. 그녀는 내게 인생 최고의 즐거움을 주었어." 그러면서도 젤다는 자신이 레즈비언이 되면 어쩌나 하고 두려워하는 강박적 생각을 벗어나지 못했다.

여름과 가을 내내 부부는 스위스에서 살았다.

1931년(35세)
1월 말 피츠제럴드의 아버지가 사망하여 장례식에 참석하기 위해 잠시 귀국했다. 젤다가 9월에 프랑쟁에서 퇴원하자 부부는 앨라배마주 몽고메리에 집을 빌렸다. 그해 늦게 피츠제럴드는 두 번째로 할리우드를 방문했다. 이번에는 MGM 영화사의 각본을 작업하기 위해서였다.

1932년(36세)
2월에 젤다가 또다시 심한 신경쇠약 증세를 보여서 볼티모어의 핍스 정신병원으로 보내졌다. 5월에 피츠제럴드는 그 도시의 외곽에 임대 주택인 라페를 빌렸다. 6월에 젤다가 핍스 병원에서 퇴원해 남편과 합류했다. 10월에 젤다의 장편소설 『나를 위하여 마지막 왈츠를』이 출간되었다. 그녀는 핍스 정신병원에 있는 동안 이 소설을 썼다.

1933년(37세)
1월에 볼티모어로 이사했다.

1934년(38세)
1월에 세 번째로 젤다의 정신병이 발병하여 볼티모어 외곽의 셰퍼드-프라트 병원에 입원했다. 5월에 그녀는 뉴욕주 비컨의 크레이크 하우스에 보내졌으나, 5월에 다시 셰퍼드-프라트 병원으로 이송되었다. 4월 15일 네 번째 장편소설 『밤은 부드러워』를 출간했지만 판매가 저조하여 1만 2천 부 정도에 그쳤다. 첫 소설 『낙원의 이쪽』이 5만 부가까이 팔린 것에 비하면 아주 저조한 실적이었다. 이 무렵은 대공황 이후여서 경제적 불황을 고발하는 존 스타인벡의 『분노의 포도』 같은 작품들이 잘 팔렸다.

이 해에 모던 라이브러리 사에서 『위대한 개츠비』 보급판을 출간했다. 피츠제럴드는 책의 판매 가능성을 높이고 또 자신의 작가적 입장을 변명하기 위해 이 책에 서문을 썼는데 자신이 이 소설을 쓰는 동안만큼은 가장 예술가적 양심을 순수하게 유지했다고 밝혔다. 또 자신을 가리켜 남녀 간의 사랑과 물질적 성공만 쓸 줄 알지, 그보다 좀 더 원숙한 주제를 다루지 못한다는 비평가들의 비판에 대해, 작가는 자기가 잘 다룰 줄 아는 것만 써야 하며 그것이 상상력의 세계에 충실하게 봉사하는 것이라고 강조했다. 그러나 정가 95센트로 6천 부가 발매된 이 책은 작가의 노력에도 판매가 부진하여 절판되었다.

1935년(39세)
3월에 네 번째 단편소설집인 『기상 시간의 노크 소리』를 출간했다. 그해 대부분을 노스 캐롤라이나의 여러 호텔에서 보냈는데 처음엔 트라이온의 오크힐 호텔에서, 여름에는 애슈빌의 그로브 파크 인에서, 11월에는 헨더스빌의 스카일랜드 호텔에 묵었다. 그는 이 호텔에 있는 동안에 자신의 인생이 실패작임을 시인하는 『무너져 내리다』라는 수필을 쓰기 시작했다. 9월에 볼티모어 시내에 아파트를 얻었다.

1936년(40세)
4월에 젤다가 애슈빌의 하일랜드 병원에 입원했다. 피츠제럴드는 7월에 그로브 파크 인으로 돌아가 12월까지 체류했다. 이 해에 『무너져 내리다』라는 자전적 에세이를 출간했다. 그리하여 1935-37년의 두 해는 주로 피츠제럴드의 인생에 금이 간 시기로 알려져 있는데 이 무렵 그는 몸이 아팠고, 술을 많이 마셨으며, 상업적 단편소설도 쓸 수가 없어서 생활이 아주 곤궁했다.

1937년(41세)
피츠제럴드는 이 해의 첫 여섯 달을 타이론의 오크 파크 호텔에서 묵었다. 7월에 빚을 많이 진 채로 할리우드로 가서 1천 달러 주급에 MGM과 6개월짜리 근로 계약을 맺었다. 7월 14일에 한 파티에서 영화 칼럼니스트 실라 그레이엄을 만나 내연 관계를 맺었다. 실라는 금발의 여성이었고 젤다와 용모가 비슷했으며 그녀의 회상에 의하면, 피츠제럴드가 자신과 함께 사는 동안에 청년 시절로 되돌아갔다고 회상했다. 그는 『위대한 개츠비』의 개츠비처럼 과거를 되풀이하려 했던 것이다.

실라 그레이엄은 미국으로 건너와 자신이 영국 상류층 가정의 딸이고 취미 삼아 코러스 걸을 하다가 저널리즘으로 전업했다고 거짓말을 했다. 그러나 사실 그녀는 런던의 빈민가인 이스트 엔드에서 태어나 고아원에서 성장했다. 18세에 존 길럼이라는 42세의 남자와 결혼했고, 늘 돈이 부족했던 길럼은 실라에게 쇼에 나가서 돈을 벌어오라고 했다. 그렇게 실라는 런던 사교계에 진출하게 되자 자신에게 교육적 배경이 너무 없음을 의식하게 되었다. 실라는 길럼과 이혼한 후에 미국으로 건너가서 저널리즘에 진출했고, 1937년부터 영화업계의 사소한 소식을 전하는 칼럼을 쓰기 시작했다.

피츠제럴드가 사망한 뒤 그들의 생활을 회고한 책을 써서 돈을 벌었고 또 그를 사랑한 만큼 1939년에 작성된 그녀의 유언 보충서에는 자신의 모든 재산을 피츠제럴드에게 남긴다고 쓰기도 했다. 실라는 정말로 피츠제럴드를 연인처럼 사랑했고 그를 어머니처럼 보살폈다.

늦여름부터 피츠제럴드는 『세 명의 동지』라는 영화의 각본을 썼다. 이는 스크린 크레딧에 그의 이름이 올라간 유일한 영화였다. 12월에 MGM과의 계약이 주급 1,250달러에 1년간 갱신되었다.

1938년(42세)

9월에 딸 스코티가 뉴욕의 바사 칼리지에 입학했다. 그녀는 대학 입학 전에는 기숙사 학교에 다녔고, 방학 때는 피츠제럴드의 문학 대리인인 해롤드 오버의 집에서 보냈다. 오버는 스코티를 딸이나 다름없이 대해주었다. 12월에 피츠제럴드와 MGM와의 계약이 종료되었다.

MGM과의 계약에서 연간 벌어들인 총액은 9만 1천 달러였다. 대공황 후기 시대에 시보레 쿠페 자동차의 한 대 값이 619달러였으므로, 상당한 수입이었지만 피츠제럴드는 빚을 갚느라 저축은 하지 못했다.

1939년(43세)

1939년 초에 『바람과 함께 사라지다』의 각본 작업을 잠시 맡았다. 2월에 버드 슐버그와 함께 뉴햄프셔주의 다트머스 칼리지에 가서 『겨울 카니발』이라는 각본의 작업을 하기로 되었으나 음주 문제로 그 프로젝트에서 해고되었다. 그 후 할리우드의 여러 영화사를 상대로 프리랜서 각본 작업을 했다. 그러나 할리우드의 프로듀서들은 피츠제럴드가 언제 술독에 빠질지 모르는 믿을 수 없는 사람이라고 비난하면서 일거리를 잘 주지 않으려 했다. 10월에 할리우드 영화업계를 무대로 하는 새 장편소설의 집필에 착수했다.

1940년(44세)

가을에 젤다가 하일랜드 병원에서 퇴원해 앨라배마주 몽고메리에 돌아가서 어머니와 함께 살기 시작했다. 12월 21일 피츠제럴드는 할리우드의 실라 그레이엄의 아파트에서 심장마비로 사망했다. 장례식은 개츠비의 장례식처럼 도로시 파커 등 소수의 친지들 외에 조문객이 거의 없었고, 『뉴욕 타임스』의 사망 기사도 간략했다. "피츠제럴드 씨의 삶과 글쓰기는 전후 세대 슬픈 청년들의 전형을 보여주었다. …전반적으로 볼 때 그의 경력은 1920년대에서 시작해 1920년대에 끝이 났다…. 그가 작가로서 대성할 가능성은 결코 실현되지 않았다."

장례식은 로스앤젤레스 외곽의 피어스 브라더스 장례식장에서 거행되었고 그 후 메릴랜드주 록빌의 공동묘지에 안장되었다.

1942년

피츠제럴드의 유산 집행인이며 프린스턴 동창생인 존 빅스 판사는 젤다의 치료비를 대고 스코티의 학자금 대출을 갚기 위해 스코티에게 아버지가 남긴 기록과 원고 일부를 팔라고 권유했다. 젤다는 이 선의의 조언을 따를 생각이었고 실제로 그 재산은 그녀의 권한이기도 했다. 하지만 딸 스코티가 마치 아버지와 또다시 헤어지는 듯한 느낌이 든다면서 아버지의 서류들을 하나의 기록 보관소에서 보관해야 한다며 거부했다. 이때 프린스턴 측이 원고를 모두 인수하는 조건으로 1천 달러라는 낮은 금액을 제시했다. 당시 스콧은 거의 무명이었기 때문에 대학 측은 고압적 자세를 보였다. "우리는 자선기관이 아니고 가난한 미망인을 지원하는 곳은 더더욱 아니다. 더욱이 작가는 중서부 출신 싸구려 글쟁이로서 그저 프린스턴을 다니다가 중퇴한 사람에 불과하다."

1947-1948년

젤다는 1947년 11월에 하일랜드 병원에 다시 입원했다. 그 후 집에서 통원 치료하다가 1948년 3월에 외래환자로서 다음 날 전기요법을 받을 계획으로 그 병원에 잠시 입원했는데 그날 밤 야간 당직자(회복했다고 알려진 정신질환자)가 병원에 불을 지르는 바람에 여덟 명의 환자와 함께 화재로 사망했고, 록빌의 공동묘지에 묻혔다.

1949년

종전 후 피츠제럴드에 대한 평가가 다시 이루어지면서, 프린스턴대학교는 딸 스코티가 보관 중이던 고인의 육필 원고들과 타이핑 원고, 기념품들을 2천 5백 달러에 사들였다. 이 프린스턴 피츠제럴드 컬렉션은 아주 소중한 보물이다. 그 컬렉션에 들어가 있는 『위대한 개츠비』 초판본 한 권만 해도 2013년에 온라인 사이트에서 19만 4천 달러

피츠제럴드 부부의 묘비

로 감정되었다. 피츠제럴드가 직접 손으로 쓴 『위대한 개츠비』 육필 원고는 부르는 게
값이라고 할 정도로 소중한 보물이다.

1975년

피츠제럴드의 딸 스코티가 부모의 묘소를 록빌의 세인트 메리 교회에 있는 가족 묘지
로 이장했다. 묘비에는 『위대한 개츠비』의 마지막 문장, "그렇게 하여 우리는 바다의
흐름을 거스르는 배처럼 끊임없이 과거로 밀려가면서 동시에 앞으로 나아간다"가 새
겨져 있다.

1986년

스코티가 사망해 부모 옆에 함께 묻혔다.

옮긴이　이종인

1954년 서울에서 태어나 고려대학교 영어영문학과를 졸업하고 한국 브리태니커 편집국장과 성균관대학교 전문 번역가 양성 과정 겸임 교수를 역임했다. 지금까지 250여 권의 책을 옮겼으며, 최근에는 인문 및 경제 분야의 고전을 깊이 있게 연구하며 번역에 힘쓰고 있다. 옮긴 책으로는 『리비우스 로마사 세트(전4권)』, 『국부론』, 『월든·시민 불복종』, 『모비 딕』, 『걸리버여행기』, 『숨결이 바람 될 때』, 『변신이야기』, 『폰더 씨의 위대한 하루』 등이 있다. 집필한 책으로는 번역 입문 강의서 『번역은 글쓰기다』와 고전 읽기의 참맛을 소개하는 『살면서 마주한 고전』 등이 있다.

현대지성 클래식 59

위대한 개츠비

1판 1쇄 발행 2024년 7월 30일

지은이 F. 스콧 피츠제럴드
그린이 장명진
옮긴이 이종인
발행인 박명곤 **CEO** 박지성 **CFO** 김영은
기획편집1팀 채대광, 김준원, 이승미, 이상지
기획편집2팀 박일귀, 이은빈, 강민형, 이지은, 박고은
디자인팀 구경표, 구혜민, 임지선
마케팅팀 임우열, 김은지, 전상미, 이호, 최고은

펴낸곳 (주)현대지성
출판등록 제406-2014-000124호
전화 070-7791-2136 **팩스** 0303-3444-2136
주소 서울시 강서구 마곡중앙6로 40, 장흥빌딩 10층
홈페이지 www.hdjisung.com **이메일** support@hdjisung.com
제작처 영신사

ⓒ 현대지성 2024

"Curious and Creative people make Inspiring Contents"
현대지성은 여러분의 의견 하나하나를 소중히 받고 있습니다.
원고 투고, 오탈자 제보, 제휴 제안은 support@hdjisung.com으로 보내 주세요.

현대지성 홈페이지

이 책을 만든 사람들
편집 이은빈 **표지 디자인** 구경표 **내지 디자인** 박애영

"인류의 지혜에서 내일의 길을 찾다"
현대지성 클래식